U0743914

中国作家研究

第一辑

叶炜 赵思运 主编

主办：浙江网络文学学院　桐乡市文化和广电旅游体育局

承办：浙江传媒学院创意写作中心　浙江传媒学院茅盾研究中心

浙江工商大学出版社
ZHEJIANG GONGSHANG UNIVERSITY PRESS

·杭州·

图书在版编目(CIP)数据

中国作家研究. 第一辑 / 叶炜，赵思运主编. — 杭
州：浙江工商大学出版社，2020.11
ISBN 978-7-5178-4147-0

Ⅰ. ①中… Ⅱ. ①叶… ②赵… Ⅲ. ①中国文学－当
代文学－文学研究－文集 Ⅳ. ①I206.7－53

中国版本图书馆 CIP 数据核字(2020)第 205030 号

中国作家研究(第一辑)

ZHONGGUO ZUOJIA YANJIU (DI YI JI)

叶　炜　赵思运 主编

责任编辑	王　耀　沈明珠	
封面设计	林朦朦	
责任印制	包建辉	
出版发行	浙江工商大学出版社	

（杭州市教工路 198 号　邮政编码 310012）

（E-mail：zjgsupress@163.com）

（网址：http://www.zjgsupress.com）

电话：0571－88904980，88831806(传真)

排　　版	杭州朝曦图文设计有限公司
印　　刷	杭州宏雅印刷有限公司
开　　本	710mm×1000mm　1/16
印　　张	13
字　　数	199 千
版 印 次	2020 年 11 月第 1 版　2020 年 11 月第 1 次印刷
书　　号	ISBN 978-7-5178-4147-0
定　　价	52.00 元

版权所有　翻印必究　印装差错　负责调换

浙江工商大学出版社营销部邮购电话　0571－88904970

主编： 叶 炜 赵思运

发稿： 王 耀 王军雨 曹梦雨 钱思衡

编辑：《中国作家研究》编辑部

邮箱： zhgzjyj@163.com

地址： 浙江桐乡逾桥西路998号浙江传媒学院创意写作中心

邮编： 314500

指导： 中国当代文学研究会

浙江传媒学院

浙江省作家协会

主办： 浙江网络文学院

桐乡市文化和广电旅游体育局

承办： 浙江传媒学院创意写作中心

浙江传媒学院茅盾研究中心

目　　录

第四编：批评新视野

第五编：里下河文学研究

编后记

第一编

网络文学研究

◎古典性、现代性与民族性的网络混生

——南派三叔小说论

闫海田　淮阴师范学院文学院

作为将"盗墓文学"推向巅峰的元老级人物，南派三叔在网文界，甚至在整个中国当代文学界的知名度，是毋庸多言的。但在中国知网以"南派三叔"为关键词进行搜索，则会发现，相关研究数量之少[①]却也非常使人惊讶。探讨此间原因：其一，自然是整个"网络文学研究"在中国当代文学界还远未得到应有的重视，尤其是针对重要网络作家的个案研究，还没有全面展开。其二，恰恰是南派三叔作品本身体系的"庞大"与"辉煌"。因为，单单一个"盗墓笔记"系列，便足以令真正以研究为目的的严肃的研究者望而生畏。但南派三叔作品的重要性，也是毋庸置疑的。南派三叔的小说创作，虽常被归属为网络通俗小说类型，但其背后所隐藏的中国文艺在深层哲学样式与美学形态上的变迁问题，以及百年新文学已成为现代中国民族的一种集体无意识而沉入被网络与通俗外壳所遮蔽的文本深处等问题，自然都是中国当代文学目前最具探索性意义的重要话题之一。因此，本文既是南派三叔的"个案研究"，也努力通过对南派三叔全部创作的观察，探索中国当代文学在当下所出现的一系列根本的规律性变化，以及发生这种变化的深层原因。

[①]　根据笔者统计，以"南派三叔"为主题的相关研究文章，在中国知网中仅有 28 篇，并且几乎都是新闻报道类的非学术性文章。

一、网络外壳下隐蔽的"经典性"与"现代性"

南派三叔以令人目眩的想象力,建造起了一座辉煌的文学的"云顶天宫"。为论述所需,现将其全部小说作品统计如表1①所示:

表1　南派三叔作品统计列表

系列	书名	出版社	出版/上架时间
"盗墓笔记"系列	《盗墓笔记壹·七星鲁王宫》	中国友谊出版公司	2007年1月
	《盗墓笔记贰·秦岭神树》	中国友谊出版公司	2007年4月
	《盗墓笔记叁·云顶天宫》	中国友谊出版公司	2007年11月
	《盗墓笔记肆·蛇沼鬼城》	中国友谊出版公司	2008年11月
	《盗墓笔记伍·谜海归巢》	中国友谊出版公司	2009年7月
	《盗墓笔记陆·阴山古楼》	中国友谊出版公司	2009年12月
	《盗墓笔记柒·邛笼石影》	上海文化出版社	2011年9月
	《盗墓笔记捌·大结局·上》	上海文化出版社	2011年12月
	《盗墓笔记捌·大结局·下》	上海文化出版社	2011年12月
	《盗墓笔记十年》	北京联合出版有限公司	2019年12月
"怒江之战"系列	《怒江之战》	文化艺术出版社	2010年11月
	《怒江之战·大结局》	文化艺术出版社	2010年12月
"大漠苍狼"系列	《绝地勘探》	时代文艺出版社	2010年4月
	《绝密飞行》	时代文艺出版社	2011年1月
"世界"系统	《世界》	起点中文网	2011年
"藏海花"系列	《藏海花》	北京联合出版公司	2012年8月
"沙海"系列	《沙海一·荒沙诡影》	新世界出版社	2013年2月
	《沙海二·沙蟒蛇巢》	长江文艺出版社	2013年8月
"南部档案"	《南部档案·食人奇荒》	爱奇艺文学	2019年2月

①　本表主要依据百度百科"南派三叔""盗墓笔记""黄河鬼棺"等词条整理,但不包括根据南派三叔小说改编的网络剧、影视、动漫、话剧等作品。

续　表

系列	书名	出版社	出版/上架时间
"勇者大冒险"系列	《勇者大冒险:黄泉手记》	起点中文网	2015 年 10 月
编著图书	《惊奇物语》	北京联合出版公司	2013 年 6 月
"黄河鬼棺"系列	《黄河鬼棺全集》(仅旧版第一本)	北方文艺出版社	2007 年 5 月

　　根据上表资料,我们大概可以看到南派三叔自 2006 年始,迄今所创作的全部小说在题材、主题上的整体状貌,并可能从其在题材、主题、文类上前后的变化之中发现一些根本性的问题。

　　众所周知,南派三叔以"盗墓笔记"系列而获得极致声誉,这是他进入网文界的"根本"。在《盗墓笔记·后记》之中,南派三叔颇为动情地描述了他在全本完结时的复杂感受:

　　　　这是一段长达五年的拉力赛,花费五年时间,写出九本小说,完成一个如此庞大复杂的故事,对于一个业余作者来说,确实有些太吃力了。我写到最后,已经不知道故事好不好,精彩不精彩。我只是想,让里面几个人物,能够实打实地走完他们应该走的旅程。事实上,这也不是由我来控制的。我在最后面临的最大的困境,是主人公已经厌倦了他的生活,我必须在这个故事中寻找让他还能继续往下走的饵料。①

　　南派三叔的成功,绝非是很多读者所想象的那种"偶然"与"幸运"。从他为数不多的创作谈之中,我们可以看到,这是一个非常了解读者,也非常了解小说艺术本质的作者。当他发现主人公已经厌倦了他的生活之时,他知道怎样使他的人物还能继续上路,这就是个一流的小说家才会有的创作思路。只有一流的

---

　　① 　南派三叔:《盗墓笔记·后记》,2015 年 5 月 7 日,https://vipreader. qidian. com/chapter/68223/83173582。

小说家,才会这样看重他的人物,知道人物是有自己的"生命"和"意志"的,当人物不愿意去做某件事时,如果作者偏想让他去做,那就必须给他这样去做的不可拒绝的理由。也只有一流的小说家才知道,当人物诞生之后,就如同一个"婴儿"诞生了一样,只要你认真地去"抚养",他就会慢慢成长起来,而当他具备了足够强大的生命力后,他就会"自己"闯荡出一个全新的世界。

> 我总觉得有一个世界,已经在其他地方形成。因为我敲动键盘,那个世界慢慢地长大、发展,里面的人物也开始有了自己的灵魂。慢慢地,我就发现,故事的情节开始出现一些我自己都无法预测的变化。很快,这个人应该说什么话,应该做什么动作,我都无法控制了。我什么都不用思考,只需要看着他们,就能知道故事情节的走向。他们真的活了。在后来极长的写作过程中,我从一个作者,变成了一个旁观者。①

在这一点上,南派三叔的小说观更接近传统的经典作家,而与当下网络小说作者滥用"金手指"的取向十分不同。这可以从南派三叔与余华如出一辙的小说人物观中看出。余华在《许三观卖血记·中文版自序》中也曾十分得意地表达了他对自己小说中人物的看法:

> 在这里,作者有时候会无所事事。因为他从一开始就发现虚构的人物同样有自己的声音,他认为应该尊重这些声音,让它们自己去风中寻找答案。于是,作者不再是一位叙述上的侵略者,而是一位聆听者,一位耐心、仔细、善解人意和感同身受的聆听者。他努力这样去做,在叙述的时候,他试图取消自己作者的身份,他觉得自己应该是一位读者。事实也是如此,当这本书完成之后,他发现自己知道的并不比别人多。书中的人物经常自己开口说话,有时候会让

---

① 南派三叔:《盗墓笔记·后记》,2015 年 5 月 7 日,https://vipreader.qidian.com/chapter/68223/83173582。

作者吓一跳，当那些恰如其分又十分美妙的话在虚构的嘴里脱口而出时，作者会突然自卑起来，心里暗想："我可说不出这样的话。"①

他们的小说人物观是如此地接近，以至于让我们觉得，可能是后者对前者的模仿，但在寻找到这种影响与被影响的确凿的线索与证据之前，我们还是认为这是他们英雄所见略同的结果。这种人物观无疑深刻地影响了南派三叔的小说走向，正如他坦诚的自述，后来的故事都是"人物"在带着"作者"前行。那时，"作者"的任务就是老老实实地跟在自己的"人物"后面，任由他的"人物"去开创与进取，这既是一个优秀的作者应该享有的"快乐"，也是一个优秀的作者应该具备的"明智"。也正如余华所说，其实作者所知道的，并不比他的人物知道得多，只有他意识到这一点，他作品中的人物才能获得进入经典的生命长度。

所以，南派三叔的小说，从最初的"盗墓笔记"系列到新近的《南部档案·食人奇荒》，可以说，虽然在故事情节上有着令人目眩神摇的变化，而且，在情节的设置与虚构上可谓天马行空，显得极其自由不羁，但在故事的深层，却都有一个一以贯之的品质，那就是作者绝不会越过"人物"的"权利"去决定故事叙述的走向。

为进一步明晰南派三叔关于承认"人物"有自己独立的声音，让"人物"自己说话，不强力干涉"人物"的选择这一看法的本质，我们有必要再相对深入地分析一下网络小说常用的手法——"金手指"。因为就一般而言，我们可能会有一个错误的印象，似乎是自网络小说开始，文学创作才开始出现各种"玄幻""穿越""修仙"等荒诞不经的题材与情节，而误把这种题材与情节的荒诞，当作时下网文界流行的"金手指"手法。事实上，这是两个完全不同层面的问题。

只要将视角稍稍放大，我们就知道，无论是中外小说，还是古今小说，"情节的荒诞"从来就是小说这个文体的本质特征。从干宝的《搜神记》到袁枚的《子不语》，从阿普列乌斯的《金驴记》到卡夫卡的《变形记》，"女化蚕""尸变""人变驴""人化虫"等，各种荒诞不经的情节层出不穷。而"穿越"题材与情

---

① 余华：《许三观卖血记》，南海出版公司 1998 年版，第 1—2 页。

节，早在清代董说的《西游补》之中，就已出现过。《西游补》是名副其实的"往复穿"类型，其叙悟空掉进"鲭鱼"（"悟空"与"鲭鱼"本同时出世，一在"实部"，一在"幻部"）梦中，为寻"驱山铎"而跌进"万镜楼台"，乃在"秦汉"与"唐宋"间往复穿越，时而化为"虞姬"戏弄一番"项羽"，时而助判官审判奸臣"秦桧"，后得虚空主人一呼，始离梦境，知一切境界皆为鲭鱼所造之"青青世界"。因此，"情节荒诞"本质上并非是当下网络小说中所说的"金手指"。

根据笔者的观察与分析，"金手指"的使用，在多数的网文作者那里，更多地表现为作者对"人物"命运的强力"干涉"。"凡人修仙""黑科技系统""玛丽苏"等各种"开挂""爽文"，在本质上皆表现出对"人物"命运的强力"扭转"。但即使在以赚取阅读量为目的的各种类型文作者那里，稍有追求的作者也会慎用这种与文学创作根本规律背道而驰的手法。因为一"爽感"十足的手法实则是把双刃剑，其在"YY"想象的酣畅快意之间也会极大地破坏小说的真正艺术魅力。因此，不管是当下的网络类型小说作者，还是传统的经典作家，只有深谙这一规律并能给予充分尊重的作者，才能进入一流小说家的行列。无疑，南派三叔也一定深晓此间奥妙，所以，不管是他早期的"盗墓笔记"系列，还是后来的《世界》《南部档案·食人奇荒》等，均难觅"金手指"手法的痕迹。

此外，《盗墓笔记》系列，虽在题材上归属于离奇荒诞的"超现实"类型，在情节的虚构层面几乎无法与客观真实相符，但这并不影响南派三叔对小说"真实"的追求。概括来说，这就是——"情节荒诞，细节真实"，可以说，这几乎是南派三叔小说获得网络经典地位的神髓所在。不管"盗墓笔记"系列的情节有多么荒诞，多么离奇，但南派三叔始终能把握小说在叙述上的节制、扎实与收束。一般而言，小说的细部，是最能检验作家笔力的关键点，能否做到细节描写的真实，是衡量一流与二三流小说家最有效的标准。

关于"细节真实"的问题，余华曾有"细节真实，整体可以荒诞"的观点。他说，这正是神魔小说艺术真实性的来源：

> 在《西游记》里，孙悟空和二郎神大战时不断变换自己的形象，
> 而且都有一个动作——摇身一变，身体摇晃一下，就变成了动物。
> 这个动作十分重要，既表达了"变"的过程，也表达了"变"的合理。

7

如果变形时没有身体摇晃的动作，直接就变过去了，这样的变形就会显得唐突和缺乏可信。可以这么说，这个摇身一变，是在想象力展开的时候，同时出现的洞察力为我们提供了现实的依据。①

《西游记》中类似的例子随处可见，孙悟空从身上拔下几根毫毛，要吹上一口仙气才会变化，这"吹上一口仙气"与"摇身"的动作一样，让人们在一种熟悉的想象中感到了作者描写的传神。变化的结果是神奇的，过程是神秘的，但"摇身"与"吹一口仙气"都是现实中经常出现的日常动作，是真实的。而这种看似熟视无睹的细节，却只有一流的小说家才能发现，因为这其中隐藏着洞察力的高低。"细节真实"本质上正是对日常性与现实性的深刻洞察，因此，细节是否真实的差异也正是拉开伟大与平庸之间巨大差距的微妙所在。甚至可以说，"细节真实"是所有"神魔、玄幻、穿越、魔幻"等超现实文学大厦的现实根基，只有凭借它的支撑，荒诞的情节才能产生传世的经典力量。

在这个层面上，"盗墓笔记"系列的细节描写确实极其"克制、扎实与收束"，与情节的荒诞、离奇、大开大阖相衬托，细节描写的真实反而显得极其简洁、干净，因而具有了一种现实的质感。客观地说，"盗墓笔记"系列的这一品质，绝非同类作品所能企及。诸如在第一部《七星鲁王宫》中对"人面臁"的想象与描绘，足见其笔力的强劲：

> 我已经做好了心理准备，但是看到那东西的时候，还是吸了口冷气，只见她那头发里面，蜷曲着两只枯手。现在看来，这两只手也并不是很长，皮肤都已经有点石化掉了，末端长在一团肉瘤的下面，最恶心的是，肉瘤上竟然还隐约长了一张小的人脸。船老大从他口袋里掏出一把什么东西，就撒在那小脸上，那小脸突然尖声一叫，扭曲起来。②

---

① 余华：《飞翔和变形——关于文学作品中的想象之一》，《文艺争鸣》2009 年第 1 期。
② 南派三叔：《盗墓笔记·怒海潜沙》，2006 年 7 月 24 日，https://read.qidian.com/chapter/VaC5szd_VsQ1/Ch_QX6dL8js1。

类似的"想象离奇,而细节真实"的例子,在"盗墓笔记"系列之中,自然不胜枚举,比较成功的如"禁婆""尸蹩"等。南派三叔之所以能后来居上,与他更接近传统的经典文学观和长期的经典式创作训练密不可分。

> 那个时候,我几乎所有的时间都在看小说。我把图书馆掏空之后转向民营的小书店。从书架上的第一本看起,到初中结束,我已经再没有书可以看了,便开始自己写一些东西。从最开始的涂鸦写作,到自己去解析那些名家作品、缩写、重列提纲、寻找悬念的设置技巧、寻找小说的基本节奏。当时还没有电脑,我使用纸和笔,在稿纸上写作。慢慢地,我就开始沉迷进去了。我荒废了学业,到大学毕业,我写作的总字数超过了两千万字。①

无疑,长期的、系统的、有目的的阅读与写作训练,培养了南派三叔在网文界少见的"节制"与"扎实"的品质。这也可能是南派三叔的小说创作,不管想象怎样绚烂,情节怎样荒诞,叙事怎样天马行空,但最后始终能在小说的细部十分克制与收束的主要原因。

自然地,不管是想象力的恢宏,还是时空结构的复杂,以及伏脉千里、草蛇灰线的小说气象,"盗墓笔记"系列在南派三叔的所有创作之中,都是最具代表性的。尽管如此,但"盗墓笔记"系列毕竟是南派三叔的早期作品,仍然存在着一些不足,尤其是此系列小说的后面四部,笔力不足,线索太多而无暇一一展开等缺陷十分明显。新野夜雨潇潇《盗墓笔记"终极"解密》认为,南派三叔最初是致力于"长生"母题,但笔力不足,导致原本更具深刻性与探索性的哲学命题中途隐没,实为可惜。

> 《盗墓笔记》在写作过程中,思路发生过一次重大变化。第一到第五部,南派三叔本来是想写一个古代长生的惊悚故事,但从第六

---

① 南派三叔:《盗墓笔记·后记》,2015 年 5 月 7 日,https://vipreader.qidian.com/chapter/68223/83173582。

本开始,线索变成了老九门关于张家楼的阴谋内斗,长生线索被忽略。最终结局的烂尾,是南派三叔由于人类学、生物学、物理学的知识不够以及对"终极"无法自圆其说这些因素造成的,所以作者巧妙地进行了视线转移,写了一个政治斗争的结局。①

这些问题,自然也与网络文学的生产与传播方式有关,诸如小说篇幅的无限拉长、创作周期的跨度太大等。但这无疑也和南派三叔初涉创作的现实情形密切相关,毕竟作家的成熟需要时间长度与创作实践的积累。

从上述这个层面来看,自 2011 年开始写作《世界》之时,南派三叔的创作开始进入相对成熟的时期。与南派三叔其他作品相比,这部作品具有特殊的研究价值。根据论者现在所能掌握的资料,推测其在写作《世界》②之时,可能正是其"患病"期间。③ 因此,《世界》这一文本,反而可能更多地反映出南派三叔最本质与最深层的文学观与世界观。

《世界》的特别之处,在于它可能是南派三叔所有小说文本之中,最多融入了其自我真实经历的作品。南派三叔此前的作品,几乎很难看到作者真实的现实世界的融入。自然,很多作家,并不排斥对自我真实世界的暴露,诸如日本"私小说"、中国现代"主观自叙传抒情小说"、风靡 20 世纪 90 年代的"私人写作"等。但很多小说家,却非常在意小说与现实的界限,他们认为深陷自我现实中的作家,无法超越自己的个人经验,因而会限制想象力的腾飞。尤其是像南派三叔这样极其依赖想象与推理的类型小说作者,应该对此十分在

---

① 新野夜雨潇潇:《盗墓笔记"终极"解密》,2014 年 8 月 23 日,http://www.daomubiji.org/1131.html.

② 根据南派三叔《世界·引言》交待,《世界》的创作始于 2011 年,完成于 2013 年 9 月,这应该正是网传其患病期间。

③ 根据百度百科资料,2013 年网上疯传南派三叔自杀的消息,本人虽否认,但也承认其在写《盗墓笔记》时得了严重的抑郁症。随后他的妻子转发微博,称南派三叔于 2011 年末患早期精神分裂及双向情感障碍症,且抗拒治疗。而《世界》的小说文本之中,也隐约有这一信息的流露:"故事最开始是因为一封读者来信。因为电子邮件的应用,现在的作者已经很少使用真实的信件来和读者交流了,这反而使得真实的信件变成一件奢侈但是更有格调的事。但我使用真实的邮件,并不是有这样的欲望。而是因为我的精神状态在那段时间非常不好。被医生强行地隔离了网络。"(南派三叔:《世界》,http://www.dmbj.cc/shijie/1094.html.)

意。但是,《世界》却恰恰以将作者的真实经历引入小说,而使这部作品显示出与同类小说类型非常巨大的差异。根据笔者的观感,《世界》在文体与文类的品质上,绝对没有当下诸多网络小说的通俗品质。而带有很先锋的"实验性"特质。尤其是《世界》的开头,无疑是南派三叔所有小说之中最好的一个。因为,你既可以将这个开头理解成是小说文本的一部分,也可以认为这是对小说创作背景与构思的交代。

> 我在写这个故事的过程中,放弃了我之前的一些故弄玄虚的叙事技巧,我之前故弄玄虚,是因为很多故事在最初发生的时候,十分平淡,我需要加工使得它可以在最开始的时候抓住读者,但是,这个故事不需要。我反而一直试图降低这个故事的诡异程度,降低我在写作的事后,对于这个世界的怀疑。①

这一真假难辨的手法,使我们有理由猜测,"精神状态不好"虽然可能是其真实经历,但也恰恰在叙事的层面增加了小说的"实验"色彩。显然,这是南派三叔有意突破自"盗墓笔记"系列以来,其在自我经验与文类上类型化困境的某种尝试。

2019年2月,南派三叔最新之作《南部档案·食人奇荒》在"爱奇艺文学"上架。该作品以"1877—1878年间的旱灾"(史称"丁戊奇荒")为背景进行创作。大灾荒以旱灾开始,瘟疫收场,这场瘟疫波及甚广且延续近半个世纪。小说即借南洋丛林中的瘟疫而造设"神秘、恐怖"之境,"瘟疫、死亡、食人、诅咒"自然是小说吸引读者的主要看点,但在南派三叔看似"漫不经心、随心所欲"②的写法中,却也隐秘地闪露着当下网络小说不多见的严肃的现实主义光色。诸如小说描写众人围观"张海盐"被砍头行刑的场景,收束的笔致,反讽的格调,表达的强劲,都在以往的网络小说之中极为罕见:

---

① 南派三叔:《世界》,http://www.dmbj.cc/shijie/1094.html。
② 作者在《南部档案·食人奇荒》序言中自称:"这个故事将非常奔放自由,回归随心所欲的写法,回归网络写作之本来的状态。"见 http://wenxue.iqiyi.com/book/reader-18l2hhre91-18l2rj2urb.html。

他的脑袋底下,有一个破筐,那是装他的头的,如果没有这个框,他的头被砍掉之后,就会一路滚到人群中去。断头台四周全是苍蝇,虽然被砍头之后血会往前喷,断头台也会被冲洗,但木缝中常年累月总有洗不干净的腐血,吸引着成堆的苍蝇,在耳边嗡嗡叫个不停。[①]

这里,"装人头的破筐""木缝中常年累月洗不干净的腐血",都显示出作者精湛的洞察力,这是只有一流的小说家才能注意到的细部。无疑,正是这样的细部的存在,才使作者的叙述变得极其强劲而有力。而喜欢看杀头的"看客","吴妈式"的跛脚姑娘"阿捕",自然也使我们无法不联想到"阿Q"被砍头时的经典细节。因此,这似乎也可在国民性批判的维度上与鲁迅建立起某种精神联系。

客观地说,"细部的扎实""表现的深度",这样的关键词以往多用来评价传统文学作品,但用在南派三叔后期创作的《世界》《南部档案·食人奇荒》上,也未尝不合适。笔者甚至以为,在细节描写的功力上,在小说的结构上,或者在叙事的简洁与力度上,《世界》与《南部档案·食人奇荒》之中写得最好的章节,即使与当代传统文学的经典作品相比,也并不逊色。而这些品质,自然让我们在通俗文学的外壳下看到了百年新文学作为另一种传统早已沉入网络文学深层的隐蔽的集体无意识之中。

二、中国小说时空的百年"变形"与"复位"

将南派三叔的小说创作,放在中国小说时空的百年"变形"与"复位"这一带有根本性的哲学样式与美学形态的"百年变迁史"视野之中来考察,具有一定的宏观有效性。只有在这样的大文学史视野下,当下的一些正在反复讨论

---

① 南派三叔:《南部档案·食人奇荒》,2019 年 2 月 23 日,http://wenxue.iqiyi.com/book/reader—18l2hhre91—18l2rr4tnn.html。

的热点问题,才可能得到真正意义上的解决。①

"五四"之后,中国现代小说因受西方文艺思潮的冲击,在小说的时空意识、结构与样式上都发生了根本变化。尤其是在主张"为人生"的"写实主义"新文学主潮之中,中国现代小说因受"写实主义"的束缚,在小说的时空结构与样式上往往过于简单,多数只呈现为单一的现实时空。这大概也是张文江所指出的,古代中国的小说之"象"在整体上是相通的,但自"五四"以后,中国现代小说的"象"已发生了根本的"变形":

> 中国古代的小说在我看来是一个整体,里面的"象"全部是相通的。五四以后的现代小说,跟古代的"象"不怎么通得起来。可以搭一些桥,比如鲁迅的《故事新编》,比如金庸的武侠小说,但都不是整体的相通。中国古代的小说充满了中华民族的憧憬和想象,五四以后的小说憧憬和想象的方向就转变了。诺贝尔文学奖获奖作品的程度参差不齐,但是从这些作品的想象来说,都有理想主义倾向,跟他们的民族文化是相通的,相通以后通向世界文学。而我们的现代文学还没有把我们民族的想象——从古到今的民族想象——贯通起来,有一些好的作品,但贯通整个民族的想象说不上。②

张文江以跨越三千年的文学史眼光来看待中国新文学的百年新变,他深切地看到中国现代文学表现世界的方式与古代中国民族想象世界样式的断裂与变形。百年之中,即使鲁迅的作品,也只是"可以搭一些桥",而没有产生"把我们民族的想象——从古到今的民族想象——贯通起来"的世界顶级作品。在他看来,中国当代文学只有打通古代中国与现代中国的整个民族想象,将《红楼梦》的"空灵"与"先锋、现代、后现代"相接通,才有可能孕育出像《百年孤独》那样收束了自己整个民族美感与文化神髓的伟大作品。而从根本上看,中国现代小说之"象"的变形,最终必然指向哲学与美学的最高问

---

① 诸如中国网络小说的时空意识、时空结构、时空样式的生成资源与生成机制问题等。
② 张文江:《古典学术讲要》,上海古籍出版社 2015 年版,第 277 页。

题——时空样式与时空结构问题。因为，时空结构是人类最基本的理智形式。[①]

宏观上，中国小说时空[②]的"变形"始于现代民族危机之显，而"复位"于当下盛世中国的来临。自进入新世纪以来，尤其是 2012 年莫言获得诺贝尔文学奖这一时间节点的来到，中国作家终于实现了自近代以来中国本土经验始终被压抑之后的首次释放，中国当代作家与批评家在各自的语境中纷纷发生微妙转向，本土经验的回归已是一个不争的事实。可以说，近代以来，中国知识界孜孜以求的现代性，终于冲过了一个节点，其现代性的辨识不再以西方为唯一的标准。而将"中国模式""中国经验"推置世界层面，并试图建构不同于以往源自西方的另一种"现代性"，乃成为当下中国文学与学术的最新走向。

具体到文学发展史的层面，其"变形"则显示为始于"现代白话小说"兴起的"五四"文学革命，而"复位"于当下"中国网络小说"的蔚为大观。古代中国的小说时空在根本样式上表现为"双重时空"与"空间化"两个层面。"双重时空"指"幻化时空"与"现实时空"的互相嵌套，[③]而在"现实时空"内部，则遵循"空间化"叙事的律则。而自"五四"新变以来，中国现代小说的时空样式，则逐渐从"双重时空"缩减为单一的"现实时空"，而"现实时空"内部的"空间化"叙事也渐渐演绎成"时间化"的根本样式。这一变迁的轨迹在此后百年间没有大变，其质变是自 20 世纪 80 年代"先锋小说""寻根文学"的"时空意识觉醒"后乃渐渐发生的，至于当下，这一趋势才渐渐在"经典作家"与"网络作家"的小说时空意识与结构中显示出强大的向中国民族原本存在的根本叙事样式——"双重时空"与"空间化"——"复位"的热潮。

---

① 赵奎英：《语言、空间与艺术》，北京大学出版社 2018 年版，第 254 页。

② 本文所涉的"小说时空"这一关键词，既不同于一般叙事学意义上的"故事时空""叙事时空"等"具体时空研究"，也不同于"话语空间""权力空间"等引申意义上的"泛时空研究"。文章此处提出"小说时空"这一概念，主要是指从小说中所呈现出的作者的"时空观念""时空意识"，以及小说在哲学与美学层面的"深层结构"，这一"深层结构"可能既包含了小说的"时空意识"，也涉及小说表现的哲学经验与世界观，正如余华将《世事如烟》的叙事实验视为发现了一个呈现世界之真实的新途径一样。

③ 这种"双重时空"互相嵌套的样式，一般表现为：或者是"幻化时空"（往往是仙界、神界等高于"人间时空"的"大神话时空"）在外，"现实时空"在内，如两个"同心圆"一样互相包裹（经典文本以《红楼梦》《封神演义》等长篇章回体小说文代表）；或者反之，"现实时空"在外，"幻化时空"（往往是低于"人间时空"的"阴间时空"）在内（经典文本以《南柯太守传》《枕中记》等短篇传奇体小说为代表）。

这一中国现代小说时空能够在"百年变形"后完整"复位"，主要是基于古代中国民族在几千年中所形成的有着强大稳定性与特殊文明类型魅力的"双重时空"样式。文学意义上"中国民族想象方式"的"时空结构样式"具有极其强大的"稳定"结构。本质上这也是人类社会文明类型稳定性的哲学基础。某种文明能够存在，一定有其强大的稳定结构。而时空意识与时空想象样式，正是文明类型在哲学层面的最根本的征象。研究中国文学中的时空结构与时空样式，可以看到中国文明类型稳定的最本质的哲学特征。因此，这一特征虽在现代民族危机与现代性焦虑的挤压下有过短暂的"变形"，但它并没有真正"死去"或"消亡"。而对其"接引"和"再造"（在新的时代，受西方各种思潮的冲击，必然融合了新的元素，因而会呈现出某种新质，但本质结构没有变），也必然会随着中国现代化进程的实现而重新出现。这一大趋势，或大的文学史变迁轨迹，只有超越当下的"百年现代文学"界限，以更大更长的文学史眼光才能看到。比如以"五百年""一千五百年""三千年"这样的时间长度来看，则这一变迁的曲线可能会更为清晰。① 这种变化是在 20 世纪末开始彰显的，这既可从小说这一文体的内部看，也可扩展至"影视""网络剧""动漫""网游"等"泛文学"的"叙事艺术"大类上，"双重时空"中的"幻化时空"从最初的"偶现"到后来的"泛滥"（这一点主要体现在当下的各类网络类型小说——"玄幻""穿越""盗墓""仙侠""二次元"等，以及依其而来的各种 IP 改编），则正是这一大趋势的强力彰显。

因此，网络小说中的古代中国时空意识与时空结构一旦全面复活，必然会形成强大的热潮，这是中国民族想象与呈现世界的根本样式的重新汇聚与爆发。于是，"接引"与"改造"古代时空样式，将其与"现代科幻宇宙时空"对接，再叠加"西方神话时空""现代宇宙时空""网络虚拟时空""二次元世界"，这一场规模空前的世界各民族特殊时空想象的"大融合、大重组、大再造"的

---

① 比如若以"三千年"这样的文学史长度来看，则中国文学在叙事样式上的哲学与美学特征，是非常稳定的，虽在不同历史阶段有着各种文学"形式"上的演变，但在根本的"象"上则是相通的，正如文中所引张文江的观点。笔者以为，张文江文中所言之"象"，本质上即中国民族想象与呈现世界的"时空样式"，这是中国民族哲学与美学上的根本特征，古代中国民族的这一特征在整体上是相通的，但到"五四"以后，因受西方文明的冲击与现代民族国家现代性生成的挤压，而开始发生"扭曲"与"变形"。

奇观,便在中国民族想象世界的特殊样式与现代网络技术的神奇相遇之中成为现实。于是,"盗墓""修仙""玄幻""穿越""异大陆""异世界""异时空"想象也就如潮水一样,成为新世纪以来中国当代文艺最为显著的"哲学""美学""叙事学""视觉艺术"的"超级现象"。

在重塑或再造中国民族想象与呈现世界的哲学与美学样式上,南派三叔的贡献,主要是他的小说在"中国空间化叙事"的"当代接引与转化"方面的实践上。无疑,"盗墓笔记"系列的"空间化"小说结构,在各种"穿越""修仙""玄幻"等类型文中,表现得最为突出。正与费秉勋评价贾平凹小说的"空间化"特征类似——"他从对中国名画的观赏中就酿结出作品布白、接笋和对时空的鸟瞰、摆布等方面的章法艺术。从《韩熙载夜宴图》《清明上河图》等长卷中,他找到了小说场面衔接中笔断意连的艺术律则。"[1]南派三叔的小说在结构上也正是如此。"盗墓笔记"系列在架构每一个"风水宝地"时,都会"一座山一座山,一条水一条水"地写过去。笔者以为,南派三叔的"空间化"叙事样式,正是对古老中国民族想象世界与呈现世界的特殊艺术样式的接续。而这种特质是在《山海经》这样古老的中国文本之中,就已根深蒂固地存在着了:

> 《山海经》以山与海两大地域为经,以南、西、北、东、中五面方位次序为纬,在悠远辽阔的地域空间中编织进夸父逐日、精卫填海、刑天舞干戚等神话片段。这种奇特的结构方式和缤纷的文本内容使其同时矗立在地理和文学两大领域。而作为"古今语怪之祖""小说之最古者",它不仅开启了古代小说以空间方位安排叙事顺序的结构方式,更奠定了地域空间在小说作品当中不容抹杀的地位。[2]

可以说,恢复这种"山海经"式的"小说结构样式",以"空间"的"布白、接笋、转换"来结构小说与故事,从而达到"小说场面衔接中笔断意连"的境界,是不仅仅局限在南派三叔"盗墓笔记"系列之中的。中国的多数网络小说,尤

---

① 费秉勋:《论贾平凹》,《当代作家评论》1985 年第 1 期。
② 黄霖、李桂奎等:《中国古代小说叙事三维论》,上海书店出版社 2009 年版,第 203 页。

其是各种"盗墓""修仙""玄幻""探险"小说，"换地图"的故事结构模式非常成熟，这一手法非常成功地将世界的空间呈现与玄幻空间的建构结合在一起。从一个"墓穴"到另一个"墓穴"，从"现实世界"到"异大陆""异时空"，这种转换与呈现，与《山海经》以山与海两大地域为经，以南、西、北、东、中五面方位次序为纬，在悠远辽阔的地域空间中编织进"各种辉煌而令人目眩的"玄幻故事"与"当代人生"，乃是中国网络小说在哲学与美学样式上的最本质特征。

无疑，"盗墓笔记"系列在"空间架构"与"空间呈现"上的表现是极其辉煌的，这也是"盗墓笔记"系列虽迟出于《鬼吹灯》，但又能后来居上的最主要原因。

> 《盗墓笔记》之所以后于《鬼吹灯》，却将盗墓题材小说推向了更高的顶峰的原因，应在于《盗墓笔记》将盗墓类题材小说不可避免的地理书写问题，完美地融入小说情节发展中，使之成为小说的一大特色。梳理小说中"战国帛书"标注的七个点所给出的地理方位信息，形成了中国地图上分别由从青海省柴达木盆地出发自西北向东南的一条线，和从吉林省长白山北部出发自东北向西南的一条线，在大概位于湖南省南部位置汇合，经广西南部延伸至海南省西沙群岛的一个倒"人"字形。这个"人"字形上半部分正好迎合了中国东北—西南走向的长白山—武夷山山脉，和西北—东南走向的祁连山山脉两大山脉。①

如此恢宏的"空间架构"与"空间意识"，自然并非只是简单的"地理书写"所能概括。南派三叔的特殊之处是他能将"盗墓故事"的"线性时间化"叙事转化成一种"空间化"的深层结构，而这种"时空化"的神髓是与《清明上河图》《韩熙载夜宴图》那样的中国艺术精神深刻相通的，表现出中国民族想象与呈现世界的特殊样式。

———————————

① 葛珩:《盗墓题材网络小说中的地理书写——以〈盗墓笔记〉为中心的考察》,《世界文学评论》2014 年第 3 期。

　　"盗墓笔记"系列的时空结构与样式是非常独特的,它既充分接引了古代中国民族在时空方面的辉煌经验,也极大地融合了现代科学与理性精神的成分。譬如,虽然"盗墓笔记"系列写到了"永生",写到了"西王母",但在"永生"的想象方面,却始终没有离开"墓穴"这一勾连阴阳、生死临界的"现实时空"。这与《诛仙》《斗罗大陆》《斗破苍穹》《择天记》等玄幻类型小说"超现实"的"异大陆、异世界"时空样式与结构相比,显得十分克制。但"墓穴"既是一种客观存在的"现实空间",也是对宇宙与世界的一种象征性的"呈现"。

　　"墓穴"就是中国的"阳羡鹅笼"与"壶中天地",因此"云顶天宫"既可以勾连《南柯太守传》中的"蚁穴",也可以接引《枕中记》的"枕窍世界"。"蚁穴"与"枕窍"就是通往异度时空的开口与"虫洞"之门,从这个开口进去,就可到达另一个神奇的异度时空的世界。在《南柯太守传》与《枕中记》的"幽冥时空"之中,其时间比人间短促万倍,而空间则缩小到如"枕窍"与"蚁穴"般大小。但"枕窍"与"蚁穴"这一"扭曲"与"变形"的狭窄空间,正是古老中国民族的"阿莱夫"①,整个宇宙空间都可包罗其中,而体积并不按比例缩小。② 因此,这一时空样式可轻易造出一种飘忽百年的空幻梦幻之感。当"淳于梦"从"蚁穴"（阴间）回到"人间",其在"蚁穴"中虽已度一世,而"人间"则"黄粱未熟"。"盗墓笔记"系列的每一场盗墓大戏,也往往都是这样,它们通常都是先在"人间"短暂地酝酿进入"墓穴"的前戏,而故事的主体一定是在"墓穴时空"之中拉开,在经历种种九死一生的离奇际遇之后,"时间"便仿佛已在"墓穴"之中度过一生般漫长。当最后终于得以逃离"墓穴"而回到"人间"之时,所看到的"人间"一定正是"云淡风轻,一片宁静"。显然,这一时空结构与样式,在本质上正是前者的一种变体。

　　毋庸置疑,"盗墓笔记"系列所呈现出的"墓穴时空",早已超越了它的"现实可能",某种程度上,它已成为人类想象力的卓越象征。"墓穴",这一沟通幽冥的黑暗甬道,也是藏在"人间"的"阴间"隐喻,在南派三叔的笔下,终于幻

---

① 这一意象出自博尔赫斯的小说《阿莱夫》对时空本质的想象与描述。
② 《南柯太守传》中"蚁穴"可容纳"青油小车,驾以四牡,左右从者七八"而不觉狭窄,《枕中记》之"枕窍"则"其窍渐大,明朗。乃举身而入",《鹅笼书生》亦有"书生便入笼,笼亦不更广,书生亦不更小,宛然与双鹅并坐"等类似的神奇空间描述。

化成他想象与呈现"生"与"死"这一人类终极命题的辉煌的城堡。

三、结语：中国民族小说之"象"的当代性与世界性

以南派三叔的"盗墓笔记"系列等为代表的"盗墓小说"，当下已成为网文界众多类型小说中的一个重镇。无疑，其成为畅销小说，甚至能走出国门而引起海外读者的极大兴趣，除去前文所析的主要原因之外，还有此类小说在"探险、阴阳之间、死亡、永生"等母题上的特殊中国民族想象对现代读者的吸引。

中国民族关于"永生""死亡"的终极思考，与西方有很大差异。比如，"修仙"可以长生，"修道"可以不老。但"神仙"是不属于现实世界的存在，如果成了神仙，也就意味着不再是"人"了，因此，"成神"无法满足作为现实世界中的"人"而能"永生"的想象。因此，为满足普通人对"永生"的"YY"想象，"神魔""盗墓""修仙"等通俗类型小说必须解决"肉身"的"永生"问题。因为，"肉身"虽然可能会因为某种原因而"不病""不老""不死"，但无法排除"外力"的干扰，比如战争、自然灾难、强大的暴力破坏等，因此，出现了借鉴佛教中"金刚不坏之身"的另一种想象。如《西游记》中的孙悟空，就具有"金刚不坏"的"肉身"。但是，"孙悟空"无疑并不是普通的"人"，而是"天生地造"，是诞生于"无机物"之中的"石头"之中的。所以，南派三叔们必须寻找到普通人通向"永生"的途径。

"盗墓笔记"系列对"长生"的想象与描述，大概要经历这几个阶段：临死之际吞下丹药—进入玉床（棺，俑，只要是"阴玉"的都可以）—尸化（尸体进入奇妙的待死进化状态）—半路打断则成为血尸—正常进化完毕—肉体复活—恢复意识和记忆。非常明显，"盗墓笔记"系列的"长生"想象是将"意识"（精神）与"肉身"分开进行的。这与埃及文明保存"木乃伊"以备灵魂归来的想象在本质上是同一类型。埃及与中国民间的鬼神想象，诸如"借尸还魂"等，都是在"灵魂不死"的基础上进行的，"灵魂不死"意味着灵魂可以脱离肉身而存在，事实上也就是认为"灵魂"是"永生"的，不需要为了"长生"而做任何努力。

19

所以，"盗墓笔记"系列的"永生"是把"灵魂"作为一种"信息"来处理的，也就是使"记忆"恢复；"记忆"恢复了，原来生命的"信息"重新回归到通过进入"阴玉"而获得"长生"的"肉身"上，即认为是"复活"。这自然是结合了现代科技思想的生命观。但"盗墓笔记"系列最具魅力的地方还是它关于"永生"的"东方想象"部分，"西王母""周穆王""灵蛇""大铜门"等遥远、神秘的"中国小说之象"，才是南派三叔最终获得成功的根本。

张文江认为，中国的古典小说，只有《红楼梦》和《西游记》写到了"生命起源"的哲学层面，这两部小说在"时空"上都追溯到了生命起源的时间起点。它们都写到了"石头"，石头和生命的关系，也就是非生物和生物的关系。从石头写起，也就是写生命从无到有，从无机到有机的过程。因此，这两部小说都将生命的起源追溯到了"石头"这一"无机物"的象征。[①] 自然，以南派三叔《盗墓笔记》为代表的当下网络类型小说，虽在境界上离《红楼梦》《西游记》还十分遥远，但至少在重新接引古代中国民族想象与呈现世界的独特样式，并尝试将其与现代百年中国新文学传统相贯通，以再造新时代的中国民族小说之"象"的实践上已经起步。这样一来，"把中华民族的想象——从古到今的民族想象——贯通起来"的世界顶级作品的出现，也就是迟早之事。

---

① 参见张文江：《西游记讲记》，《古典学术讲要》，上海古籍出版社 2015 年版，第 277—329 页。

◎在日常中追寻女性的生命之光

——蒋离子小说论

杪 椤　河北省作家协会

自 2017 年以来，蒋离子在网络文学界声名鹊起，她的名字伴随着她的作品频频出现在从行业到社会的各种推荐、排行和奖项中。这种看似"黑马"式的出场姿势多少有点令人意外，但真相却没这么"戏剧"，这不过是她多年积累之后的顺理成章。蒋离子是"80 后"，据她在一次访谈中说，她在小学五年级时即"在市报上发了块'豆腐干'，大致是讲邻居如何不遵守计划生育，导致家庭贫穷的故事"①。也许幼年对故事的喜好不一定与她后来走上文学之路有必然的因果关联，但 2011 年《俯仰之间》《走开，我有情流感》和 2011 年《婚迷不醒》面世，则使人感到了她初入文学之门时扑面而来的凌厉和"生猛"气势，这些带有青春期自我体验成分的作品，开启了她日后习惯从日常生活中取材，将女性放置在爱情、家庭和职业伦理中观察，用清新、灵动和细腻的语言表达人物情感和命运，撇开生活的浮沫，深入表象之下挖掘生存意义等的写作帷幕。此后，《半城》《糖婚》《老妈有喜》《听见你沉默》《小伉俪》等具有鲜明叙事特征和个人辨识度的作品不断被推出，使读者和业界进一步感受到了她的勤奋、敏锐和扎实。

刘启民在评论《糖婚》时说："网络文学与现实主义传统在《糖婚》里的耦

---

① 蒋离子：《写作给了我生命，并延续着我的生命》，搜狐网，2017 年 5 月 30 日，http://www.so-hu.com/a/144538173_715030。

合、聚义"①,其实暗指了这部作品被关注的一个很重要的客观时机,即在与社会生活和传统现实主义写作的互动中,网络文学步入转型期。长期以来,网络文学以玄幻、历史、悬疑、穿越、修真等题材为读者搭建逃离现实、寓托梦想的"异托邦",真正直面现实的作品处在被遮蔽的状态,这不仅影响到网络文学的整体性面貌和读者的阅读期待,更影响到公共审美趣味和文化价值观念的建构与维系。在社会呼求、政策导向、网络文学业态转型升级的合力和压力下,现实题材作品在市场的占比不断提高,以至当前被认定为"中国网络文学进入现实题材新时代"②。在这个大背景下阅读蒋离子的作品,就会发现其不同凡响的时代意义;同时,跻身在《复兴之路》《大江东去》《大国重工》《心照日月》《全职妈妈向前冲》等现实题材作品中,却与那些带有"宏大叙事"色彩和标签式题材类型的写作不同,蒋离子的小说有其独特的异质性:当很多"女性向"作品通过并不新鲜的情感套路形成感官刺激,以达成肤浅的愿景来满足读者的阅读欲望时,她的写作以女性视角观察社会生活并反思角色的本体意义,表现出少有的严肃性和深刻性,也成为透过女性观察时代精神和现实伦理嬗变的一个清晰断面。

一、从关注自我走向关怀社会

用兼具网络表达和传统现实主义叙事的双重手法书写现实题材,关切和呼应个人体验、现实问题和社会心理,实现自我和时代的同频共振,是蒋离子小说最显著的特征。

在文学场域内部,如何在作品中处理故事、人物、主题等与现实生活的关系是文学的基本问题,由此形成了不同的风格、流派和诸如摹仿、再现、反映和表现等各有倚重的艺术手法。同时,不同历史时期的文学作品中对待现实的方式,是社会文化思潮的总体性反映。假如我们认同"现实生活是文学的源泉"这一马克思主义文艺理论的基本原理,那么文学作品中反映或表现现

---

① 刘启民:《"现实向"网络文学的可能与限度》,《文艺报》2020 年 1 月 20 日。
② 庄庸、王秀庭:《中国网络文学进入现实题材新时代》,《中国出版传媒商报》2018 年 4 月 27 日。

实生活的方式既体现着社会的进步,也体现着文学自身的进步。古典时期,亚里士多德说:"喜剧总是摹仿比我们今天的人坏的人,悲剧总是摹仿比我们今天的人好的人。"①由此看出,亚里士多德认为文艺摹仿现实,并且将当下生活中的现实道德作为标准用以评判文艺作品的情感格调。在社会主义现实主义时期,列宁则认为文学是反映生活的镜子。进入现代,米兰·昆德拉"理解并同意赫尔曼·布洛赫一直顽固强调的"说法:"发现唯由小说才能发现的东西,乃是小说唯一的存在理由。一部小说,若不发现一点在它当时还未知的存在,那它就是一部不道德的小说。知识是小说唯一的道德。"②认真分析"发现"与"知识"之间的关系,知识显然是靠"发现"来建构的,因为在作者看来,作为一种未知的存在,这种"知识"只有在小说家的笔下才会显影,这无疑是小说家主观作用的产物,否则便不是"唯有小说才能发现"的了。这实际上是文学书写与现实生活的转义,这种观点反映了二者之间形成的新型关系。

传统现实题材写作通过唤起读者身在其中的情感体验,以基于物质结构和客观逻辑的虚构故事建立与客观现实一致的世界模型,这对于确认人在现实中的身份和地位,帮助读者认清形而上、意义上的现实,具有无可替代的作用。但人的自由意志是一种本能,身在传统生活的桎梏中,人类建立起想象中的乌托邦,在肉身受限中做着精神的逃离;进入数字化时代,网络空间以"异托邦"的形式被创造出来,"社会实践的、此时此地的、人我交互"③的功能为人类的精神逃离提供了实践性的机会,具有沉浸效应的虚拟环境使想象变得可感可触——正因为如此,网络文学曾经发展出幻想类作品"一体独大"的格局;当然,这既与市场规律这只"隐形手"的指挥分不开,也与社会变迁导致的文化心理结构有必然联系。在传统写作中,作为现实主义的对应概念,浪漫主义写作以书写理想中应有的样子来反映现实生活,通过丰富的幻想、奔放的热情和奇异的夸张手法来塑造形象,展示理想化的生活,表现对理想世界的热烈追求。网络文学中的幻想类作品与此有一定联系,但在与现实世界

---

① [古希腊]亚里士多德:《诗学》,罗念生译,北京人民文学出版社 1962 年版,第 9 页。

② [法]米兰·昆德拉:《小说的艺术》,董强译,上海译文出版社 2012 年版,第 4 页。

③ 王德威:《乌托邦、恶托邦、异托邦——从鲁迅到刘慈欣》,搜狐网,2018 年 1 月 2 日,http://www.sohu.com/a/214090118_744206。

的关联度上，玄幻、仙侠等类型的小说与浪漫主义作品与现实的关系更为疏远。

"乌托邦"和"异托邦"在人类生活中不可或缺，但在科技还没有达到可以将人渡往天堂或异界的水平时，人终将在物质构成的现实世界中艰难生存。因此，无论是传统文学还是网络文学，观照现实的作品居于主流位置，才是一个良好的生态格局。网络文学已发展二十多年，在市场和文学的合力下，类型结构和整体质量不断被优化，清晰可见的改变在于现实题材的崛起。一批网络作家投入现实题材写作中来并创作出深受读者欢迎的精品力作，蒋离子无疑是其中的优秀代表之一。她的作品从鲜活的现实中取材，以女性为视角和媒介来观察时代生活，捕捉社会变迁给大众带来的情绪和情感变化，通过当代女性的众生相，展现了一幅充满时代和都市气息的绵密画卷。

纵观蒋离子的创作历程，到目前为止的写作可分为三个阶段：第一阶段可称作"起步期"，包括《俯仰之间》和《走开，我有情感流》两部作品；第二阶段可称作"成长期"，包括《婚迷不醒》和《半城》；第三阶段从《糖婚》开始，可称作"转型期"，标志着她的创作开始逐步走向成熟，这其中有描写婚姻家庭生活的《糖婚》、反映二胎政策放开对家庭和情感生活造成影响的《老妈有喜》、关注校园霸凌事件的《听见你沉默》和反映"90后"婚恋生活的《小伉俪》等。我们通过分析这三个阶段的作品会发现，第一阶段的两部作品带有明显的青春叙事色彩，少男少女的理想憧憬在粗粝的现实中破灭，从而引发对人生价值和意义的探寻，这大抵不脱离一般青春小说的写法。所谓"谁的青春不迷茫，谁的青春不痛苦"，《俯仰之间》中的少女柳斋和少男郑小卒之间有着巨大的身份落差，小说描写他们在踏入社会时遭遇到的生活困境和精神困苦，联想到作者当时只有十九岁，就不难看出这一阶段的作品中隐含的以主人公自杀为自我的青春"献祭"的主题。第二阶段的作品看似描写人物在追求自由和爱情之路上的情感遭遇，但其落脚点则在探讨爱情本身以及自由与爱情的关系上，爱情被作为展现生命伦理状态的图像。这种以故事背后的意义为叙事落点的写法成为蒋离子创作中的一个显著特征，这种特点也延续到第三阶段的作品中，从《糖婚》开始，她的创作开始由"青春祭文"和"爱情析文"转向记录社会普遍存在的问题给女性带来的困扰，这一阶段的作品关注当下的日常生活,深度关怀社会现实、抚慰大众情感。作为一位青年作家,在不同的创作阶段,蒋离子作品的题材和主题变化与个人成长有着紧密关联,从关注自我到转向关怀社会,较为充分地反映了她在不同时期对人生和社会的感受与理解。因此,这些作品对生活的再现与对作家自我感受的表现,在某个角度和层面上具有一定程度的一致性,与通常意义上的网络小说完全迎合读者的心理欲求是有区别的,是带有传统文学创作特征的。

二、在对日常生活的表现中建构意义

蒋离子的创作从当下的现实经验中开掘出精神价值,借助对爱情和婚姻的表达,使常常被视作平凡、庸俗、琐碎的日常生活成为建构生命主体意义的场域。

在传统意义上,当我们用"现实题材"或"现实主义"来评判作品时,实际上给定了小说里所表现出的生活以总体性特征,这个总体性包含了现实生活各部分与意识形态和价值观念之间相互关联的"现实"。在这个总体性的观照之下,小说建立起它自身与客观世界相互联系的叙事逻辑和精神秩序。小说反映人类的生活经验,"宏大叙事"从更高的视点上对历史现实和当下现实的概貌进行观察,因而对事物发展规律和人的生存与命运图景有整体性的描绘,其"现实"的总体性特征更加明显。蒋离子小说里的日常生活还有没有这种现实的总体性? 这是值得分析的。她最早的作品《俯仰之间》,揭示了在浮华的主流图景之下存在、又被刻意回避的由青春少年个人的私密生活形成的社会隐秘生活,轻如少年的早期性行为、恋爱中的背叛,重如师生畸形恋情、性骚扰、堕胎与吸毒,甚至乱伦之爱等。从残酷青春到情色男女,失去了道德约束的躁动欲望驱使人物在经历了痛苦的挣扎后跳楼自杀走向毁灭。这些显然是一种消解传统生活结构的观察和书写,我们只在其中看到近乎零碎的边缘生活遭遇,却并未在其中看到社会普遍性的价值观念。尽管这是如小说里的人物般尚在青春末期的作者在当时对社会和人生的理解,但点中了时代的软肋。事实上,在当下的日常生活中,丧失了结构性的总体特征或许是最重要的特征,个体所见的生活情态和时代精神皆是碎片,它们已经无法统归于历史的或现实的整体性中。由于人与碎片化的生活现象之间缺乏必然的联系,因此,在传统中所见的带有"现实"总体性的现实,在世俗化的时代被消解了。

同样的特征也体现在《走开,我有情感流》中。小说的主角少女橙子(后改名子夜)一出场就背负着一个私生女的身份,尽管作为个体的她应该得到平等的尊重,但这个标签化的身份背后隐藏着脱离道德的迷局;而她幼年生活中的每一个人似乎都违背了对他们角色的功能设定,她自私的母亲、懦弱的父亲、冷漠的养父,都成了与橙子的愿望和成长需求相悖的人。这些角色的定位与橙子性格中的执拗和青春期的任性相结合,促成了她与子牙通过写作结识后离家出走的行动,与其说她的出走是到外界寻找文学理想,毋宁说是去寻找从小就欠缺的安全和温暖,因此她与子牙发生感情是顺理成章的。但此后子牙与子夜各自走向了自我的反面:因为子夜一人的成功使两人间产生裂隙,而少年狼的恰好出现也促成了子夜的再次逃离。小说的结尾是女主在经历了另外两个男人之后重新回到子牙的身边,故事在这里闭环,但命运的抗争和翻转皆是与自我的而非与社会的博弈和和解,小说始终在人物的自我感受中爬梳对人生的体验和理解,个体对生活、情感和命运的体验成为封闭的小世界,人物的全部生活被具体化和细节化为被个人感受裂解了的日常,那种抽象的、观念性的、具有整体性的"现实"已经不见踪影。

蒋离子的写作是真诚的,她不为碎片化的生活提供黏结剂,更不回避和贬斥世俗感,而是直面当下,真实地表现人在日常生活中的生命和情感状态。但这也带来一个问题,即将柴米油盐、鸡零狗碎的日常对象化,人的意义面临被消解的危险。如何确立人在日常生活中的意义和价值,是当下的写作需要解决的问题。由于需要遵循大众文艺原理,网络小说中角色愿望的达成受到具体生活目标的吸引,成功的事业、甜蜜的爱情、和谐美满的婚姻家庭等皆是驱动人物行动的动力,蒋离子选择的是爱情。但是,与将爱情当作人生的功利性目标的简单化书写不同,她通过繁复而又冷静的叙事来探讨爱情的本质,并通过爱情剖析自我与生活的关系,在日常的生活场域中建构起个体的伦理意义。在《半城》中,故事始于一次一见钟情,女主上官之桃在独身旅行中邂逅男作家余一得,短暂交集就令女主背弃从前的感情成为"落跑新娘",踏上了寻找男主的不归路。他们向往自由被爱而不是陷入俗世的束缚之中,爱情就像宗教让他们信仰;在他们看来,爱就是爱,而不是别的,甚至"不是任何高尚的道德和华美的辞藻能定义的"。但是,当进入爱情时,原本无拘无束的人感受到了来自爱本身的束缚和重压,现实与理想期待之间的巨大冲突由此显现出来。在男女之间,一见钟情虽然美好,但偶然性取代了人的主观努力,将人在情感上的主观能动性否定了,这等于否定了因果的表现;连同二人在爱的观念与生活之间爆发出的激烈矛盾,导致他们关于追寻自由与爱情的梦想破灭了,人生秩序变得不可捉摸。

《婚迷不醒》中的爱情和婚姻在每个人物的生命中有着不同的作用,但故事内核建立在与《半城》相似的情感认知上,所不同的是他们比上官之桃和余一得对待感情更清醒了(这也看出作者笔下人物的成长性)。女主常夕的两段婚姻不仅改变了她的性格和命运,更让她通过情感经历理解了什么才是真正的爱。男主之一的康乔显然不会陷入一见钟情的惊喜中,被《半城》中验证过的情感教训在康乔这里早有了理性的认知,他因为重视婚姻而选择逃避婚姻,只想在看清自己的未来后再选择合适的时间结婚;刘之双则把爱情和婚姻当作自己成熟的证明,他为了自我而爱;充满艺术家浪漫气质的张艺宝尽管风流多情,他也曾为了爱情浪子回头,但不幸的婚姻反倒使人看到了他的责任感。

与一些网络小说将人生简化为追求金钱、权势和欲望的肉身机器不同,借助爱情、婚姻、家庭讨论人生、感情、生命和生活本身,是蒋离子小说中的重要叙事目标,在这个过程中也不乏对社会和人性的深刻书写。爱情在每个时代都是主流文学关注的焦点,但又长期被作为人在社会生活中的附庸而存在,个体情爱只能从属于人物的革命、政治、经济等社会主流任务赋予的人生目标,而没有在日常生活中自主和自由生长的空间,现实的总体性以规定性的形式作用于个体,成为个体不可逾越的藩篱。很显然,蒋离子对现实的认知是有超越性的,她笔下的日常提供了可供人物成长、思考、自省和批判的建构性世界,也成为人确认自我的坐标。从这个意义上分析,被日常化了的现实被她写出了崇高感。

三、探寻女性本体的精神之光

《糖婚》被网上宣传为"新时代女性必读"①之书,高调宣布了蒋离子小说的"女性向"特征。这不仅因为作者的女性身份以及所描述的女性生活,更因为小说里专注的是女性的情感和精神指归。在网络小说(也包括一切大众通俗文艺)中,"真正分开男书与女书的,是作品主人公的性别,是主人公体现出来的男女两性不同的愿望—情感形态、不同的实现愿望的快感模式,这才是凝聚男女两性群体的核心因素"②。在对女性生活的描写和女性形象的塑造中,她回到女性的性别本体,深入女性的心灵世界,通过展现她们在新的时代生活中的个体情感体验和理想愿望的达成,反思女性的本体价值,反射出女性的主体光芒。

《糖婚》是备受关注的一部婚恋小说。"糖婚"是结婚六年的别称,小说主要描写了女主周宁静和男主方致远六年的婚姻生活,并以之为主线讲述了与他们有着亲友或高中同学关系的陆泽西、老巴、明杭、周宁海等的爱情经历,同龄人不同的婚恋状态成为"80 后"一代人的情感生活象征。小说在线上线下都受到读者热捧,并在 2017 年国家新闻出版广电总局优秀原创网络文学作品推优活动中上榜。2019 年 3 月,中国人民大学文学院"联合文学课堂"活动对这部作品做了专题讨论,饶有趣味的是,讨论活动的主题被设定为"网络文学的多次元",这也意味着《糖婚》体现了网络文学的某种新的写作向度。王文静以"中间性"审美来指称这部作品表现出的传统文学与网络文学的双重特质,认为以"图鉴式"的人物排列为"每一个在自己战场上败下阵来的人中间打开一个'平民化视角',然后透过视角在文本找到'自己'"③,这是很有见地的看法。区别于肤浅、虚假的爱情"白日梦"愿望的实现,《糖婚》以人物在婚姻危机中的表现来显示性格形象,她们的情感陷入教育、事业、养老、经济

---

① 钟书阁:《〈糖婚〉作者蒋离子新书首发会,新时代女性必读》,搜狐网,2018 年 5 月 18 日,http://www.sohu.com/a/232162353_226561。

② 王祥:《网络文学:男书与女书》,《海上牧场》,作家出版社 2019 年版,第 194 页。

③ 王文静:《网络小说"中间性"审美的体验与意义——以〈糖婚〉为例》,《新阅读》2019 年第 5 期。

等诸种困局中，"因为各种各样的原因在现实中正在单身、成为单身或者渴望单身，这些生活的负重与无奈一一袭来，现实生活的滤镜被关闭，'鸡汤式'美好的乌托邦被打碎，'丧丧'的真相被揭开，对于美好生活所有的'抄近路'都被切断"①，这就导致小说叙述的总调子并不是可刺激感官消费的轻盈和欢快，而是充满了审视的严肃和反思的凝重："作品通过这些'爱无能''爱无力''爱无法'的人们，意图呈现的并不是人设本身，而是通过他们对于婚姻和爱情的质疑与出离，对婚姻进行更为深入的拷问：即作为历史进程中稳定的社会细胞，作为社会机构中的基本组织，作为人的身体和感情的栖身之所，在对抗现实变化和自我成长带来的焦虑时，婚姻是否比单身有更多优势？"②可见作者的意图并不是要写成婚姻生活的"诊疗手册"，而是以呈现女性自身对婚姻的感受和理解为主旨的。

延展开去，蒋离子笔下那些有着鲜明性格特征的女性形象，难掩在俗世中散发出的生命之光。她们在烟熏火燎的日常中注重心灵生活；在追求美好生活的道路上，以属于她们个人的方式在现实的羁绊中负重前行。周宁静不是一个童话世界里的公主式的人物，少女时代父亲下岗，艰苦的成长环境使她感受到人情冷暖和生活的逼仄，因而拥有了改变生存境遇、改变自我的强烈愿望。柏澄因为高考落榜而在方致远的爱情中出局，周宁静与方致远既是有情人终成眷属，也是她竭力寻梦的结果。但她并没有被赋予"大女主"式的性格：论真实，她比不上柏澄敢袒露自己的心迹；论直爽和泼辣，她比不上海莉与老巴的针锋相对；论行动，她比不上潘瑜和墨墨更明白自己想要什么。作者反倒呈现了她在生活中缺乏勇气和底气，做事谨小慎微，唯恐失去一切的怯懦和不安全感。在其中，我们看到了她作为一个普通已婚家庭妇女在纷扰生活里的真实反应，她对待生活、对待丈夫的情感表达映射了大众敏感的内心，所以才得到普通读者的情感认同；潜藏在她精神世界里的"自我"，无形中成为读者共情的对象。

如果说周宁静这个角色偏向被社会理解的普通女性所具有的现实的一

---

① 王文静：《网络小说"中间性"审美的体验与意义——以〈糖婚〉为例》，《新阅读》2019 年第 5 期。

② 同上。

面，那么《半城》中的上官之桃、《婚迷不醒》中的方沐优和常夕则是另一副精神面相。上官之桃将爱情当作人生至高的梦境，以飞蛾扑火般的激情投向余一得——其实蒋离子笔下"逃离者"的形象在早期的两部青春题材作品中就已开始出现，尽管她们并未寻到绝对的自由而对爱的期许也变得可疑起来，但并不能因此否定她们追寻梦想的可贵精神。向暗恋多年的康乔表白是方沐优人生最重要的理想。不同于上官之桃在情感来临时的不管不顾，方沐优在感情面前的无知无畏始终存在合理性，她和康乔成婚可以说既是天意的也是人为的，正是她在爱情中的自主努力让梦想照进了现实；有着温柔外表和强大内心的常夕，其心机是方沐优所不能比的，因为她不肯屈就那些她不想要的感情，而她所遇到的康乔、刘之双所给予的都不是她想要的，所以才导致她的爱情梦屡屡夭折，"自我"依然是她坚守的底线。

这些人物身上迸射着的女性主体精神，是以消费性面貌示人的网络文学中蕴含的严肃而重要的价值内涵，同时也显示了蒋离子小说在性别视角上的现代性。中国文学中的女性形象有着清晰的演变过程，这已为世人所了解，兹不重述，但是女性难以摆脱社会在她们身上建构的角色功能而获得精神解放也是一个不争的事实。所以，在林丹娅看来，"在新的女性观在真正确立并成为全社会的自觉意识的视角之前，探索女性角色内涵的思辨与行为实际上不可能不发生，也不可能会停止"[①]。在时下一些"女性向"网络小说中，以邀取男性宠溺为爱、以依附豪门总裁为荣、以过上奢华生活为终生梦想的女性形象不胜枚举，相比于这些，蒋离子笔下人物身上所具有的自我意识和反思精神才是最可贵的。

四、在社会热点问题中关切大众情感

网络文学发挥通俗文学的消遣、娱乐功能，为读者提供紧张生活的调剂，但这并不等于要放弃自身的价值担当。蒋离子关注女性、挖掘和张扬女性精神恰好说明了这一点。汤哲声曾经说过："有一个观点必须更正，那就是通俗

---

① 林丹娅：《当代中国女性文学史论》，厦门大学出版社 2003 年版，第 275 页。

小说仅仅是一种休闲、娱乐的文学，仅仅是写那些社会时尚、颓废文化、家庭伦理、日常生活的'软性生活'的小说。不错，休闲、娱乐是通俗小说重要的美学原则，'软性生活'是通俗小说重要的创作素材。但是通俗小说所表现的美学原则和素材决不仅仅是这些，它还是中国近百年来重大社会问题和历史事件的记录者和文学的表述者。"①这里所说的"软性生活"，当指如蒋离子小说中所钟情的那种普通人的"日常生活"，它们与历史生活和历史事件是相对的。当我们将消费时代的日常看作是丧失了"总体性"的现实时，也并不意味着社会没有了共性问题。网络文学介入现实生活，除了为当下的读者提供即时的阅读资源外，还是表达内容和主题最直接和最有效的方式，它书写带有社会普遍特征或典型特征的普通人的生活，把引起大众关注的社会问题和大众广泛参与的生活现象作为表现对象，感知由个体反映出的社会集体心理和情绪变化，并从中悟出世道人心。蒋离子关于青春期和"80后""90后"婚恋生活的书写，通过对个体的描写关注女性的自我意识，而《老妈有喜》和《听见你沉默》则更显示了她"向外转"的创作意图。

连载于网易云阅读、后由浙江文艺出版社出版实体书的长篇小说《老妈有喜》，是蒋离子继《糖婚》之后一部引起广泛关注的现实题材力作，主要反映二胎生育给原来平静的家庭生活带来的巨大影响。已届不惑之年的许梦安，其女儿李云阶正值青春期，丈夫则是个只顾学术和事业、毫无生活能力的人，本就承受着来自工作和家庭双重压力的她又意外怀上二胎，是生还是不生？是公开还是保密？具有完全不同价值观的女儿会不会接受这个孩子？这些都成了不小的问题。作为参照系，许梦安的妹妹因二胎有孕，频频亮起婚姻红灯，这也让姐姐对于再生一个心有余悸。但许梦安凭着女性的坚韧和在职场中历练出的理性，在艰难中支撑起纷乱的日子；历经风雨之后，她不仅生下了二胎，事业也有了新的转机，妹妹一家的生活也风平浪静。更重要的是，这段历程让李云阶的心态和情绪逐渐回归到阳光之中，许梦安也对婚姻和亲子关系有了新的认知，丈夫李临则更加意识到丈夫和父亲这两个角色对家庭的影响。就故事而论，小说的结尾收在让所有人摆脱烦恼、战胜困难，曾经一团

---

① 汤哲声：《中国当代通俗小说史论》，北京大学出版社 2007 年版，第 1 页。

乱麻的生活回归风平浪静、各安其所，各自的期望得到实现上。在历经磨难之后迎来一个"大团圆"的结局，这不仅使人物的愿望得到实现，更给了读者一个阅读之后的"快感奖赏"，形成了很强的阅读"爽感"。

作为书写日常生活的小说，这部作品的特别之处还在于从社会上的热点问题中取材，这些问题尽管在《糖婚》等其他作品中也偶有反映，但并不是构成故事的主要情节。《老妈有喜》一是聚焦了二胎生育问题。由于生育政策的放开，生育和孩子在中国家庭生活中的特殊地位，二胎生育不仅成为绝大部分育龄人群面临的现实选择，更成为搅动社会神经的典型事件。围绕这一问题的不同意见，呈现出男女老幼不同人群的生活观和价值观，许梦安与李临、许梦心与老贾两个家庭被二胎的到来搞乱了原有的生活秩序，父母的期望与第一个孩子的排斥，孕母在事业与家庭之间的两难境地，都在小说中得到了细致而全面的表达，无异于一个特殊时代的现实记录。二是青春期的家庭和学校教育问题。由于社会环境产生的不利影响，青春期孩子的教育成为诸多家庭束手无策的难题，小说塑造了李云阶、刘思明、何璐等青春少年的群像，将这群朝气与叛逆几乎成正比的孩子们放置在二胎生育这个大背景下来观察（班主任薛一曼也正在备孕二胎），折射出他们在尴尬的生活中对自身角色的拒斥和认同过程，从侧面展示了青春期教育的艰难过程。三是由婚恋关系、养老、亲属等关系引发的家庭伦理冲突。这些看似个人化的问题事实上已成为影响大众生活的普遍问题。在小说中，许梦心对老贾的疑心、瑞秋与丈夫在对待生育问题上的差异、梅一朵闯入李临的生活、保姆兰香与大姑姐李静插手许梦安的家庭生活，黄思思对于海和婉真之间感情的影响，等等，各家日常生活中的戏剧性冲突是维系小说的结构性力量，折射的乃是社会价值转型时期大众的生活情态和伦理嬗变。

《老妈有喜》仍然是以女性视角，是以女性的眼光来观察生活，亦通过她们在生育二胎、子女教育、协调家庭关系等方面的表现来反思作为女性的角色意义。作品不满足于复杂的故事和性格各异的人物，而从现象、经验和情节中进入人本身，这是蒋离子小说超越网络小说消遣属性的重要特征。她的另一部反映社会问题、正在连载的小说是《听见你沉默》，这部在掌阅文学发布时原名《蔷薇革命》的作品关注的是校园霸凌。校园霸凌是近几年才浮出地表并受到高度关注的校园问题,电影《少年的你》进一步扩大了这种恶行的社会影响。《听见你沉默》通过一起失踪案,以四个不同年代的女性回忆不堪回首的过往,探寻造成霸凌事件背后原生家庭、亲子教育、学校教育等出现的问题,并组建反霸凌组织凝聚合力为青少年健康成长提供帮助。在小说中,曾经遭受欺凌的人成长为成功人士,曾经伤害同学的霸凌者在成长过程中意识到错误,为了赎罪选择了教师的职业;而在当下的校园中,以前被霸凌者为了报复成为新的校霸,霸凌者又在被霸凌中遭受了痛苦,造成了陈陈相因的恶果。人物角色身份的反转让读者从多个角度了解校园"霸凌"的严重性及后果,所揭示的问题令人震惊。这部作品在塑造人物时更接近传统现实主义手法,注重社会环境对人物命运的决定性影响,小说具有更丰厚的社会价值。

自踏入文坛以来,蒋离子的写作扎实、稳健,不跟风,在网络文学现场独树一帜,这虽然在一定程度上迟滞了她成名的速度,但成就了其作品的质量,这种代价是值得的。网络文学的精品化、经典化作为行业发展中重要的目标被提出来,无形之中也意味着之前的发展方式存在不少问题。作为与互联网科技和文化紧密相关的新媒介文学,判定精品化和经典化的标准一定与传统文学不同,我们也没有理由用"五四"以来新文学中的经典之作来对比属于大众文学范畴的网络文学,但是毋庸置疑,它们二者之间的"文学"要素应当具有一定的通约性。在这个意义上,蒋离子写作中的"中间性"审美、"现实向"特征等兼具传统文学与网络文学的特质,为网络文学的精品化和经典化探索了可能的发展方向。

当然从叙事手法而论,蒋离子的写作也存在一些可供商榷和讨论的地方,例如在她刻画的众多人物形象中,作为两性关系中的另一方,男性形象远不如女性成功,尽管并没有将他们写"坏",但是他们形象的虚弱感很明显。当然,男性在她的作品中一直居于配角地位,属于"捧哏"的角色,这或许可以看作是女性作品刻意而为的效果,但给人力道不均的感觉。网络文学诸多类型的叙事规约始终在讨论和建设中,或许并没有定型的那一天,这就为网络叙事的创新提供了空间和机会,我们在《半城》《糖婚》《听见你沉默中》等作品中看到蒋离子成长和转型的主动努力,但愿她的自觉与自省能一直保持下去。

◎女性历史与家国情怀的抒情变奏

——蒋胜男文学作品论

乌兰其木格　北方民族大学文学与新闻传播学院

　　蒋胜男的写作史与网络文学二十多年的发展史紧密关联。2019 年,在回顾自己的写作生涯的文字中,蒋胜男说她"算是晋江原创网最早'驻站'的作者之一,晋江网的第一篇 VIP 文就是我的《凤霸九天》。十年间,我陆续发表了《洛阳三姝》《上官婉儿》《花蕊夫人》《西施入吴》《紫宸》《铁血胭脂》《太太时代》《权力巅峰的女人》《芈月传》等作品"①。由此可见,蒋胜男的写作一以贯之的是对女性历史的衷情书写。

　　毋庸置疑,史传文学在中国古典文学中历史悠久,近现代以来,历史小说写作亦热度不减。但是,在灿如繁星的历史书写中,女性在历史文学创作中则遭受边缘化、污名化的不公正待遇,长期处于受贬抑和受压迫的境地。千百年来,历史文学的"主舞台"长期被男性所占据。作为历史的核心形象,男性凭借"天然优势"对历史和文化进行单向度演绎,抹杀了女性作为历史的参与者与建构者的事实。

　　"众所周知,整部人类文明史是一部以男权文化为中心、以男权立场和话语描述的'历史',女性在这一历史文本中作为'盲点'而被遮蔽和隐埋历时几千年,即使是在今天——世界性的'女权话语'理论已经逐渐形成,对男权文化历史的批判已经'初见成效'的时候,男权中心的文化尺度依然是各种现实

---

　　①　蒋胜男:《为网络文学尽绵薄之力》,《团结报》2019 年 8 月 8 日。

社会形态的主导和主流，所谓'女权话语'其实还处于咿呀学语的稚童状态，它始终被主流文化视为一种边缘乃至幼稚可笑的境地，因而不断重提被隐埋了的女性历史的话题便成为一种可能或必要。"①令人欣慰的是，在21世纪的今天，在媒介变革和文学转型的互联网时代，女性较之前辈作家拥有了更多表达自我和书写女性历史的路径。互联网的开放性和自由性奠定了网络文学兴旺与发达的基础，而书写女性自我的历史，将男权文化下被遮蔽的女性历史重新探勘并梳理成一部公正、客观的文明史便成为女性作家的共识。在这样的背景下，网络文学中的女性历史书写在经历过"女强文"和"女尊文"的激进幻想实验后，逐渐走向理性。

时至今日，绝大多数女性历史写作者不再刻意强调女性与男性的性别对立，也不再高度张扬性别意识的凸显，而改为强调"强力在场"。因此，网络女性历史书写不仅是女性探寻历史和寻觅精神家园的重要途径，更是重新建构健全性别历史和文明史的必然举措。

一

晚近几年，网络女作家不约而同地意识到历史书写对于女性的巨大意义。

因为"性别关系中的等级制度与权力模式，已经成为历史意识中的'超稳定结构'，这使得'历史'成为一个相对于女性的巨大的政治概念。针对历史的言说或书写对于女性来说是如此重要，这是因为获得'历史'就意味着获得'拯救'"②。越来越多的女性作家拂去了男权文化施之于女性历史的"烟幕弹"，她们意识到，作为力量的一级，女性原本就是历史的缔造者。在人类前行的征途中，她们与男性相伴携行并共同书写了人类历史。

基于这一认知，网络历史女作家在创作中倡扬"女性大历史"的创作理念。所谓"女性大历史"即是从女性这一特定性别身份来书写和强调女性作

---

① 刘慧英：《揭示被隐埋的女性历史的主题》，《中国现代文学研究丛刊》1994年第4期。

② 王侃：《论20世纪中国女性写作的历史意识与史述传统》，《南开学报》（哲学社会科学版）2011年第6期。

为历史和文明史缔造者的功绩。"女性大历史"的写作者专意书写史书上实有的杰出女性,试图将被驱逐和被压抑的女性历史进行一定程度上的"修复"和"还原",并以此来确证女性在人类文明史上做出的卓越贡献。"女性大历史"创作的理想愿景是以平等的两性观赋予历史叙事以健全的面貌。这一命题的提出,虽然在主观上并不指向对男权历史的质疑与批判,但毫无疑问的是,客观上,"女性大历史"概念的提出,对于传统的只注重男性历史和男性形象的文学而言,是一种纠偏和挑战。

蒋胜男不仅仅是"女性大历史"文学的倡导者,同时,亦是女性历史文学的忠实书写者。在《衡量天下》的作者简介中,蒋胜男向读者这样介绍自己:"喜读史,善于透过文字表象捕捉历史真实……尤擅用深入浅出、情理兼容笔法演绎历史传奇"①。在谈及自己的文学创作时,蒋胜男也毫不掩饰她的女性主义立场:"因为我自己是女性作家,所以更容易以女性的角度作为切入点……有些历史小说写得很好看,但基本上是从男性视角去写,几乎没有人能以包含女性视角的更全面的角度去看历史、写历史。"②作为女性,蒋胜男对女性的生存境遇和心灵世界的观察具有天然的优势。同时,作者也希冀用女性主义立场破除以往历史小说的男性中心倾向,用更为成熟和周密的思维,还女性个体生命维度和文化维度上应有的敬重与爱惜,进而实现历史真实与女性价值的双向回归。

为了从混沌、冰冷而又极其简单的史书中爬梳和建构起女性历史谱系,蒋胜男数十年如一日地阅读和寻觅女性历史人物的生命情状。动笔写作之前,除了案头的资料收集和整理工作,她还采用田野调查的方式进行实地调研和访谈,力求全面而深刻地理解笔下的人物及其生命故事。回到史料本身,深度勘探和挖掘其内部含蕴的文学性与故事性,在所知有限的情况下,蒋胜男通过合理的文学想象,融合现代的历史观创作出一系列文学作品,传达出女性作家对历史和性别的独特解读。《芈月传》《燕云台》《衡量天下》《凤霸九天》《权力巅峰的女人》《铁血胭脂》等作品讲述的均为女性人物的历史功绩

---

① 蒋胜男:《衡量天下》,浙江文艺出版社 2018 年版。
② 蒋胜男:《用女性视角去切入历史》,《南昌日报》2015 年 12 月 12 日。

和生命故事。

　　与大多数网络作家热衷采用"穿越"和"架空"的叙事策略不同,蒋胜男的女性历史写作遵循的是现实主义的创作手法。芈月(《芈月传》)、萧燕燕(《燕云台》)、吕碧城(《衡量天下》)等女性人物形象都是有案可查的。这些曾风华绝代的女性在历代史志的记载中或是只有寥寥数笔的简略概括,或是被塑造成男性英雄情爱世界的陪衬性人物。在这些作品中,女性的历史功绩被无情抹杀,她们的生命故事被简化或改写,而女性主人公的心灵世界则得不到深度的呈现。然而在蒋胜男的历史著作中,这些女性摆脱了男性叙述中陪衬者的庸常形象,她们不再是政治生活和文化生活中的缺失者,而是推动历史、引领风尚的时代前行者。芈月、萧燕燕、刘娥、没藏、郑三嫂、吕碧城等女性人物都拥有高度自觉的女性主体精神和性别自尊。她们的睿智头脑、独立言行和雄心壮志在文本中得到了淋漓尽致的呈现。

　　譬如在《芈月传》中,芈月曾掷地有声地宣称:"再苦再难,我也是自己的主人,由我自己,来主宰自己的命运。不管成败,靠我自己的双手。成了,是我应得的;败了,是我自己无能,我无怨无悔。"① 又如在《燕云台》中,耶律贤去世后,宋国抓住机会,立即北伐辽国。消息传来,辽国众臣惊慌失措,全无应对之法。当此之时,太后萧燕燕勇敢地站了出来,她铿锵有力地对群臣表态道:"朕决定了,如果宋军来攻,朕就携皇帝南下幽州督战。燕云十六州乃太祖太宗心血铸成,如今已成大辽基石,谁人再提放弃,朕定斩不赦!外敌入侵,大辽上下自当君臣一心,同仇敌忾,各部整顿兵马,随朕和主上南下御敌!"②

　　诚然,蒋胜男的"女性大历史"写作是基于女性作家的独特视角,从女性主体的思维情感出发,通过史料的剪裁和高超的想象连缀而成的历史书写。但在反抗男性历史写作对女性的覆盖和遮蔽时,蒋胜男并不想让她的女性历史写作陷入"女性中心"的偏狭境地。在她看来,无论是"男性中心",还是"女性中心",均是不符合健全史观的偏颇写作。她的写作,欲要探讨和建构的是

---

① 蒋胜男:《芈月传》(第五卷),浙江文艺出版社 2015 年版,第 29 页。
② 蒋胜男:《燕云台》(第四卷),浙江文艺出版社 2018 年版,第 167 页。

两性平等的文学史观。这使得她的历史写作迥异于只局限在女性狭小的世俗生活和情爱世界的"宫斗文"和"宅斗文"的写作，同时也与不乏谵妄色彩的"女尊文"和"女权文"划开了清晰的界限。蒋胜男给予她笔下人物一个宽广而自由的世界，这些女性的生命轨迹不再只是个人的印迹，她们与男性一起，在时代、民族甚或文化的建构中结伴前行。在广阔的社会历史背景中，作家意欲勘探出更为复杂深刻的两性观和文明观。

基于此，蒋胜男的女性历史写作并没有驱逐和矮化男性形象。相反地，作者肯定了男性在女性成长岁月中的文化赋权和政治赋权。"中国妇女的能动性和主体性自有一套基于独特生活经验与人际网络的建构模式，并呈现出迥异于西方 19 世纪女权运动的思想理路及文化表征。比如，江南地区士绅家族的妇女往往从父亲、兄长、丈夫等家族男性那里得到教育文化资源和持续的情感/智力支持，这种'文化赋权'的方式对于西方妇女史而言是很特殊的。"①芈月、萧燕燕、没藏等女性能够登上"权力的巅峰"，除了个人的非凡抱负之外，也离不开父兄、丈夫或恋人的鼎力相助。在两性观上，蒋胜男强调的不是对立而是包容，不是乌托邦式的幻想而是可以改变现状的坚信。

"母亲"历史与"父亲"历史的双重视野使得蒋胜男的女性历史写作呈现出朗健的精神气质，同时也贡献了值得重视的历史观和方法论。

二

在蒋胜男的"女性大历史"系列作品中，令人印象最为深刻的是一个个活力四射、不甘平庸、充满抗争精神和家国情怀的人物。不论是芈月生活的战国时代，还是萧燕燕生活的宋辽时代，均是群雄逐鹿、硝烟四起的战争动荡年代。在历史文化的转折时代，多元的政治理念在激荡碰撞，多样的人生道路在眼前铺展，理想、野性、活力、坚韧成为时代的关键词。彼时，从皇帝到臣子，从士人到平民，从圣人到奸佞，不论男女，不分贵贱，这些人物普遍具有坚

---

① 刘堃、乔以钢：《女性家族历史叙事的双重视野——以〈天香〉〈张门才女〉为例》，《中国文学批评》2016 年第 4 期。

韧不拔的个性、热切的功名心,以及快意恩仇、敢于抗争的个性风采。

以蒋胜男已经完结的作品中,可以看出作者以史家的气度与抱负来结撰宏大历史的艺术追求——在"补正史之阙"的写作目的下,采用"纪传体的叙事技巧"来描摹历史上的风云人物。这种宏阔的视角与探源文明的雄心魄力不仅奠定了其小说宏大的叙事格局,而且也接通了中国古典文学中"感时忧国"的叙事传统。因此,小说中的女性人物不再局限于阃内,而是融入广阔的外部世界,在政治、历史、文化巨变时代起到了至关重要的作用。

在蒋胜男的小说中,常常可见这些女性人物的高远理想和治国理家之才。萧燕燕、芈月、刘娥、没藏等女性均具有深切的家国情怀,她们和男性一样,深切关怀着民族命运和国家兴衰——"先贤们葆有的这种铮铮骨气和崇高节操,来自孟子所谓的集义而生、日益存养的浩然之气。从屈原的'亦余心之所善兮,虽九死其犹未悔',到唐代诗人戴淑伦的'愿得此身长报国,何须生入玉门关',再到明东林党领袖顾宪成的'风声雨声读书声声声入耳,家事国事天下事事事关心',这种民胞物与的家国情怀正是我们民族的灵魂和传统文化的精髓。直到今天,这种正气仍然是中华民族伟大复兴的精神动力和价值依据"①。甚至,当国家责任与个体情感不能两全时,在经过慎重思考后,她们大多会放弃情爱,以民族或国家的利益为优先。

譬如在《芈月传》中,陪着儿子嬴稷在燕国为质的芈月原本打算与初恋黄歇一起离开燕国,从此不问政事,只求平静安然地度过余生。但是,当秦国面临四分五裂的危局时,芈月最终决定放弃与黄歇的山中之契、归楚之约。做出这样的决定,芈月是非常痛苦的,她清楚地知道这意味着她将与黄歇永远地错过。但正如她向黄歇所说的那样:"濒临危亡的秦国需要我,我知道没有人能够比我做得更好,更能够理解秦国历代先王的抱负和野心,更能够改变秦国的未来。"②当国家伦理与个体的爱情欲求相抵触的时候,芈月选择了国家,放弃了爱情。

当然,在此过程中,作家浓墨重彩地描摹出芈月在"治国平天下"和"并肩

---

① 张江、张德祥等:《家国情怀与文学书写》,《人民日报》2015 年 2 月 13 日,第 24 版。

② 蒋胜男:《芈月传》(第五卷),浙江文艺出版社 2015 年版,第 257 页。

携手，共享天伦"之间艰难抉择的心路历程。国家危机的"大"同个体情爱的"真"进行了激烈的碰撞，从而释放出动人心魄的艺术感染力，并展示出女性的牺牲精神与家国情怀。

值得注意的是，当蒋胜男在书写这些搅动历史风云的女性时，在肯定和讴歌她们所具有的家国情怀时，并没有将她们塑造成花木兰式的、全无女性性别和主体意识的人物群像，更没有如时下流行的网络小说一般，将女性描述成一群只知掐尖斗狠，甘作君王垂怜的附庸者。作家塑造的女性形象大都具有健全的人格和独特的个性风采。例如在《燕云台》中，辽世宗的同族妻子撒葛只和汉族妻子甄氏共同被册立为皇后，虽然地位平等，但她们没有互相提防和陷害。相反，她们惺惺相惜，从始至终坦荡相待，愿意为大辽的崛起而贡献出自己的力量。与之类似，在《芈月传》中，庸夫人和芈月全无女人之间的拈酸吃醋。她们互相懂得，彼此欣赏。秦王去世后，面对秦国内忧外患的政治危局，她们勇敢地站了出来，在精诚合作中揽狂澜于既倒，为大秦的崛起奠定了坚实的基础。

作为女性作家，蒋胜男用充满柔情的目光和悲悯的情怀关注她所摹写的人物形象。在宏大历史情境之下，个体的情感生活和世俗生活也得到了细致的铺陈。"从某种程度上说，日常生活诗学的重构，体现了中国当代作家对人的完整生活的一种审美建构，对变动不居的现代生活的严重关切，以及对人的生命本体的全面理解和尊重。它既体现了朴素的人本主义思想，也试图对文学过度关注于宏大生活书写进行自觉的纠偏。这一诗学观念的形成，与中国社会发展密切相关，也是文学自身的历史诉求。"①宏大生活与日常生活的圆融书写，表明了作者对健全人性和人生的理解，更彰显了蒋胜男站在时代浪潮里回望、挖掘、思考历史的现代意识。

如果说塑造杰出而实有的女性群像是蒋胜男"女性大历史"的叙事核心的话，那么，温润如玉、重情重义的士人君子和雄才大略、心怀天下的皇帝则构成烘托"核心形象"不可或缺的陪衬性人物。在历史的舞台上，他们同样散发出熠熠光辉。

---

① 洪治纲：《日常生活诗学的重构》，《文学评论》2018年第4期。

在女性成长为杰出政治家的过程中,蒋胜男理性而详实地交代了男性所起的巨大作用。大体而言,这些男性分属为士人君子和帝王两种类型。前者最典型的代表为黄歇、韩德让,后者则为秦王驷和辽景宗耶律贤。这些男性人物不仅在情感上给予女性真挚的情爱,还以如师如兄的角色担当起女性启蒙者的职责。某种程度上说,正是这些君子的真情守候和帝王的悉心教导,才使得芈月、萧燕燕等女性从无数的政治旋涡中泅渡出来,一步步成长为杰出的女性政治家。如此,男性不再是女性进入历史、掌握权力的异己力量,相反地,蒋胜男笔下的男女两性在一种乐观、浪漫的关系中通力合作,共同开创王朝或民族的繁荣盛景。

倘若深而究之,蒋胜男历史小说中所书写的君子风范主要体现在对情感的"诚"与对天下苍生的"仁"这两个维度。这种风范,恰是传统礼制文化的精髓所在。无论是黄歇,还是韩德让,他们对功名利禄的追求并不热切。他们的毕生追求,并不是效忠王朝的统治者,而是为天下百姓的安宁生活而奋斗不息。在这些君子眼中,功名的获得,不过是实现拯救天下苍生的必经途径。"士不可以不弘毅,任重而道远。"他们的心中,怀着仁善。而在情感世界中,这些男性普遍具有深情和专情的品性。生而为人,他们和普通人一样要遭逢苦难的迎头痛击,要面对恋人的离去和理想的幻灭。

在深度研读相关典籍后,蒋胜男愈发坚信建立健全史观和性别观的重要性。因此,在她的历史小说中,女性形象与男性形象一样立体而丰富。作为命定的共同体,女性与男性之间既有剑拔弩张的斗争,亦不乏温情缱绻的合作。在历史的天空中,在文明的进程里,显示出"你中有我,我中有你"的互为依赖的复杂关系。

三

普实克认为中国文学具有"抒情"与"史诗"两大传统,而蒋胜男的历史写作无疑承继并创造性地发展了这两大传统。

"中国是一个尤其重视历史的国度,几乎没有一个中国作家不想写一部史诗性的作品。特别是在没有现实话语空间的时代，钟情历史的写作就是超越现实的重要精神飞地。"①蒋胜男的文学写作集中书写历史上的伟大女性，通过这些女性波澜壮阔的一生，以一种气势恢宏的全知视角将王朝历史和世情百态悉纳笔底。

在洋洋洒洒百万字的篇幅中，长篇小说《芈月传》讲述了大秦宣太后在战国时代历经的传奇人生。在六卷本的体量中，作者不仅讲述了主人公从楚国、秦国到燕国所历经的个体遭际，同时也在探析中国文明源初阶段的自由气象与勃勃生机。在宏阔的背景中，从宫廷到市井，从国家政治到日常生活，从各国习俗到饮食器物，作者凭借其出色的叙事才能将之一一呈现。作者以翔实细密的书写完成了对战国时代全景式、史诗化的摹写，将读者带入列国争雄、激情澎湃的时代氛围中。

长篇历史小说《燕云台》则通过萧燕燕的一生，讲述了辽国从遵循契丹旧制到逐渐推行汉化改革，最终在大辽疆域内实现了契丹与其他各民族和谐相处、共创繁荣的盛世局面。小说从辽世宗挥师南下却遭遇祥古山政变起笔，以大开大阖的艺术之笔叙写了契丹守旧贵族的代表人物辽穆宗和积极推行汉化改革的辽景宗之间残酷而充满血腥的斗争史。为了全面客观地呈现这段惊心动魄的历史，蒋胜男深入了解辽国历史的细部，在对时间的线性推演中，将辽国皇族三支围绕皇位的争夺和面临的外部忧患进行了全方位的呈现。在几代人的共同努力下，经过长达半个多世纪的奋力抗争，耶律贤、萧燕燕、韩德让等人终于迎来了大辽王朝最好的时代——对外，与宋朝缔结了"澶渊之盟"，开启了宋辽之间长达百年的和平期；对内，粉碎了胡辇、伊勒兰等人的阴谋叛乱，并将所有觊觎皇权的敌对势力一举歼灭，从而实现了国家安定、民丰物富的治世理想。

由此可见，"史诗"性的创作追求使得蒋胜男的历史写作犹如一幅包罗万象的丰富图卷，而作者想要记录一个独特王朝的历史足迹，探寻一个时代的文化史与世情史的追求则显而易见。

然而，"载道"的宏大与理性并没有压倒或者消解对个体情感和个人伦理

---

① 季红真：《穿越历史烟尘的女性目光——论凌力的历史写作》，《文学评论》2008 年第 6 期。

的关注。事实上,蒋胜男的历史写作之所以独具特色,辨识度极高,恰恰是因为她的写作是抒情主义的,是书写诗化的、情感化的历史。抒情传统的再造,使她的历史写作迥异于传统单向度的、男性化的历史。蒋胜男以有情的眼睛看待世间的一切,以体恤融入的心态理解她笔下的所有人物。在行文的过程中,书写爱并肯定爱成为蒋胜男历史小说最为核心的价值取向。她笔下的爱,包括爱情、亲情、友情以及其他多种样式的情感类型。

蒋胜男的历史小说重申了"爱的力量是伟大的"这一恒常认知。她以炽热的情感和诗意的方式细细书写了芈月与黄歇、萧燕燕与韩德让、玉箫与耶律贤、石香姑和张保之间哀婉而缠绵的爱情故事。在争权夺利而又遍布阴谋诡计的社会历史中,这些痴情男女始终没有放弃爱的能力与理想。譬如萧燕燕和韩德让在被皇帝耶律贤强力拆散之后,并没有真正地放弃和妥协,他们将对方埋藏在内心深处,至死不休地深爱着彼此。最终,在漫长的等待中,在政治的动荡里,他们得以缔结连理,并携手开创了大辽的辉煌历史。而在芈月的一生中,她经历了三段刻骨铭心的爱情。黄歇、秦王驷和义渠王都是她生命中无法忘怀的男性,她对每一段爱情都是真心的、投入的。

值得特别指出的是,蒋胜男笔下的爱情叙事并不是凌虚蹈空、无视现实的。她写出了爱的炽烈,也写出了爱的一波三折和所要承受的痛苦。爱得越深,意味着承受的苦难越深。爱的力量有多大,吞噬它的力量就有多强。青春年少时的至纯之爱,总要经受命运或阴谋的无情拨弄。长大成人后,在家国责任的担负下,相爱的人常常不能在一起。在刻骨的相思中,纵然可以用"有情人岂在朝朝暮暮"来宽解自己,但在日常生活里,却不得不面对"使君有妇,罗敷有夫"的尴尬局面。

蒋胜男肯定了爱所具有的美好和伟力,但是,她又无比清醒地指出了政治权力和家国伦理对爱的颠覆和扼杀。小说中,人物的情爱纠葛,犹如试金石般揭示了王权历史和人性真情的矛盾与悖反。令人惆怅的是,这种不可调和的矛盾冲突往往发生在亲人或朋友之间,从而揭示出人性的复杂与人生的残酷。

典型的为《燕云台》中胡辇、乌骨里和萧燕燕三姐妹的情感关系。在宰相府里,乌骨里和萧燕燕在大姐胡辇的关爱下愉快地生活。但嫁为人妇后,三姐妹则被迫分属于不同的政治集团,昔日的姐妹亲情在无休止的阴谋和暴乱中消失殆尽,终至发展到你死我活的惨烈结局。

蒋胜男以慧识之心发现了大历史覆盖下隐埋的情感之殇,写出了人类之爱的脆弱与坚韧。这样的情感叙事既是理性的,也是抒情的,让读者在阅读中体悟到生命的悖论,哀叹家国情怀与个人情感的矛盾冲突,从而更深刻地理解生命中爱的哀愁与美丽。

诚如布鲁姆所言:"爱当然不是生命的全部,但它的确突出了人的某些最可贵的理想。把人最大的快乐与最高级的活动,以及最高贵而美丽的言行合二为一,还有什么比这更好? 这,就是爱的理想。"①无论外界环境如何不堪,作家都不忍也不愿她笔下那些美好的人物完全被异化和失去爱的能力。小说在诗性的基调下歌咏着情感的美好与人性的善美。在蒋胜男的历史小说中,爱情之花到处开放,爱情传奇随处可见。爱,是美丽的,也是永存的。这一信义伦理与当下"不谈爱情""懒得离婚"的颓败情绪形成了鲜明的对比。

在铁血历史里,在动荡时代中,人间依然拥有值得述说与坚信的爱。这,既是女性强大和坚韧的因由,亦是女性历史有别于男性历史的精神质地和生命质色。

(本编主持:夏烈)

---

① [美]布鲁姆:《莎士比亚笔下的爱与友谊》,刘小枫、甘阳编,马涛红译,华夏出版社 2012 年版,第 5 页。

第二编

茅盾研究

◎女性主义视域下《虹》之思想意蕴探析

——兼论秦德君在茅盾创作《虹》过程中的作用

钟海波　陕西师范大学文学院

"五四"新文学兴起后,受西方女性主义文化思潮影响,妇女问题成为现代作家关注的重要社会内容之一。现代作家创作出许多关注妇女命运、反映妇女生存状况的小说,如鲁迅的《祝福》《离婚》《伤逝》,庐隐的《海滨故人》《象牙戒指》,冯沅君的《卷葹》,凌叔华的《绣枕》《中秋晚》,苏雪林的《棘心》,丁玲的《莎菲女士的日记》,叶绍钧的《倪焕之》,萧红的《生死场》,张爱玲的《金锁记》《倾城之恋》,等等。在众多反映妇女问题的现代小说中,茅盾的《虹》独树一帜,别具特色。该作以 1919 年"五四运动"至 1925 年"五卅运动"为背景,在宏阔的历史背景下,描写新知识女性梅行素逃离旧家庭,走向社会,探求妇女解放及全人类解放道路的生活和心理历程。小说风格细腻婉约,具有浪漫色彩,对女性生存思考独到。《虹》在现代文学史上颇具意义,但学界对这一作品重视不够、研究不足。以往研究,偏重于分析《虹》的人物形象或艺术特征,主要分析梅行素的"新女性"特征及小说的心理描写手段。本文侧重于从思想史角度,分析《虹》的女性主义思想内涵。此外,本文也分析秦德君在《虹》创作中产生的积极意义。论文由以下几部分展开。

一、揭示父权文化对女性的戕害

（一）女性歧视

在人类发展史上，因为生产方式转变（即由畜牧业向农耕业的转变），男子以其身体强壮的优势取得生产中的主导地位。进入父权时代，母权制被推翻了，导致女性地位下降，男尊女卑观念产生，与此同时，产品有了剩余。为了确保能够把财产传到男子的嫡亲子女手中，对妻子的约束更加严格，专偶制婚姻制度形成，"其明显的目的就是生育有确凿无疑的生父的子女；而确定这种生父之所以必要，是因为子女将来要以亲生的继承人的资格继承他们父亲的财产"[①]。

在漫长的男权中心社会，性道德方面存在两种标准，对男子是一种，对女子是另一种。为了延续后嗣，男子可以三妻四妾。为了满足男性的欲望，旧时代还有娼妓制度。但是，对妇女在婚姻中的要求却是从一而终、守贞洁，且遵守三从四德等。男女发生婚外情，受处罚的和被舆论攻击的总是女性。鲁迅、胡适对中国传统社会的妇女贞操、节烈要求极为愤慨。胡适曾说："贞操是男女相持的一种态度，乃是双方交互的道德，不是偏于女子一方面的。"[②]茅盾的小说《虹》揭示了这种不平等现象，以及反映男权文化对妇女的歧视。川南师范女教员张逸芳，感情史丰富，她与陆校长同居被人窥见，在泸州被传得满城风雨。有好事者写了"女教员的风流艳史"的传单，四处传播。众口铄金，社会舆论让张逸芳抬不起头。而陆校长有风流韵事不被人谴责，反倒被人艳羡。柳遇春在外寻花问柳，不被谴责，梅行素走出家庭却被视为大逆不道。

在婚姻方面，男子对婚姻不满可以出妻，再不济可以出去宿娼，弥补感情空白。如果女子对婚姻不满，则没有退路。在旧时代，女性的生存空间受到

---

①　［德］恩格斯：《家庭、私有制和国家的起源》，《马克思恩格斯选集》，人民出版社 1995 年版，第 58 页。

②　胡适：《贞操问题》，《胡适文集》（第二卷），北京大学出版社 1998 年版，第 510 页。

极大限制。独身主义，遁入空门，自杀，后来又去教会救济中心，这些是她们逃避的最后退守之地和无奈选择。小说中写到的陈女士自称是独身主义者，宣扬独身主义是她的理想。小说借人物之口把她和妙玉相比，显然点到她痛处，虽然她极力否认，但是背后的隐情大同小异。正如她自己所说，独身主义者无非这些情况："有许多人因为婚姻不如意，只好拿独身主义做栖留所；又有些人眼光太高，本身的资格却又太低，弄来弄去不成功，便拿独身主义来自解了；也有的是受不住男子们的纠缠，那么，独身主义成了挡箭牌；更有的人简直借此装幌子，仿佛是待价而沽！"小说暗示她有过婚恋经历，只是不如意，不能再选择，于是持独身主义的人生态度。和黄教员夫人的境况相联系并加以比较，她的独身主义论就不难理解了。黄夫人和丈夫婚后一度比较幸福，但她们幸福平静的婚姻生活由于丈夫堂妹黄因明的闯入而被破坏。丈夫和堂妹的不伦之恋使她陷入痛苦。她想过独身生活或遁入空门或自尽解脱。

（二）对女性的损害

在男权文化下，女性是受压迫者，尤其在婚姻方面，多数女性是最大的受害者。"丈夫在家中掌握了权柄，而妻子则被贬低，被奴役，变成丈夫淫欲的奴隶，变成单纯的生孩子的工具。"[①]她们被视为物，即一种商品和生育工具，婚嫁中家长们根本无视她们作为人的感情。没有感情的婚姻就不会有幸福。《虹》的主人公梅小姐就是买卖婚姻的受害者。她的老父梅中医，原来门庭若市，看病问诊的人很多，后西医兴起，中医被冷落，梅医生的生意日渐清冷。他虽然清楚地知道女儿喜欢姨表兄韦玉，不喜欢姑表兄柳遇春，但为了钱财，他执意把女儿嫁给柳遇春。在家庭中无说话权的梅女士违心接受了老父的安排，与自己不爱的表兄柳遇春结婚。她成为包办婚姻和买卖婚姻可悲的牺牲品。

婚后，丈夫依然眠花宿柳，她愤然离家，后来在同学家隐藏起来。公开宣告脱离家庭以后的梅小姐被推向新闻中心，成为轰动一时的新闻人物："出名的暴发户"，四川出名的"梅小姐"。但是，这个社会对待"梅小姐"却是表面上

---

① ［德］恩格斯：《家庭、私有制和国家的起源》，《马克思恩格斯选集》，人民出版社 1995 年版，第54 页。

赞许,本质上鄙夷、嘲笑。女性把她视为"异类"或"潜在竞争者",嫉妒她、仇视她;男性把她视为白日梦的对象、猎艳的目标。在人们的口中,她是"阴谋家,自私者,小人,淫妇——总之,是无耻的代表"。"梅小姐"无论在家庭还是在社会上,都承受着巨大的舆论压力和心理压力。她曾羡慕好友徐小姐,羡慕她有理想的生活处境。她走进大自然总会发出"美丽的山川,可只有灰色的人生;这就是命运么"的感慨,可见梅女士的感慨是十分沉重的。而且,她单身以后,生理与心理的苦闷无法排遣:"在她的心深处,在这单调空白的硬壳下,还潜伏着烈火,时时会透出一缕淡青的光焰;那时,她便感到难堪的煎迫,她烦恼,她焦灼……"

韦玉的妻子虽没有出场,但她的悲剧在小说里被间接地叙述出来。她和韦玉没有见过面,彼此陌生,完全凭借长辈的意志,被安排在一起。韦玉爱着另外的人,对这桩婚事没有热情。结婚一两年韦玉病死,留下她们孤儿寡母,等待她的是无尽的精神痛苦和生活折磨。

在男权文化下,总是把女性的悲剧归于宿命,"红颜薄命",其实,女性的生存悲剧根本原因是历史文化造成的。

(三)赋予她们"女人性"

古代社会轻视妇女,贬低妇女,孔子说,唯女子与小人难养也。其实,"女人性"与后天的文化教养与生活环境有密切的关系。"女人性"是文化的产物。波伏娃说:"女人不是生就的,而宁可说是逐渐形成的。在生理、心理或经济上,没有任何命运能决定人类女性在社会的表现形象。决定这种介于男性与阉人之间的、所谓具有女性气质的人的,是整个文明。只有另一个人的干预,才能把一个人树为他者。"①男主外,女主内。为了更好地控制妇女,生理上,让她们缠脚;精神上,使之愚昧,宣扬"女子无才便是德"的观念,她们被剥夺受教育的权利,如此则导致女子缺少文化教育,其才能不能得到培养。这种文明要求她们做贤妻良母,相夫教子,大门不出二门不迈,操持家务,其生活环境狭窄,致使她们眼界狭小。宗之櫆说:"自来社会男子,恃其强力,欺

---

① [法]西蒙娜・德・波伏娃:《第二性》(二),中国书籍出版社1998年版,第1页。

凌弱女，视女子为物品，不为人格，积渐既久，女子恃男子而生存，不能独立，诌媚容悦，亦自视为物品，不为人格，历数千年之久……知识低微，心襟鄙狭，感情偏颇，意志薄弱，无宏大之思想，乏独立之精神，迷信偶像，倾倒神权。慕虚荣而不务实际。好放佚而不求学术。但图朝夕之欢娱，不审人生之究竟。日处苦海，自居玩物而不知耻。"①《虹》通过生动的情节、细节，分析了女性的"劣根性"：小心眼，当面挖苦、背后讥笑，或当前亲热、背后冷笑，势利，尖酸刻薄，嫉妒，敏感，禁忌，猜忌，喜欢明争暗斗，指桑骂槐，含沙射影，打探隐私，偷听，传播消息，甘心依附。把隐私当作新闻消遣，心理畸形。女性自觉认同男权文化，甘愿做男性的附庸。"阿房宫"将军有五个"终身伴侣"，她们中的一个自豪地写下"愿为英雄妾，不作俗人妻"的诗句。梅女士被邀请至惠省长家做家庭教师。她无意给好色的将军做妾，但遭到他的妻妾的嫉妒，杨小姐拿了手枪对着她的脑门逼她离开，她担心梅女士成为妾后和自己争宠。梅女士气愤地想：不知腐鼠成滋味，猜意鹓雏竟未休。

茅盾在《劳动节日联想到的妇女问题》中愤慨地抨击了男权文化的罪恶，他说："是男子造出卖淫制度来，叫女子丢脸；是男子做出奇形怪状的东西来，叫女子好装饰；是男子做出不通的礼法来，叫女子没知识没独立的人格；是男子造出可恶的谎来，叫女子自认是弱者是屈伏者：男子把女子造成现在的这个样子了……"②女性悲剧是男性造成的，同时女性悲剧也是社会悲剧。女性承担教育子女的重任。女性的文化素质影响了孩子，孩子长大后走向社会又影响社会。

二、倡导男女平等

（一）男女无贵无贱

中国有史以来的文化是父权文化，男尊女卑观念根深蒂固。明中叶以

---

① 宗之橅：《理想中少年中国之妇女》，《少年中国》第 1 卷第 4 期，第 32 页。
② 茅盾：《茅盾全集》(14)，北京人民文学出版社 1997 年版，第 206 页。

后，资本主义生产关系萌芽，明末清初，思想领域民主意识潜滋暗长，女性的地位、价值问题开始受到重视。蒲松龄的《聊斋志异》虽以花妖狐魅为题材，但歌颂了女性身上体现出的美好人情人性以及她们超人的胆识能力，表达了女性崇拜意识。《红楼梦》的第二回"冷子兴演说荣国府"借贾宝玉之口讲了这样一句名言："女人是水作的骨肉，男人是泥作的骨肉。我见了女儿，我便清爽；见了男人，便觉浊臭逼人。"女儿被视为天地间灵气所钟，生命精华所聚，而且，小说描写"金陵十二钗"，其容貌，其品德，其才华，均高出须眉男子。无疑，《红楼梦》也表现出女性崇拜意识。《镜花缘》针对现实社会对女性的压制，为女子鸣不平。小说借百花仙女下凡，展示女性多方面的突出才华，描绘出一个"女尊男卑"的乌托邦世界。当然，和男尊女卑意识相比较，这种意识又走到了另一极端。

茅盾在《弱点》一文中说："多么脆弱的现代男子却最会说女子如何如何脆弱，如何如何不完全。自然，女性有许多的缺点。虚荣心太重，惯小意见，心窄，不能容忍，这都是所谓缺点了。但男性就没有了么？"[1]在《虹》中，茅盾也表现了男女平等观念。他认为男女在人格与权利上应该是平等的。他反对男尊女卑思想，主张男女互补，提倡平权，反对男权社会下的性别歧视。女性人物，除了梅女士、徐女士，其他女性也均有人格缺陷。中年妇女，寡妇文太太，有一双缠过又放开的畸形的脚，发髻散发恶臭。她庸俗，见识短浅，没有文化却热衷参政，其女权思想混沌到极点。陈女士三十多岁，自我标榜独身主义，却又喜欢打探和议论别人的隐私，对男女关系种种似乎很有经验。包括黄因明、黄教员的夫人、张莲芳、杨女士都有性格或人格缺陷。那么，男性呢？《虹》中除了梁刚夫人格完美外，其他男性均有人格道德方面的缺陷。小说写到的男性多数均在两性关系方面有色情狂倾向。柳遇春是一个庸俗的市侩。他是孤儿，被舅舅梅中医收养。他不思报答，却垂涎表妹梅行素的美色。他早就对梅表妹存有歹心。"在梅女士初解人事的时候，已是成人的他便时时找机会来调戏。现在梅女士的臂上还留着一个他的爪痕……她怀着这些被侮辱的秘密，她秘密地鄙视这个人。"新婚不久，他还出去找娼妓寻

---

[1] 茅盾：《茅盾全集》(14)，北京人民文学出版社1997年版，第234页。

欢作乐。她心仪的姨表兄韦玉，虽然人格高尚，但优柔寡断，性格怯懦，缺少男子汉的英武气概、阳刚果敢。他和梅女士有一起出逃的机会，但他不敢行动。他自称不愿害自己喜欢的梅表妹，却去害另一个未见面的陌生姑娘。结婚后，他又放不下恋人，慢性自杀，悲惨死去，死前呼喊着恋人的名字。他既可怜，又可恶。梅女士逃离家庭以后，在重庆和泸州遇见的几个男子都表现出性饥渴特征。十七岁的徐自强，性格古怪。他小小年纪就垂涎美色，遇见少妇梅女士，他极力接近。取得些许好感便说出："我爱你。"其实，他对梅女士的所谓爱，与阿Q对吴妈的"爱"没有多大区别，完全是性。他对梅女士的精神世界完全不了解。所以，当梅女士问他："从什么时候起？为什么？你爱过么？你知爱的滋味么？光景你只在小说里看见过爱的面目罢？"这些问题把他问糊涂了，他在这方面连"幼稚"都说不上。当梅女士谆谆告诫他的时候，他正用眼光好奇而又贪婪地盯住了她的只罩着一层薄纱的胸脯，一个指尖轻轻地、畏怯地搔触她的手腕。小说温和而幽默的笔法曝光了少年人的"丑态"。升为省长的惠师长虽没有正面出场，但小说从侧面描写了这位"阿房宫"将军对女色的贪欲。他公馆的大园子快成了"阿房宫"，几乎要使用太监了。他标榜是"新派人物"，但其言论却匪夷所思，他的经典"名言"竟是："妻者，终身伴侣也；伴侣者，朋友也；朋友愈多愈好！"他妻妾成群，还派出"花鸟使"四处物色美女。他名义上请梅女士去他家做家庭教师，实际上想纳梅女士为妾。梅女士看出他的丑恶用心借机逃离。李无忌恃才傲物，狂放不羁。他想在学校出点风头博得美女青睐，但被他瞧不起的体育老师吴麻子在国庆期间排练节目中出尽风头，这让他大为恼火。钱老师则和同校几位女性老师一样，爱拉帮结伙，排斥异己，背后施诡计，玩弄小手段。他的小说通过对男性缺点的展示，解构了男性优越的神话。茅盾所要求的男女平等不仅是人格、道德和权利的，还包括社会责任与义务的平等。

（二）男女社交公开

为了确保妇女贞洁，不被男子引诱，男权社会要求男女授受不亲，男女不能公开社交。男女交往禁绝导致男女关系的畸变。中国传统文学《西厢记》《牡丹亭》《聊斋志异》中都有所表现。所谓"一见钟情"乃是情势所逼，没有选择,没有机会。黄因明与堂兄的不伦之恋,梅女士在两个表兄之间的选择,无疑是旧时代男女没有公开社交的结果。黄因明卷进黄教员家庭纠纷的表层原因是黄因明报复嫂子的无端猜忌,其实深层原因在于黄因明的社交面狭窄。因她接触不到其他优秀青年,所以她崇拜堂兄。青春年华抑制不住性本能冲动,坠入爱河。她对梅小姐讲:"我只恨自己太脆弱,不能拿意志来支配感情,却让一时的热情来淹没了意志。"黄因明受生理支配成为插足他人家庭的第三者,她内心十分懊悔。虽然梅女士婚前有恋爱经历,但她接触的男青年只是两个表兄,柳遇春和韦玉。她的生活面狭小,到了恋爱的年龄,爱情只能在她和两个男人中的一个之间发生,别无选择。这不是人生的悲剧么? 直至她到上海认识梁刚夫,才真正接触到她完全心仪的男性,她做了感情的俘虏,她觉得自己找到了值得把一生托付的人。这正是她勇于抗争,走向大社会争取到公开社会交往权利以后的结果。茅盾于 1920 年在发表的《男女社交公开问题管见》一文中曾表达了对这一问题的认识,他说,旧时代男女社交是变态的,男女禁绝不但无益于社会道德,反而是有害的:"男人可到的地方,女人当然可以到;能这样的便是合理状态,不能这样的便是反常状态,这是极显明的。至于再进一步讲,拿社会进化的大题目来说,便知偏枯的社会绝没有进化的希望。男女社交不公开是偏枯的表面的最显见的;背后藏的,便是经济的知识的道德的不平等。如此男女关系的社会,总是一天一天向后退……"①但,茅盾反对"变态"的男女社会交往。川南师范的男老师在忠山赏月时,借酒装醉,强迫女老师和他们表演捉奸场面,那是对女性的侮辱。梅女士对此严厉谴责,表现出了女性的尊严。茅盾提倡正常的男女社会交往:"男女社交公开的人,见女人不知其为女人,只觉得伊是和我一样的一个人,我们欲去了异性的爱情……我们只觉得那些服式和我们不同的姐姐妹妹们,是和我们共撑成一个社会的,犹如一车之有两轮,并不是来满足我们异性的爱情。"他认为不能戴着"性"的眼镜去社交,不能带着"求偶"的念头去社交。

---

① 茅盾:《茅盾全集》(14),北京人民文学出版社 1997 年版,第 112—113 页。

三、探索女性解放道路

女性解放不外乎两个条件。一从主观上讲，女性自身觉醒；二从客观上讲，社会要提供女性解放的条件和环境。二者关系辩证统一。

（一）"女性的自觉"

妇女解放既需要社会制度的变革和提供男女平等的社会条件，还需要女性自身从被压抑和被束缚中摆脱出来，自觉体认生命价值，实现个性的解放，建构女性的文化主体精神。女性自觉包括为自身性别正确定位，认识到女人和男人一样，人格上是平等的，同时，女人也应该认识到在自身享有"人"的一切权利的同时也有一定的社会责任和义务。茅盾在《女性的自觉》一文中说："现代的女性当自觉是一个人，是一个和男性一般的人。不但男性能做的事要去做，男性未做的不能做的事，也要去做。几千年来的人类的文化，是男性一手里包办出来的文化，也不过是如此罢了；女性要在此时发下大宏愿，将来的文化决定要由女性参加进来尽一分推进的力了。"①

长期以来，因女性被男权文化同化，以致她们在某些方面是男权文化更忠实的强化者、捍卫者和卫道者。不觉悟的女性自甘为男性的附属品，逐渐缺失独立人格，缺少社会权利，逐渐退化。叶绍钧说：女子的不幸，既是事实，……若要把这缺憾弥补起来，得个完满、幸福的解决，不可不先有一种自觉。女性应自觉地抵制、纠正男权文化对她们的偏见、歧视和束缚，再不做"二重标准"下虚伪道德和名义的牺牲品。

《虹》通过对梅行素心路历程的描写，细致表现一个现代知识女性如何在"五四"新思潮影响下，逐步觉醒的过程。作为一名女性，她清楚地知道由于历史原因自己身上有许多"女人性"，这是历史文化遗留给她的劣根。她既已认识，就要极力克服。她离开四川，走出夔门时，还在反思自己，她想到：她的唯一的野心是征服环境，征服命运！几年来，她唯一的目的是克制自己浓郁

---

① 茅盾：《茅盾全集》(14)，北京人民文学出版社 1997 年版，第 232 页。

的女性和更浓郁的母性!

梅女士的觉醒除了反思作为女性自身的弱点,并加以克服外,还包括争取经济上的独立和对"伪道德"的反叛。旧时代,男女不平等,体现在经济、法律、教育、职业和道德等方面,但无经济权是受压迫的根本。鲁迅在《娜拉走后怎样》《伤逝》中分析了这一问题,强调了在女性解放中经济权的重要意义。《虹》中也表现了这样的认识。黄夫人不满丈夫背叛自己的爱情,虽想要离开,但想到的出路是进尼姑庵、去教会救济中心或自尽,却不去争取一份工作独立谋生。梅女士离开家庭以后,首先让朋友想办法帮自己找一份工作,依靠自己的能力养活自己,而不必像传统妇女一样做男子的附庸,靠男人吃饭,把结婚当职业。这是女性经济权利意识及地位意识的觉醒。梅女士的觉醒也体现在她对"贞操观"的质疑与蔑视上。《娜拉》话剧中的林敦夫人两次为了别人将"性"作为交换条件,毫不感到困难。学生们排练节目时没有人愿意承担这一角色,大家认为她不守贞洁。然而梅女士并不这样看她。她与不爱的柳遇春结婚后,她在贞操问题上的态度是:"只要他肯就我的范围,服从我的条件,就让他达到目的,有什么要紧? 旧贞操观念我们是早已打破的了……"柳遇春依仗自己有钱娶了她,她要让他人财两空。而且,她最终也认识到个体的解放必须与群体的解放结合才有出路。

和自我标榜新女性的文女士等人相比较,梅女士表现出与传统女性完全不同的新气质、新精神,主要表现是一种女性的自觉意识。

(二)参与社会革命

压迫中国女性的主要是社会制度。毛泽东在《湖南农民运动考察报告》中说,旧时代有四种权力——政权、族权、神权、夫权,代表了全部封建宗法的思想和制度,是束缚中国人民特别是农民的四条极大的绳索。[①] 鲁迅在《祝福》中生动描写了旧时代男权文化对妇女的压制。

女性解放需要社会提供能够使她们形成独立人格的环境与条件。被当作奴隶的妇女并非不想独立,而是情势不允许。这就要求妇女们联合起来推

---

① 毛泽东:《湖南农民运动考察报告》(1),人民出版社 1991 年版,第 31 页。

翻这样的不合理的制度。女性解放不仅是女性自身的生存发展要求,同时也是社会进步、发展的要求。一个合理、健全的社会,需要女性参与。女性走出家庭,走向社会是社会发展的要求。但是,由于历史原因,20世纪初的中国社会并没有为女性提供独立生存的环境与条件。女性必须把个人解放与社会解放相结合、女性解放与阶级解放相联系,才可以找到出路。

恩格斯在分析妇女解放问题时说,男权社会中妇女只从事家务劳动,而家务劳动只有私人使用价值没有创造交换价值,故而"同男子谋取生活资源的劳动比较起来已经失掉了意义",这就是女性处于从属地位的经济原因。因此,"妇女的解放,只有在妇女可以大量地、规模地参加社会生产,而家务劳动只占她们极少工夫的时候,才有可能"[①]。《虹》中描写了一个女革命家形象——益州女校崔校长。她在给同学演讲时说:"从前我们推翻满清,男党员女党员共同出力。男革命党放手抢掷炸弹,女革命党便私运手枪炸弹。现在要改造中华民国,也应该和推翻满清一样,男女一齐出力,女子不要人家来解放,女子会自己打出一条路来。"《虹》中梅女士给徐小姐的信中写道:"绮姐,你来的机会不坏。时代的壮剧就要在这东方的巴黎开演,我们都应该上场,负起历史的使命来。你总可以相信罢,今天南京路的枪声,将引起全中国各处的火焰,把帝国主义还有军阀,套在我们脖子上的铁链烧断……"

《虹》通过对梅女士最后的觉醒以及投入社会斗争的描写,告诉读者,只有把女性解放问题纳入阶级解放、民族解放的总目标中,才是中国女性解放的必然途径和正确道路。只有建立合理公平的社会制度,才可以实现真正的女性解放。

茅盾在《虹》中否定了女性的个人奋斗(梅女士的前期思想)、独身主义(陈女士)、出家当尼姑或自杀(黄夫人)等消极错误的思想和做法。

茅盾让女性走出家庭,走向社会,承担社会责任和使命的思想,体现出男性本位的意识。以男性标准要求女性。由于男女生理和心理存在差异,所以让女性从事与男性同等的劳动和工作是不现实的。

---

① 〔德〕恩格斯:《家庭、私有制和国家的起源》,《马克思恩格斯选集》,人民出版社1995年版,第162页。

四、秦德君因素

《虹》创作于茅盾与秦德君在日本同居期间。这一作品可以说是两人爱情的见证和共同智慧的结晶。秦德君对该作品的影响因素十分明显。

(一)提供素材、人物

胡兰畦是四川女革命家。1927年曾在武汉国民党中央军事政治学校学习。此时,茅盾受聘在该校任中校二级教官。虽然茅盾知道此人名字,但并不了解她。直至1932年,胡兰畦随宋庆龄从国外回来,成为轰动一时的新闻人物,茅盾拜见过她。茅盾以她为原型写作《虹》也有偶然因素,是秦德君为他提供了契机。在日本期间,秦德君向茅盾细致地叙述了四川的社会状况和风俗民情。尤其,她把自己和她的好友胡兰畦的生活故事向茅盾做了细致叙述。这成为茅盾创作《虹》的重要素材。秦德君带着浓厚情绪的叙述感染了茅盾,激发了茅盾的创作热情与冲动,这也构成了茅盾创作《虹》的灵感源泉。"这一时期,茅盾心情仍然有些郁闷。他说没有想到《幻灭》《动摇》《追求》三部曲在文坛上会引起轩然大波,需要写一部更新的小说来扭转舆论,只是苦于没有题材,愁煞人啊!为抚慰他苦闷的心灵,我搜肠刮肚把友人胡兰畦的经历在脑子里过了一遍说,从'五四'浪潮里涌现出来的青年,反抗旧势力,追求光明,有许多动人故事,是很美妙的素材。接着我便把她抗婚出逃,参加革命的事情述说一番。茅盾大感兴趣,决定以胡兰畦为模特儿,再加上其他素材,集中精力动手写一部长篇。"[①]

(二)介绍情节、细节及环境

把秦德君的生活经历和《虹》的主人公的经历相比较,可以发现其中有许多重叠的地方。秦德君提供的素材被《虹》吸收的部分主要体现在以下几个方面。

---

① 秦德君、刘淮:《火凤凰》,中央编译出版社1999年版,第72页。

　　成都青年爱国运动。秦德君的回忆录《火凤凰》记述了1919年由成都高等师范学生发起的全市学生参与的声势浩大的声援北京爱国学生运动的游行集会。秦德君和其他三位女生打头走在队伍最前面。她们打着五色国旗,高喊口号,向督军和省长请愿,并号召市民反日救国,抵制日货。《虹》的第二节对此有所描写。北京"五四"爱国运动爆发后,"这怒潮,这火花,在一个月后便冲击到西陲的'迷之国'的成都来。少城公园的抵制劣货大会,梅女士也曾去看热闹"[①]。

　　剪辫子。秦德君带头剪掉辫子,在成都掀起剪辫子运动,也引起一场风波。《火凤凰》中写道:"为了节省时间,我索性就把长辫子剪掉。同班同寝室的杜荇裳,看见我剪掉长发以后清爽利落,十分羡慕,叫我帮她也剪掉了。没想到她的妈妈跑来又哭又闹,找我拼命……可是剪长辫子的女生仍然是一天多似一天,最后形成了女子剪发运动。"《虹》中有这样的描写:"一种异样的紧张的空气布满了全校了。最后来了'剪发运动',那是一个多月以后的事。剪发的空气早已在流动,那一天却突然成为事实。几个在学生会里最活跃的人首先剪了。她们又抢着来剪别人的。梅女士的一对小圆髻也便是这样剪掉了。"

　　出川。《虹》中第一节有几段对三峡景色的细腻描绘:"扑面而来的危崖现在更加近了,已经看不见它的顶;一丛翠绿的柏树略斜地亘布在半山,像一根壁带,再下去便是直插入水中的深赭色的石壁,有些茑萝之类的藤蔓斑驳黏附着。这一切,这山崖的屏风,正在慢慢地放大,慢慢地移近来……""冲天的峭壁闪开在右边,前面又是无尽的江水在山崖的夹峙中滚滚地流""只见右岸一座极高的山峰慢慢地望后移退;峰顶是看不见的了,赫然挂在眼前的,是高高低低一层一层的树林,那些树干子就像麻梗似的直而且细。"此前,茅盾未曾到过四川。茅盾在《亡命生活——回忆录(十一)》中解释说这些描写依赖四川人陈启修的描述,他说:"陈述三峡之险时,绘声绘影,使我如入其境,久久不忘。"[②]其实,关于成都、重庆、三峡的方方面面,秦德君都为他做了详尽

---

　　①　秦德君、刘淮:《火凤凰》,中央编译出版社1999年版,第72页。

　　②　茅盾:《茅盾全集》(34),北京人民文学出版社1997年版,第423页。

的介绍。秦德君说："他并没有见过《虹》里面的女主角梅女士的原型胡兰畦（注：此处有误，茅盾认识胡兰畦），由重庆出巫峡的山山水水，以及成都、泸州的风貌，他没见过，我尽可能具体详细地对他描述。"①

川南师范教书。1921 年，少年中国学会会员卢作孚应杨森之邀赴泸州出任四川永宁道尹公署教育科科长。他以川南为实验基地，以极大的热情和改革精神在泸州地区开展轰轰烈烈的"新川南、新教育、新风尚"的文化活动和教育改革试验。卢作孚在泸州创办了通俗教育会，向民众普及与生活密切结合的各种常识和文化知识，并开展了一系列移风易俗的举措，更大力推进对川南师范学校的全面改革。为此，他聘请同为少年中国学会会员的王德熙、恽代英出任川南师范学校校长、教务主任。秦德君和胡兰畦也在此教学。《虹》的第六、七两节描写了建在四川泸州的川南师范的学校生活，其中有关于泸州名胜的描写。秋天，梅女士和女友来到龙马潭游玩。辽阔的水中央有座小岛，"葱茏地披了盛夏的绿袍，靠边有几棵枫树则转成绀黄色；阳光射在庙宇的几处白墙上，闪闪地耀眼，仿佛是流动的水珠；这使得全洲的景色，从远处望去，更像是一片将残的荷叶……在那边近洲滩的芦苇中，扑索索地飞起两三只白鸥，在水面盘旋了一会儿，然后斜掠过船头，投入东面的正被太阳光耀成白银的轻波中，就不见了"。如果说龙马潭是清丽的，那么，忠山（钟山）则是雄壮的：出了西门，忠山就在眼前。"……到了山顶，在宏大的大庙门前的石级上坐着休息了。前面是长江，抱着这座山，像是壮汉的臂膊；左面万山起伏，泸州城灰黑地躺在中间，平陷下去像一个疮疤。那庙宇呢，也是非常雄伟；飞起的檐角刺破蔚蓝的天空，那一片叫人走得腿酸的宽阔的石级，整整齐齐扩展着，又像是一张大白面孔。"包括川南师范学校的建筑布局等细节描写都有蓝本可寻。这些素材无疑是由秦德君所提供的。

（三）精神风貌影响及写作介入

大革命失败后，茅盾一度看不到出路，苦闷彷徨，情绪低落。《蚀》三部曲反映了他的消极情绪。于是他东渡日本，在此期间与革命同志秦德君产生恋

---

① 秦德君、刘淮：《火凤凰》，中央编译出版社 1999 年版，第 72 页。

情。秦德君对他的开导、鼓励,以及他们如火如荼的爱情,转变了他的思想情绪使他走出心理阴影。健康积极的思想情绪取代了消极悲观的思想情绪。茅盾进入新的创作阶段。和《蚀》三部曲比较,《虹》风格大变,其主题、风格与茅盾原有文风截然不同。从《蚀》到《子夜》,《虹》是桥梁。它在茅盾早期创作中具有重要意义。夏志清认为《虹》是茅盾小说中最精彩的一部:"《虹》实在是一个近代中国知识分子的寓言故事。"①它为茅盾转入长篇创作积累了丰富的艺术经验。

在茅盾对《虹》的创作过程中,秦德君是参与者,包括一起讨论、口述、修改及誊写。女性叙述者长于抒情叙事的特点使小说带有少有的浪漫色彩。同时,秦德君也是《虹》的第一读者,她及时为茅盾写作提供修改意见,同时,茅盾写作中也借助了秦德君的女性视角。

虽然茅盾在《亡命生活——回忆录(十一)》中回避了关于他与秦德君相爱、同居的生活记录,但秦德君在《火凤凰》中有所记述。甚至小说名字也是秦德君取的:"小说终于写成了,《虹》这个名字是我起的。四川的气象常有彩虹,既有妖气,又有迷人的魔力……茅盾非常赞美我提的名称,频频点头……"②应该说,《虹》的创作也凝结着秦德君的心血。这是两人爱情的结晶、共同智慧的结晶。《虹》的创作有重要的秦德君因素,这是事实。

茅盾是"五四"时期妇女解放领域重要的思想者。他在"五四"前后发表近百篇关于妇女解放的论文、杂文。他本人也是旧婚姻制度的受害者。《虹》中渗透了茅盾对女性解放的较为成熟的思考。这一作品是现代文学史上比较全面深刻地反映妇女生存状况并探讨出路的史诗性作品。此作也与秦德君有极大关系。

---

① 夏志清:《中国现代小说史》,复旦大学出版社 2005 年版,第 107 页。
② 秦德君、刘淮:《火凤凰》,中央编译出版社 1999 年版,第 72 页。

◎浅谈茅盾的几次回乡

陈　杰　浙江省桐乡市茅盾纪念馆

　　一代文豪、革命现实主义作家茅盾与故乡乌镇是密不可分的。茅盾不仅诞生在乌镇，并在此度过了他童年和少年时代的十三个春秋，而且从他离乡求学，从事革命文化工作至抗战爆发前的 1936 年 10 月的二十多年时间里，他曾多次涉足故土。故乡的一草一木、故乡的荣衰变迁，都亲切地留在茅盾的记忆中，成为他进行创作时取之不尽、用之不竭的源泉，故乡的人和事，成为他创作时永远活着的生活素材。

　　1917 年 7 月，茅盾利用假期，在母亲陈爱珠的建议下返回乌镇。这次回乡，是茅盾作为长子，参与家中重要事务的决策——和母亲商议让弟弟沈泽民报考南京河海工程专门学校。当时年仅二十一岁的茅盾已在上海商务印书馆工作，可谓年轻有为；弟弟沈泽民后又考取了南京河海工程专门学校。母亲陈爱珠为两个儿子不负众望，成为国家有用之才而深感欣慰。正因如此，陈爱珠决定亲自送沈泽民赴南京求学。这就促成茅盾同年 8 月底的又一次回乡。

　　1917 年 8 月底，茅盾返回乌镇，先和母亲、弟弟到上海，后乘火车到南京，并游览了些名胜古迹。弟弟沈泽民开始上学后，茅盾和母亲转乘长江客轮回到上海，再返乌镇。

　　1918 年春节过后，茅盾返回乌镇。此次回乡，是为了完成前一年春节回乡时母亲陈爱珠与他提起的与孔世贞（与茅盾婚后改名孔德沚）的结婚事宜。按照预定计划，茅盾与孔德沚在乌镇举行了旧式婚礼。

　　茅盾与孔德沚的婚事还是在茅盾五岁、孔德沚四岁时由双方祖父定下的。目不识丁的孔小姐与茅盾既不般配更谈不上恋爱与感情。当时的茅盾本来完全可以退亲而在上海自由恋爱,与另一个女性结合。而那时茅盾思想中既有新的成分如追求自由、个性解放,又有旧的成分——封建的伦理观和道德意识。在对待自己的终身大事上,后者上升到了主导地位,他的"孝心"发挥了决定性的作用。为不使吃苦多年的寡母为难,他毅然娶孔德沚为妻。这里有一种伟大的精神,茅盾是将一种崇高的牺牲奉献于"父母之命,媒妁之言"的礼教祭坛之前的。茅盾的这种做法,与鲁迅屈服于母命与朱安结为夫妻、胡适屈从于礼教和母命与江冬秀结成夫妻,都属同一性质,可谓如出一辙。虽说是个人命运,却是时代使然。在"自由"和"孝道"之间,他们的意识、情感以及所受的文化教养,都决定了他们这样的家庭出身、有此种性格的人,必然选择后者。

　　1921年,茅盾全家由乌镇迁到了上海。那时,茅盾正积极参加中国共产党的早期工作,全面改革《小说月报》,发起并组织了"五四"以来最早的新文学社团"文学研究会"。1925年,茅盾参加并领导了上海商务印书馆的罢工斗争,创办《公理日报》。1926年,茅盾赴广州参加中国国民党第二次全国代表大会,并任国民党中央宣传部秘书。后茅盾又赴汉口主编《汉口民国日报》。1927年大革命失败后,茅盾遭国民党反动势力通缉而被迫隐居上海从事文学创作。1928年,茅盾被迫流亡日本,直至1930年回国。从1921年至1930年的十年间,茅盾为了党的事业和新兴的革命文化事业而辗转各地,四处奔波。因此,在这期间茅盾就很少有机会回乌镇了。

　　自从1930年茅盾从日本回国后,母亲陈爱珠又返回乌镇定居了,但每年必定到上海过冬。因此从那时起,茅盾每年至少回乡一次,或者接母亲到上海,或者送母亲回乌镇,每次一周至十天。其中1932年5月和8月的两次回乡,促成茅盾写成了不少优秀的农村题材作品。1932年5月,即"一·二八"事变后,茅盾送母亲回乌镇,共住了半个月。这次回乡,茅盾感到与往年有明显不同:处处能嗅到抗日的火药味,人们不是在谈论抵制日货,就是在骂东洋鬼子。而且过去常到茅盾家的几代"丫姑爷"直率地向茅盾诉说了自身的痛苦及普通农民的所思所痛。这使茅盾深切地感受到"一·二八"事变后的家乡一带人情世态的变化,发觉农村题材又有了新的意义。此次回乡新搜集的素材和幼年时期蕴积于胸的对于家乡的种种记忆,融合在一起,发酵、膨胀起来,他决定肩负起时代赋予自己的使命,写出反映当时乌镇农村真实现状的作品。此次回乡后,茅盾一连写了三篇《故乡杂记》,把当时乌镇农村的变化真实地呈现了出来。

与此同时,茅盾还想写一篇反映小市镇商人生活的作品。他感到在当时描写小商人,更能表现他们的时代色彩,揭露日本侵略者的罪恶,抨击国民党的贪官污吏利用民众的抗日热情大发横财。这次回乡途中听到的小商人的议论、家乡小商人的诉苦,以及幼时随祖父出入店铺所接触到的商人形象,在茅盾脑海中交错出现,渐渐地,一个勤谨懦弱、奉公守法、缺少决断,但又很精明的小店老板形象鲜明起来。茅盾就以这个老板作为小说《林家铺子》的主人公,取名"林老板"。

1932 年 8 月,茅盾偕夫人孔德沚、两个孩子又一次回乡。这次回乡是为祖母沈高氏奔丧。丧事用了一周的时间。奔丧期间,在和亲友的往来中,茅盾听到亲友所讲乌镇一带农村和市镇发生的种种变化,尤其是蚕农的贫苦和茧行的不景气,大大加深了茅盾对"丰收灾"的感性认识。这次回乡的见闻,促使茅盾于同年 10 月写成了短篇小说《春蚕》。小说通过江南农村富裕农民老通宝家境的变迁,概括了旧中国农村由于外来侵略和国民党反动派、封建地主、高利贷者的联合敲诈和盘剥,导致农村经济的崩溃。全篇以养蚕为线索,既有波澜又有高潮,组成绵密又灵巧的结构,语言精巧秀丽,达到了生动性和多样性的统一。特别是作品对江南水乡风俗富有时代色彩的描绘,给人物活动提供了一个充满特定时代气息和浓烈地方色彩的活动场景,大大增强了作品的感染力。因此,这篇以家乡农村为题材的小说《春蚕》一发表,就得到了广泛赞誉,社会反响十分热烈,和《林家铺子》一样,都成了茅盾的经典代表作品。

虽然茅盾以农民和小商人为创作对象的几篇小说如《春蚕》《林家铺子》等不是因一次回乡、凭印象而写的,但回乡的所见所闻对于其创作上述作品无疑起到了重要的作用。正如茅盾本人所说:"1932 年 5 月和 8 月两次回乡,使我了解了不少上海战事后江南农村的新动荡,这也是事实。""'一·二八'

后这次回乡,使我在作品中加强了日本侵略者这个魔影。"茅盾的这些农村题材的作品取材于乌镇毋庸置疑。例如《林家铺子》中的"望仙桥""西栅外的茧厂""栗(练)市快班(船)"、土匪"太保阿叔"都是实有的,那街市的状貌、店铺的格调、人们的生活习俗也是乌镇特有的。现在镇上的老人还能指出:林家铺子是哪一家,林老板是何人,寿生和明秀的后代现今的生活状况,等等。当然,林家铺子并非镇上的"云昇祥",林老板也非镇上的姚兰馨。照相式的"人生实录"是不能成为有价值的作品的。而《林家铺子》正好说明了这一点。它是茅盾在生活中把握了正确的观念,从而进行选择、取舍、综合、想象、虚构,进行典型提炼概括的艺术结晶。

由于茅盾在农村题材方面做了新的尝试和开拓,所以越写信心越足。1933 年,茅盾创作了《当铺前》《香市》《陌生人》等作品;1934 年,茅盾又创作了《赛会》《大旱》《疯子》《阿四的故事》《人造丝》等作品。这 20 世纪 30 年代初的几年间,真可谓是茅盾农村题材作品的丰收年。这些作品都喷吐着浓郁的乡土气息,显示着鲜明的地方色彩,集中反映了当时农村经济凋敝、农民日趋破产的状况,形象地揭露了帝国主义、封建主义、官僚阶层对农村经济侵略的方式,从而揭示了农民破产的根源,对半殖民半封建的农村经济进行了深刻的剖析。

1934 年春,茅盾把母亲陈爱珠从上海送回乌镇。这次回乡,主要是为了翻建后园的三间平屋。因为当时老屋很清静,只住着茅盾母亲和四叔一家,而三间平屋正闲置着,更见幽静,茅盾心想能躲在那儿写作,不受外界干扰,倒是挺不错的。然而更重要的是茅盾考虑到母亲几十年来还一直住在前面老屋楼上那间高不到两米的斗室里,如今该让为自己和弟弟操劳了一辈子的亲爱的母亲晚年过得舒适些。于是茅盾借口写作需要而提出了要翻建三间平屋的意愿(注:这是因为茅盾怕母亲不同意)。在得到母亲同意后,茅盾亲手设计草图,并订出了用材标准。茅盾回上海后,由纸店经理黄妙祥一手主持整个翻建工作,几个月后,于 1934 年秋完工。后来茅盾回乌镇时对此屋大加赞赏,称赞这三间平屋真有点"桃源胜地"的味道了。可惜茅盾在那里仅住了短短的两次。一次是 1935 年秋(在那里创作完成了中篇小说《多角关系》);另一次则是 1936 年 10 月。

　　1936年10月上旬,母亲陈爱珠在乌镇受了点风寒,身体不适。茅盾于当月14日返回乌镇小住。这次回乡,目的有两个:一则为探望、侍候母亲;二则打算写一部长篇小说《先驱者》。不料到了乌镇,母亲的病好了,而茅盾自己因旅途劳顿、环境不适患病卧床。19日,夫人孔德沚从上海发来急电:"周已故速归"(周指鲁迅)。噩耗传来,茅盾悲痛至极、夜不能寐,以至于次日病情加重而不得不推迟返回上海的日期。这次回乡的计划——写一部长篇小说,也因鲁迅的逝世而中断。到第二年抗战爆发,形势剧变,于是这部刚刚孕育的《先驱者》尚未成形就夭折了。

　　然而1936年10月的这次回乡,竟是茅盾生前最后一次返回故乡。之后茅盾由于抗战爆发而颠沛流离于大半个中国,解放后因政务繁忙和十年动乱,终未能回乡。这不能不说是茅盾生前一大憾事!"漫长的岁月和迢迢千里的远隔,从未遮断我的乡思。"这是茅盾晚年对故乡梦魂萦绕感情的真实表白,也是他对故乡一往情深的自然流露。

　　时光荏苒,茅盾辞别人世已整整三十九年了,但他伟大的一生和故乡乌镇的联系,作品的诞生和故乡对作家的孕育,小镇与文豪的种种联系,给我们后人留下了不尽的思索和忆念,也留下了不尽的研究课题。

第
三
编

木心研究

◎木心名解

施洪波　浙江传媒学院文学院

　　"木心"二字，初视极简，细思之，则觉有无穷之味在焉。于此，读者无不叹服，一如叹服其文其人。然其名何来？其意何在？专家学人，非无释者，惜心它顾，未能肆力于此，往往憾于粗略。① 今小子不敏，欲藉诸贤之基，多方管窥，纵横考索，以穷笔名之渊源，以发"木心"之秘奥，故细述如下。

一、源儒说

　　此说肇源于作者本人，其于《文学回忆录》中谈《诗经》时，忽插一语："古说'木铎有心'，我的名字就是这里来。"②于唐诗课毕，作者为众学员各赋一绝之余，亦自赋一首，其诗有"一夕绛帐风飘去，木铎含心终不知"之句，可见其对"木铎含心"之偏爱。遍搜典籍，皆无"木铎有心"之语，此当为作者融种种记忆于一炉，参以己意之结果。

　　"木铎"一词，五经中数见。《书·胤征》谓："每岁孟春，遒人以木铎徇于路。"汉郑玄作《传》释之曰："木铎，金铃木舌，所以振文教。"③《周礼·秋官司

---

　　① 夏春锦先生《木心笔名刍议》一文（《木心研究专号·木心美术馆特辑2016》，广西师范大学出版社2016年版）对木心一众笔名皆有论述，于"木心"一名反未尽全力，本文对此有所借鉴，谨致谢焉。

　　② 有关《文学回忆录》原文皆引自木心：《文学回忆录》，广西师范大学出版社2015年版，后不标注。

　　③ 孔颖达：《尚书正义》，上海古籍出版社2000年版，第216页。

寇第五》论士师之职："掌国之五禁之法……皆以木铎徇之于朝，书而县于门闾。"①《周礼·天官冢宰第一》论小宰之职曰："帅治官之属而观治象之法，徇以木铎。"郑玄注曰："古者将有新令，必奋木铎以警众，使明听也。木铎，木舌也。文事奋木铎，武事奋金铎。"②此皆可明木铎乃大事警示之响器，而尤重其文事文教之功能。《论语·八佾》仪封人之言曰："二三子何患于丧乎？天下之无道也久矣，天将以夫子为木铎。"③天下无道，何以兴之？必藉圣人文教之功焉。木铎乃声源之所在，众耳之所听，众目之共视，此亦犹圣人乃文教之中心点，大道之传播者，其要实在文教上。

其后《汉书·食货志上》曰："孟春之月，群居者将散，行人振木铎徇于路以采诗，献之大师，比其音律，以闻于天子。故曰王者不窥牖户而知天下。"颜师古注："铎坚贞不屈，大铃也，以木为舌，谓之木铎。徇，巡也。采诗，采取怨刺之诗。"④扬文教之功，察民生之情，木铎复增采诗之意。四方之音，融于一铎，颂美之音，怨刺之诗，兼包并蓄，同行不悖。

《隋书·经籍志》更谓："古者圣人在上，史为书，瞽为诗，工诵箴谏，大夫规诲，士传言而庶人谤。孟春徇木铎以求歌谣，巡省观人诗，以知风俗；过则正之，失则改之，道听途说，靡不毕纪。"⑤"徇木铎求歌谣"之意不变，然"道听途说，靡不毕纪"者，则世间万事万物，无不在木铎中矣。木心先生，随才纵横，用力多方。其文博杂，靡不毕具，正合此木铎之论。木心之意，其在斯乎？

周文化何以郁郁乎文哉？盖上承先王心法，时取四方之音。故令周官行诸国而观礼，摇木铎以采风。即此言之，木铎之心，自有广取博收，薪火相传之意味，此正木心学问文章特色之所在也。

---

① 贾公彦：《周礼注疏》，北京大学出版社 2000 年版，第 1079 页。
② 贾公彦：《周礼注疏》，北京大学出版社 2000 年版，第 76 页。
③ 何晏：《论语注疏》，北京大学出版社 2000 年版，第 49 页。
④ 班固：《汉书》，中华书局 1962 年版，第 1123 页。
⑤ 魏征：《隋书》，中华书局 1973 年版，第 1012 页。

二、源易说

儒道同视《易》为其经典,《易》自有其独立性,故此处分而论之。源易之说又分二途:一取"木心"之坚定,一取"木心"之自然。

"木心"坚定说,见诸《周易·说卦传》之坎卦,其辞曰:"其于木也,为坚多心。"①坎卦,内阳外阴,内刚外柔,水心之坚亦犹木心之坚也。此正是木心性情之写照。中国古有成语曰"木心石腹"或"木人石心",皆以喻志之坚,非诱惑可动心者,可资印证。"木心石腹"语出宋张邦基《墨庄漫录》第五卷:"而君介然,不蒙顾盼,亦木心石腹之人也。"②"木人石心"语出《晋书·夏统传》:"统危坐如故,若无所闻。充等各散曰:'此吴儿是木人石心也。'"③

"木心"之自然,见诸《周易·说卦传》之巽卦。巽为木,就其易象言,木为生,为长,为破土,为自然,得木之心,即得自然之情。中国文人,木心先生最赏陶渊明,正在乎其自然也。木心于《文学回忆录》中数言,若喻中国文学为塔,陶渊明当稳坐塔尖。即《素履之往》一书,亦多见激赏。摘数语以证:

> 有时,人生真不如一句陶渊明。④
>
> 臻于艺术最上乘的,不是才华,不是教养,不是功力,不是思想,是陶渊明、莫扎特的那种东西。⑤

木心《九月初九》谈中国人与自然之关系,亦不难见作者尚存自然之心。

> 中国的人和中国的自然,从《诗经》起,历楚汉辞赋唐宋诗词,有着相互参透的关系,中国的自然滋养了中国的人,中国的人亲近着

---

① 黄寿祺、张善文撰:《周易译注》,上海古籍出版社1989年版,第631页。
② 张邦基:《墨庄漫录》,中华书局2002年版,第146页。
③ 房玄龄:《晋书卷九四·夏统传》,中华书局1974年版,第2430页。
④ 木心:《素履之往》,广西师范大学出版社2007年版,第46页。
⑤ 木心:《素履之往》,广西师范大学出版社2006年版,第104页。

中国的自然。[①]

三、源佛说

木心弟子陈丹青先生据木心《文学回忆录》(陈丹青整理出版)所载，以为"木铎之心"系佛家语，或即佛教中"木心御虎"之言。木心曾于《竹秀》一文中述及莫干山遇虎之状："某夜，果有虎叩门……它用脚爪嘶啦嘶啦地抓门，我恬然不惧而窃笑，断定它进不来……虎去矣，也不闻它离去的脚步声，虎行悄然无踪，这倒是可怕的。"此与佛教"木心御虎"之传说倒略有近处。[②]

据木心自述，其外婆精通《周易》，祖母幼时即为之讲《大乘五蕴论》，其易学佛学知识来之有自。自其诸作视之，易学佛学修养皆非泛泛。其取佛家木心之坚定意，与前之"源易说"实亦相啮合。其实，以木心之古典涵养，及对东坡之喜爱，其名与东坡或亦当有所瓜葛。苏轼《自题金山画像》乃其名作，涵道融佛，于自嘲中自有悠远意韵。录东坡诗如下：

> 心似已灰之木，身如不系之舟。
> 问汝生平功业，黄州惠州儋州。[③]

"心似已灰之木"，虽出自庄子"形固可使如槁木，而心固可使如死灰乎"[④]（《庄子·齐物论》）之语，然自魏晋间，融合佛道，此亦成佛家常用语。苏轼另有诗即用佛家意："祇园弟子尽鹤骨，心如死灰不复温。"[⑤]（苏轼《王维吴道子画》）"心如死灰"者，当去除意欲之念，而生自然之心，顺应天地，忘物忘我，以至于物我两忘，起于物，终于物，由出生入死而出死入生，亦即是佛教涅槃境界。木心先生于此意甚稔，文多有述及者。

---

① 木心：《哥伦比亚的倒影》，广西师范大学出版社 2006 年版，第 3 页。
② 同上，第 22 页。
③ 冯应榴辑注：《苏轼诗集》，中华书局 1982 年版，第 2641 页。
④ 王先谦集解：《庄子》，上海古籍出版社 2013 年版，第 12 页。
⑤ 孔凡礼点校：《苏轼诗集》卷三，中华书局 1982 年版，第 108 页。

四、源耶说

在上述诸说之外,童明教授以为"木"字隐指"'十'字架上之'人'",亦即取意耶稣。考木心其行其文,实有基督精神在焉。木心以为"十字架代表个人的极致的美,然后,再象征救赎"。①

"十字架上之人",巧妙至极。十字架上之人,自是指耶稣而言,则"木心"兼有"基督之心"与"心向基督"之意。以木心《文学回忆录》新旧约四讲证之,确然如是。木心自称对《新约》读过不下百遍,对耶稣的敬仰推崇贯注于字里行间。

"耶稣是集中的艺术家,艺术家是分散的耶稣。"作者曾言,"木心"者,乃赏其笔画,取"木"之集,取"心"之散,实与此语相通。"木"之集,即"'十'字架上之'人'",即耶稣,"耶稣是集中的艺术家";"心"之散,"天下只有一个耶稣",一耶稣之心散而为天下艺术家之心,恰如佛教永嘉大师证道歌所言:"一月普现一切水,一切水月一月摄。"

"每个伟大的心灵都有一点耶稣的因子,做不到,无缘做,而见耶稣做到,心向往之。"正是其"心向基督"之表述。"耶稣是天才诗人,……他的人格力量充沛到万世放射不尽。所以他是众人的基督,更是文学的基督。"他还借芥川之口表其感恩之心:"即使基督教灭亡,基督的一生永远叫我们感念。"木心坦言:"我的文学引导之路,就是耶稣。"文学之"木心",对耶稣亦是推崇备至。

木心曾言:"以死殉道易,以不死殉道难。"考木心生平,八十余载,出蒙入屯,历艰履难,屡复屡剥,犹不灭其殉道之心。藉耶稣之精神,一腔心血,尽集于艺术之十字架中,渡尽劫难,于垂暮之年,却似基督般重获新生。

五、木心自道

木心,原名孙璞,字仰中,此见父辈之期望——质如璞玉,行尚中庸。

---

① 木心:《素履之往》,广西师范大学出版社 2007 年版,第 51 页。

"仰"有崇尚意，"中"乃儒之极。诚然，仰中或亦有俯仰无愧于中之意。父辈取名，儒意浓厚。后牧心之号，当承仰中而来。何则？欲仰求中道，必当反身而诚，反求诸己，以蓄养其心，见其光明自在的本性。后改"牧心"为"木心"。木心之前半生，牧心；后半生，木心。由牧心而木心，正可见木心思想之变化。牧心，有为，有法，是一种建构的态度；木心，无为，无法，是一种解构的精神（土最具传统之象征，而木必破土而后生）。观木心生平，幼承旧学，兼以佛道。长而学问西渐，厌儒门而尚西风。鄙孔氏之拘谨，欣佛道之绝尘。效庄生曳尾之自在，扬六经注我之精神。以高扬传统之姿，行解构传统之事。《诗经演》即是其例。《素履之往》，亦多六经注我之证。

就其更名，作者曾于《海峡传声》中释曰：

> "牧"字太雅也太俗，况且意马心猿，牧不了。做过教师，学生都很好，就是不能使之再好上去：牧人牧己两无成，如能"木"了，倒也罢了。其实是取其笔画少，写起来方便。名字是个符号，最好不含什么意义，否则很累赘，往往成了讽刺。自作多情和自作无情都是可笑的。以后我还想改名。[1]

名乃符号，以简为上。先生又曾自云，"木心"乃取"'木'字笔画集中，'心'字笔画发散"之意。[2] "删繁就简三秋树"，皮毛落尽，精神独存，无意之意乃佳，确是木心精神！然果仅如是乎？非尽然也。盖文人多有顽心，木心尤甚。其思如天马行空，其语似天女散花，嬉笑调弄，随兴所至，实不能以常式概之。其于《文学回忆录补遗·木心谈木心》首篇即数言"不能太老实"之意。略引如下："凡问答，采访，不能太老实"，"不能太老实"，"大家写作不要太老实"。何以故？木心说："每个人要保留一点神秘感，使人不知你。艺术家要保留一份'神秘感'，保护自己。"

名之形象，以简为尚；而其内涵，自当愈富愈佳。木心自谓："我喜欢模棱

---

① 木心：《鱼丽之宴》，广西师范大学出版社 2007 年版，第 18 页。
② 郑绩：《浙江现代文坛点将录》，海豚出版社 2014 年版，第 415 页。

两可,不是多一可吗?"此最能见其用心。笔者于此不吝笔墨,细推"木心"大名之渊源,暂行"模棱多可"之能事,管窥复蠡测,若先生有知,其许之乎?斥之乎?私揣先生之性情,或是一笑了之罢!

◎ "会心者当知何所指"：木心作品中的括号

胡晓华　浙江传媒学院文学院副教授

木心精于筹措文字，运用标点符号也有巧思，如在散文《哥伦比亚的倒影》和《明天不散步了》中，几乎通篇以逗号为标点。除逗号外，木心作品中圆括号"（）"的使用也受人关注，李宗陶就曾指出："木心显然偏爱括号。常常，括号的功用即是和声、伴唱，是暗伏着的另一个声音——不在一个声部上——有时是注解、补充；有时是出神、冥想；有时意在揭穿，近乎挑衅；更多的时候是腹语、是调排、是笑谑、是插科打诨。"[①]那么，木心偏爱括号的具体表现是什么？又为何偏爱括号？与其他作家在作品中使用括号的用意相比，木心运用括号有何意图？[②] 本文试做探究。

---

① 李宗陶：《文体家木心》，孙郁、李静编：《读木心》，广西师范大学出版社 2008 年版，第 123 页。董显亮也曾对木心作品中的括号问题做过分析，指出："如果说木心的意识流手法是对主体的中心性的消解，那么括号中的文字就是对于世界边界的再次确认与丈量，通常有三种形式：正文与括号所描述事物形成强烈的对比，正文与括号内容呈现出互相对话的形式，括号内容是正文的限定、描述、补充说明，如：介绍时间、地点、状态等。"参见董显亮：《木心〈散文一集〉写作手法探究》，《青年文学家》2013 年第 14 期，第 17 页。

② 汪民安曾对罗兰·巴特著述中括号的无限表意潜力有过分析，参看汪民安：《罗兰·巴特的断片、括号、警句、书籍和成名史》，《身体、空间与后现代性》，江苏人民出版社 2006 年版，第 210 页。此外，凌逾对西川小说、张璐对汪曾祺作品的括号使用也有过研究，参见凌逾：《"括号"蒙太奇新文体》，《华文文学》2007 年第 2 期，第 47—52 页。张璐：《括号与期待：汪曾祺作品之个性解析》，《安徽文学》2014 年第 3 期，第 15—16 页。

一、括号的基础功用：文法与修辞

就数量而言,木心确实善用括号(圆括号)。^① 粗略统计,在已发表的木心散文和诗歌作品中,括号使用数量约在 300 例。在现代书面语体中,括号是一种常被使用的标点符号,作为最早介绍到我国的西文标点符号之一,其主要功用是插入正文并作注释。1919 年,由胡适等人制定并修正的《请颁行新式标点符号议案》中,将"()""[]"称为"夹注号"。在语文词典的编纂中,圆括号又被称为"括注",对标示说明词义有重要作用。此为其最显见的符号功能。除注释外,括号也有补说功能,但其目的也是解释说明。木心作品中的括号运用大多数都符合"解释说明"这一最为基本的文法功能。以《上海赋》为例,文中有 11 处使用括号的例证,其中,第④⑤⑥例是用通语注释方言,第②③⑦⑪例则是用惯用语注释正文中的特殊语词,第①⑧⑨⑩例则属于补充说明。

①古人作赋,开合雍容,华瞻精致得很,因为他们是当作大规模的"诗"来写的。("赋者,古诗之流也。")

②黄歇浚了一条黄歇浦(黄浦江),又修了一条通阊闾的内河(苏州河)。

③三"噱头"(又称"苗头")。

④"啥格末事啊,娘我看看叫!"(什么东西,让我瞧瞧!)

⑤"摆勒侬老兄手里,卖勿到杜价钿格,我来搭侬出货,卖脱子大家对开。快来西格,勿要极。"(放在你老兄手里,卖不到大价钱

---

① 括号的称谓与形态之间的关系应做严谨界定。括号的一般形态虽然是圆括号"()",但还存在其他变体。李建国曾指出:"辞书编纂中按照体例的规定有不同形式的括号。以《现代汉语词典》为例,有标示词目正条的【】号和另见条的〖〗号,有单字条目后标示附列多音词或外文的[ ]号,有标示词类源属或用法的〈〉号,还有标示读音、异形词以及解释等的( )号,等等。"参见李建国:《词典括注释义商兑》,《辞书研究》2009 年第 3 期,第 30 页。由于木心作品中的括号并不存在其他形式,所以本文中的"括号"专门代指"圆括号"。

的,我来帮你销售,卖了对半分。很快的,不用急。)

⑥"哪能,侬勿相信我呀?"(怎么,你不相信我呀?)

⑦卖西贝货的歪帽子老兄。(西贝,贾,贾通假)

⑧白俄走了(去加拿大、澳大利亚),犹太人走了(去美国、以色列、巴西)。

⑨从前的上海人大半不用早餐。(中午才起床)

⑩素炒杏边笋。(竹笋以生在银杏树旁者最佳)

⑪ 不论贵族平民,一概被贬为"罗宋瘪三"("罗宋"——"俄罗斯"、"露西"之早期汉译)

——《哥伦比亚的倒影·上海赋》[1]

不过,就括号的功能而言,除了更好地表达语义外,还有超越标示意义的作用。括号首先是标点符号的一种,除文法上的功能外,自然还有修辞作用。正如陈望道曾专门提出"文法上的标点"和"修辞上的标点"的概念那样,有意区分这两个概念,就是看到标点既有文法功能,又有修辞功能。[2]

在木心作品的约 300 个括号用例中,有两处明确由作者标示出"注"的字眼:

贝多芬只有一个,他的侄子卡尔何止千千万——你也有个"卡尔"吧。

贝多芬的伟大,不是一个卡尔所能扳倒他的,但已经弄得心力交瘁。如果你并不比贝多芬更伟大,那就赶快与你的"卡尔"绝了,长痛不如短痛,何苦再像贝多芬那样仁慈自虐呢。

(注:卡尔说:"伯父要我上进,所以我要堕落。")

——《素履之往·贲于丘园》

在自己的作品中,艺术家才有望他本身趋于成熟。不仅人奇

---

① 本文所引的木心散文及诗歌版本,均出自广西师范大学出版社 2009 年出版的纸盒平装本《木心作品八种》及 2013 年出版的纸盒平装本《木心作品二辑五种》,为行文简略,此后引例只注明书名及篇名,不再出注。

② 陈望道:《修辞学发凡》,上海教育出版社 1997 年版,第 237 页。

妙，不仅艺术奇妙，奇妙的是人与艺术竟有这一重严酷而亲昵的关系；别人的艺术无法使自己成熟，只有自己的，才行——重复三遍了，为什么重复三遍。

（赘注：通常的高明之见是：先做人，而后做艺术家；人成熟了，艺术随之成熟——且看持此格言者，一辈子吃夹生饭，动辄以夹生饭飨人。）

——《素履之往·丽泽兑乐》

这两处例子用的都是句外括号。徐赳赳、付晓丽曾指出：括号元话语在学术篇章中出现的频率远远高于叙述文篇章；句内括号的出现频率明显高于句外括号。句外括号的篇章功能为补说，而句内括号的篇章功能则更为多样，除补说外，还有详释、释疑、补足、介入等功能。[①] 木心作品中句内括号的出现频率也如上述研究所说，明显高于句外括号。以木心的 4 本散文集为例，《哥伦比亚的倒影》中，有 59 处句内括号、7 处句外括号；《琼美卡随想录》中，有 18 处句内括号、5 处句外括号；《即兴判断》中，有 60 处句内括号、38 处句外括号（还有 1 处并未添加句号，疑为排印错误）；《素履之往》中，有 42 处句内括号、14 处句外括号。但通过分析可以发现，这些句外括号和句内括号的篇章功能并不像一般的学术篇章或叙述文篇章那样有明显区别。如上述二例，就既有注释作用（明确标示了"注"），又通过信息的补充与强调，使表意层次更为丰富，并以分段书写的形式，突出括号的形态价值，达到更为强烈的修辞效果。类似的例子还有很多，如：

①常人对自然美的兴趣是间接兴趣（假托、移情、想入非非），唯有对自然美抱有直接兴趣者，才是心地善良的标志。

——《素履之往·与尔靡之》

②蒙田临终时，找神父来寝室，什么，还不是做弥撒。

---

① 徐赳赳、付晓丽：《篇章中括号元话语的形式表现及功能分析》，《当代修辞学》2012 年第 4 期，第 20—32 页。

苏格拉底到最后，说了一句千古流传的不良警句，托朋友还个愿心，欠神一只鸡。

此二史实（弥撒、还愿），都是西方"怀疑世家"列传中的伤心败笔。

——《琼美卡随想录·败笔》

③另外（难免有一些另外），中国人既温敦又酷烈，有不可思议的耐性，能与任何祸福作无尽之周旋。

——《哥伦比亚的倒影·九月初九》

④警探说："两个青年酒醒后，发现同伴中太多人知道此事，不可能逃得掉，才携着锯下来的手臂向警方自首。"（否则又不能破案了，丹麦警探吃什么的！）

——《哥伦比亚的倒影·两个朔拿梯那》

⑤有人说（会说话的人真不少）："抒情诗是诗的初极和诗的终极。"

——《琼美卡随想录·荒年》

⑥这些树疯了。

（开一花，结一果，无不慢慢来，枇杷花开于九月，翌年五月才成枇杷果）

这些树岂不是疯了。这秋色明明是不顾死活地豪华一场，所以接下来的必然是败颓——不必抱怨（兴已尽，色彩用完了）。

——《琼美卡随想录·疯树》

⑦精神的蜂房，思维的磨坊，理论和实验的巫厨（从中世纪步行来的人只会这样说）。

——《哥伦比亚的倒影·哥伦比亚的倒影》

⑧先天下之忧而忧而乐

后天下之乐而乐而忧

（既有识见如此，怎不令人高兴）

（居然谦德若是，实在使我痛惜）

——《琼美卡随想录·风言》

⑨太阳是嫉妒思想的(思想也反过来厌憎太阳),阴霾的冬天,法国北海岸的荒村,纪德在寒风中等了一个下午,直到深夜,化用假名的王尔德终于酩酊归舍,醉眼迷离中认出了安德列。

——《哥伦比亚的倒影·哥伦比亚的倒影》

⑩与诸大演说家周旋,才明白我原先的设想全错了(或者全对了)。

——《哥伦比亚的倒影·哥伦比亚的倒影》

⑪ 如果我端坐着的岸称之为此岸,那么望见的岸称之为彼岸(反之亦然)。

——《哥伦比亚的倒影·哥伦比亚的倒影》

以上 11 例中,既有句内括号,也有句外括号。从功用来看,这些括号都有进一步补充说明的功能,但其中有些是更为详细的注释,如①②中的括号,主要为详释前文中的特定语汇"间接兴趣""史实";有些则是强调说明,如③④⑤中的括号;有些则是进一步的补充,如⑥⑦⑧;此外,也有略带矛盾性质的补足用法,提供一种反诘式的选择,如⑨⑩ ⑪ 。以上例证,证实"标点在木心文章中十分重要"的说法不虚,同时也说明这种标点使用有文法之外的修辞意图,符合木心自己在《卒岁》中所写的那样:"文学还是好的,好在可以借之说明一些事物、说明一些事理。文学又好在可以讲究修辞,能够臻于精美、精致、精良、精确。"

二、括号的作者意图:自注与对话

如前所述,标点在木心文章中的使用早已引起学者注意,"标点在木心文章中十分重要,它是音韵的延续、节奏的排布,有时还兼画面的调度"①。但值得特别指出的是:常用标点中的某些符号很少在木心作品中出现,如顿号、分号、叹号等。因此,在对木心作品中的括号进行基本功用的分析之后,有必要回答木心为何"偏爱括号"的问题。

---

① 李宗陶:《文体家木心》,孙郁、李静编:《读木心》,广西师范大学出版社 2008 年版,第 122 页。

在《文学回忆录》中，木心曾如此评价文学家应有的语言修辞本领："文学修辞，关键不在某个用词妥当贴切（福楼拜的"一字说"，即找到你唯一准确的那个字，也是 ABC），而是构成句子文章的所有名词、动词、介词、形容词、副词、助词、连接词、感叹词，还有俚语、典故、专门名词、术语，甚至标点，都要使唤自如、唯我独用，又要使人不陌生，读起来只觉得天然自成，而风味风格，却使人无从模仿——这，才算文学家。"① 这应当也是他对自己的要求。木心的文章，也确实如他所说那样，追求一种"解数分明"的境界，标点就是其文学魔法的道具之一。② 理解这一问题，需要了解木心如何评论自己的文学写作，他曾在评论自己的文章时多次提及括号使用的问题。

其一，谈散文《S. 巴哈的咳嗽曲》的写作过程。木心如此说（以下楷体为《S. 巴哈的咳嗽曲》原文，斜体加粗字为木心讲述）：

冬夜（大雪之后）。

一开始，"冬夜（大雪之后）"。快，以最快的速度。但不是无的放矢。大雪后容易感冒、咳嗽。快，但是作者心还是很细。

林肯中心，梅纽沁独奏。（友人早早买了五张票，票上八时入场。七时找出两张，车程约四十五分钟，我们最终是三个人，还得上厕所……我们说了，也就入场如仪。美国至少有这点文明。当然三个人活该坐在三个角落。节目单来不及拿，也是忘了拿。）

第二段，还是快，简单。接着又是括弧，因为是次要的。但情节要交代清楚，爽利。当中忽然写"还得上厕所"，要把转则中细节扯开一句。"节目单来不及拿，也是忘了拿"，是很真实的。

……

---

① 《文学回忆录》下册，第 872 页。

② "文章，要解数分明。变戏法，那块布，这样挥过来，那样挥过去，这样，那样，然后……功夫在诗外，在画外。"参见木心讲述，陈丹青笔录：《木心谈木心》，广西师范大学出版社 2015 年版，第 129 页。

下一段又用括弧。前面已经用两次,索性多用,不使前面孤零零。括弧有点像小提琴的弱音器,讲讲话中某一句语气轻。"钢琴也推到后台去",说明作者细腻。

第二是巴哈的,PARTITA No.2,记得是 D 调,可爱的纯粹的小提琴独奏。(钢琴也推到后台去,美国至少有这点认真,或梅纽沁认真。)①

其二,谈散文《哥伦比亚的倒影》。

这里多的是草坪,中心主楼的圆柱,破风,又是奥林匹斯神庙之摹拟,高高的台阶,中层间一平面,坐着全身披挂的女神,智慧女神即收获女神之流吧(美国的雅典移民真不少),雕像的座子下刚开过音乐会,椅子,几件不怕曝晒的乐器,歪斜着(晚上还有一场),纸片、食品袋、饮料的空罐,疏落有致地散在层层石级上……

用括弧,用了一个,就还要用。我用,好像小提琴的弱音器和钢琴的踏板,声音好像可以略一轻,但很难用得好。②

沉沉的百叶窗(缕射的日光中的小飞尘),拱形柱排列而成的长廊似乎就此通向天国,百合花水晶瓶之一边是纤纤鲸脂白烛,鲸骨又做成了庞然的裙撑,音乐会的节目单一张也舍不得丢掉,人人都珍藏着数不清的从来不数的纪念品(日记本可以上锁的)……

用一种温情去写。中世纪的生活是温情的生活。古代的文化、乐趣,是可进可退。"(缕射的日光中的小飞尘)",是先写的,"沉沉的百叶窗",是后写的。自己喜欢的东西,把它写到括弧里,是退开。③

下面我把我所在的称为此岸,是要讲出此岸与彼岸的新关系。

① 陈丹青:《木心谈木心》,广西师范大学出版社 2015 年版,第 56—57 页。
② 陈丹青:《木心谈木心》,广西师范大学出版社会 2015 年版,第 99 页。
③ 陈丹青:《木心谈木心》,广西师范大学出版社会 2015 年版,第 121—122 页。

反之亦然。我放在括弧里，意思是，无所谓此岸彼岸。

如果我端坐着的岸称之为此岸，那么望见的岸称之为彼岸（反之亦然），这里是纳蕤思们芳踪不到之处，凡是神秘的象征的那些主义和主义者都已在彼岸的轮廓丛中，此岸空无所有，唯我有体温兼呼吸……

细究木心的这些自我评述，括号是他"使唤自如"的重要工具，不仅能够补充细节，不至于破坏行文节奏，还可以供作者细心埋设理解上下文的线索。所以他用"小提琴弱音器""钢琴踏板"来形容括号，以示其"略轻"的地位，不打断文气，但又举重若轻、不可或缺，因为"自己喜欢的东西，把它写到括弧里，是退开"。正文若是"演员"，括号文字则像是从旁提示的"字幕"，大家同在舞台上，木心则是导演。木心的作者意图在此显露无疑，他把自己的作品和写作看作舞台和后台的关系，在这个舞台上，括号实为木心的自我注解，是为追求叙述与阐释的平衡而设的。

此处的阐释，须由括号最为本质的作用"插入正文并作注释"着手理解。就我国传统注释的历史来看，注释的内容往往涉及解释词语、补充史实、探求微言、分析义理等内容，而注释的形式则有他注与自注的形式。研究者认为，"自注在古人行文中，常常以近乎插入语的方式出现，在文中起到补充信息的作用"，这种形式一开始多出现在史书中，后来则影响到文学作品，史家为避免正文与自注混淆，吸纳了佛经子注的体式，使得"正文行以大字得流畅叙述，注文列诸小字则补释详赡，二者内容相得益彰，形式一目了然"。[①] 木心是喜好注释的，在谈到《素履之往》的书名时，他曾说："为什么要用《易经》作书名？不是复古，也不是取巧。要把文学回到过去，延伸到未来，你哪里来力量？我用古典，是用古典的弹力，弹到将来去。……光取'素履之往'，不加注释，太吝啬了。你用古典，要帮助它（卡夫卡说，你反对这个世界，你要帮助

---

① 赵宏祥：《自注与子注——兼论六朝赋的自注》，《文学遗产》2016 年第 2 期，第 70 页。

它）。"①括号即是他"帮助"读者的一种方式，是自处之道，也是相处之道，其中包含着对读者的隐性期待。即使木心曾说："呼唤者与被呼唤者很少互相答应。"但他心中对读者期望甚高，甚至时时心中有读者，有时便不免跳出来解说、感叹、自嘲或辩白。通过括号，木心自觉地在与读者对话，与自己对话，并在叙述和阐释之间找到了平衡。

三、括号的文体意义：渊源与自觉

对木心作品的语言及文体特色的评述，一直交织着几种声音。一种声音认为应直接给木心"文体家"的赞誉，甚至认为传统的文体称法不足以概括木心对文体的理解。② 也有一种声音认为，木心作品中"文章学层面的价值，我们估计不足"，但"木心现象"是大众媒体及过度的"文化消费"的产物，木心作品有"其美学意义"，但未必能够成为"新文学的标准"。③ 更尖锐的批评则指出木心的文体及语言的尝试是"给看客们提供了不一样的观感"，其实质只是"过度锤炼和精致的语言杂技"。④

本文对木心作品中括号使用的分析，正是基于以上争论的思考而生发的。文学作品在当下的阅读与传播，无法避免现代传播手段带来的附加影响，作品的本质和价值始终要交付给更为广阔的时间及空间去研判。木心作品的出版热、阅读热本身即可成为研究话题，但更为客观的分析，始终应诉诸作品本身，以避免过于主观的评判。

从木心对标点符号的使用来看，他确实是一个看重语言锤炼的"匠人"。笔者曾有过疑问：木心作品中标点符号的细心处理，是否有整理、出版者后期加工的因素？为此，笔者于 2018 年 8 月底至木心美术馆，仔细研读了当时展

① 陈丹青：《木心谈木心》，广西师范大学出版社会 2015 年版，第 180 页。
② 李宗陶《文体家木心》，童明《木心风格的意义——论世界性美学思维振复汉语文学》，二文皆收入孙郁、李静编《读木心》（广西师范大学出版社 2008 年版）。除此，陈联《木心的文体尝试》（暨南大学 2013 年硕士学位论文）也持这种看法。
③ 张柠、孙郁：《关于"木心"兼及当代文学评价的通信》，《文艺争鸣》2015 年 1 期。
④ 留白：《读木心二题》，《有刺的书囊》，中国青年出版社 2010 年版。

出的木心手稿。由于可供展出的手稿数量较少，只在诗作《口哨冠军》的手稿中，发现一处括号使用的痕迹，但其强调补说的用法与木心诗作中的部分括号用法一致。

　　沾醋的棉花团也递上来

　　（那朵棉花团是从被角扯下的）

　　被研究者赞叹不已的几乎以逗号为通篇标点的《哥伦比亚的倒影》也有手稿展出，从手稿形式来看，除了清晰的句号外，木心的逗号写法看上去更像是传统标点——类似顿号的句读符号，说明此文出版时应该经过进一步的修改，这也符合木心对写作"锱铢必较"，不厌其烦打磨稿件行文措辞的风格。"狱中手稿"的字迹在展厅暗淡的灯光中极难辨识，但笔者发现，手稿中凡对话，皆用类似书名号的符号标示。这或许是由于"狱中手稿"限于纸张数量，只能用"缩微"笔法书写，若使用双引号，恐不利于日后辨识，故用更为清晰的书名号代替。从手稿的状况来看，木心使用标点，既讲究，又极有个性。

　　而在木心谈及散文《S.巴哈的咳嗽曲》和《哥伦比亚的倒影》的写作方法时，笔者还发现了一处耐人寻味的细节——他五次使用了"括弧"这一称法。根据现有材料，括号最早被用于白话文，是严复的《英文汉诂》(1904)，书中的第十八章中详细说明了标点符号的用法与功能，其中就将括号 brackets 称为"括弧"。1906 年朱文熊在日本出版的《江苏新字母》中的"凡例"里也把括号称为"括弧"，标明其功用为"注释"。1909 年鲁迅在《域外小说集·略例》中也提到"括弧"。此后，虽然胡适在《论句读及文字符号》中将这一符号称为"括号"，后又称为"夹注号"，但 1930 年和 1933 年的政府文件中仍称作"括弧"。直到 1951 年《标点符号用法》颁布才定名为"括号"。可见，"括弧"曾是"（）"这个新式标点符号在 20 世纪 50 年代之前的官方标准称号。语词的惯用表达方式，总在一定程度上反映写作者的学习、教育及时代背景，木心使用括号自然也有其文脉渊源。可见，跳出木心作品本身，从标点符号形成的历史去研判木心使用标点的影响及意义也是有必要的。

　　众所周知，西式标点的宣传、使用引发了汉语新式标点的制定与推广，成为推动白话语体普及、促进言文一致的白话文运动的重要工具。汉语新式标点的使用，有其文学史、语言史、思想史方面的研究价值，近年来，更是在现代文本文献研究的视域中受到一定关注。如王风认为："标点符号和分段是现代文本校勘的一个特殊问题……至迟在五四时期，具体地说从 1918 年《新青年》上周作人的翻译和鲁迅的创作开始，标点符号明显地全面参与表达。……对于现代文本，标点是先在的，本来就是文本的一部分，因而其地位应该与文字是等同的。"一些研究更将标点的使用明确视为作家的文体尝试。以括号为例，任军曾分析：就鲁迅、胡适等人对括号的最早使用来看，括号的功用是表注释，但鲁迅曾在白话诗创作中较早突破注释功能来使用括号。胡适、鲁迅之后，在新诗中使用括号的诗人逐渐增多，括号的表意功能也变得更加丰富多样。[1] 除了传统的文法功能、修辞功能研究外，将括号与文学创作相连，当下还出现了直接将括号视为辅助文本的类文本观点。无论是否采用"类文本"的称法，如前所述，在木心作品中，括号的运用明显带有很强的篇章功能，同时，又有明显的参与文本建构的价值，可视为一种文本功能。可见，在现当代文学作品中，括号恰好是这种能将文体样式与作家意图融贯起来的标点符号，而木心作品中的括号运用也证实了其文体尝试的意图，他的写作自觉，带有深刻的新文学影响痕迹。

正如郭绍虞曾说："从前文人，不曾悟到标点符号的方法，于是只有平铺直叙的写，只有依照顺序的写；不曾悟到分行的写法，于是只有讲究起伏照应诸法，只有创为起承转合诸名。这样一来，不敢有变化，也无从有创格，平稳有余、奇警不足……新文艺的成功在于创格，而其所以能创格则在标点符号。"[2]木心显然是一位"悟到标点符号的方法"且深谙其理的作家。通过驱策"括号"这一小小符号，他在语言及文体上的用心及用意得以彰显，这或许能

---

① 具体指鲁迅于 1918 年 5 月在《新青年》发表的《桃花》，其作用是对上文的补充和强调，同时暗含了"我"的议论。［我说，"好极了！桃花红，李花白。"/（没说，桃花不及李花白。）/桃花可是生了气，满面涨作杨妃红。/好小子！真了得！竟能气红了面孔。/我的话可并没得罪你，你怎的便涨红了面孔！]鲁迅诗歌中使用括号的用例仅此一首，参见任军：《论中国现代诗歌中括号的审美功能》，《兰州大学学报》（社会科学版）2016 年第 4 期，第 61 页。

② 郭绍虞：《新文艺运动应走的新途径》，《中国新文学大系 1937—1949 第一集文学理论卷一》，上海文艺出版社 1990 年版，第 225 页。

够回答后人对"木心现象"的部分质疑。故而，还是以木心的"括号"为本文作结：

　　都去做骡，那么马呢？

　　（谨将伍尔芙夫人的隽语简译一过，会心者当知何所指，不会心，也省得噜）

——《素履之往·翩翩不富》

◎《文学回忆录》与思想者木心

子　张　浙江工业大学人文学院

一

　　近年我比较集中地读了木心的作品集,也分别在不同场合和不同层面与读者分享我对木心的印象和观感,这让我知道了木心的读者有那么多,惊讶之外,便是欣慰。凭我对木心的理解,我以为一个人能接受木心、欣赏木心,说明一定有接受木心、欣赏木心的精神基础和审美基础,也一定有着与木心产生心灵对话的可能。这个时代读木心的人多,和读郭敬明、南派三叔的人多,意义是不太一样的。

　　木心的艺术世界很博大,每一幅画,每一首诗,每一篇散文、小说,都值得讨论,但也都有令人感觉困惑处。我自己读木心,基本上是从《文学回忆录》开始,我的看法是,《文学回忆录》固然是木心传授世界文学史知识的课程笔记,但又与一般学院式授课风格有很大不同,他在讲课同时也把自己放进去,教授一些重要文学作品,往往都带着他个人的阅读体验,以及体验之上个人的见解、个人的观点。以故,课程虽然是"世界文学史",标题却从一开始就拟定为"文学回忆录",实在是很中肯的。

　　"一部文学史,重要的是我的观点。"

　　这是木心1989年元月15日在纽约开讲"世界文学史"时"引言"中的关键语之一,也是我们阅读这部厚达上千页的课程笔记时特别需要留意的。与其面面俱到而又到不了,不如先从一个侧面了解木心个人的一些"夫子自道",即通过《文学回忆录》,来观察木心对历史、对人生、对艺术的理解和重要思想,作为以后循序渐进、深入索解木心的开端。

二

观察木心《文学回忆录》中他对人生、历史、艺术的看法,有两种方式,一是按讲座顺序从每一讲里看,二是把观点分门别类罗列出来看。

按第一种方式,一边读一边留意每一讲中那些珍珠般的个人思想,摘出来,就是长长的一篇"木心语录"。全书八十多讲,都摘出来要多少字?这工作恐怕需要专门做,这里可以以点带面地举例来说。

陈丹青回忆,起初几课,"他可能有点生疏而过于郑重了,时或在读解故事或长句中结巴、绊住,后来他说,头几课讲完,透不过气来——两三课后,他恢复了平素聊天的闲适而松动,越讲到后来,越是收放自如。""结巴"与"绊住",在笔记中看不出,但至少可以从第一讲感觉到某种"滞重",即因知识点过于密集造成的紧张和凝重,侧重讲知识,固然更像讲课,可发挥少了,灵动性也没了,不能不"滞重"。第二讲便已有所松动,出现了"我"字,也已见出重要的思想观点。如讲到希腊神话中伊卡洛斯(Icarus)飞出迷楼摔死的故事,就讲出一段个人的看法:"弥诺陶洛斯,象征欲望。建筑师代达罗斯,即制造迷楼者,象征制定伦理、制度、道德、条例者。迷楼,象征社会,监囚人,人不得出,包括婚姻、法律、契约。这种情况下,怎么办?"

"唯一的办法是飞。飞出迷楼。艺术家、天才,就是要飞。""一定要飞出迷楼,靠艺术的翅膀。宁可摔死。"

这是木心的重要观点,他在不同背景下多次讲到这个观点,讲课时也交代:"我曾为文,将尼采、托尔斯泰、拜伦,都列入飞出的伊卡洛斯。"

再如由那喀索斯(Narcissus)恋爱自己的影子而至死的故事,木心先引用纪德对这个神话的解释,接着发挥:"我觉得艺术、哲学、宗教,都是人类的自恋,都在适当保持距离时,才有美的可能、真的可能、善的可能。如果你把宗教当作哲学对待，就有了距离，看清宗教究竟是什么；如果你把哲学当作艺术对待，就有了距离，看清哲学究竟是什么；如果你把艺术当作宗教对待，就有了距离，看清艺术究竟是什么——我的意见是，将宗教作宗教来信，就迷惑了；将哲学作哲学来研究，就学究了；将艺术作艺术来玩弄，就玩世不恭了。"最后又有一句关键的话："艺术家只要能把握距离到正好，就成功，不分主义。"

另举一例，第二十一讲，"唐诗（一）"。

唐诗讲了三次，第一次就文学史知识而言，介绍的是唐诗之前魏晋六朝时期在诗律上的准备，以及初唐四杰和盛唐的李白、杜甫，其基本线索仍本于郑振铎之《文学大纲》相关章节，但在一些事和诗人的评价之间却能看出二人的不同。

如谈到为近体诗律形成奠定基础的沈约，郑振铎着重评价其正面意义，在《文学大纲》中有这样的话："到了齐初，沈约、王融、谢朓诸人出，便把古代的散漫的诗体改变了，创成一种新的诗的韵律，要大家来遵守。"又说："……然而在我们看来，新的诗体之成立，约实为其首功，在他之前，此种主张未见有人提倡过，所以这话并不算是他的夸诞之词。"

木心谈到近体诗律的形成原因与意义，有的观点直接袭用了郑本（如梵文发音方法的影响），有的便越出了郑本，带上了鲜明的个人看法：

> 永明体，四声法，将每个字纳入声部，俨然诗韵的"宪法"，后人说某诗出韵，即否定的意思，其实束缚了后世诗人的手脚。我的看法是，古人协韵是天然自成，到了沈约他们，用理性来分析，其实便宜了二流三流角色。对一流诗人，实在没有必要。沈约本人，一上来就做过了头，形式的完整使诗意僵化了，例：《石塘濑听猿》……
>
> 沈约的主张，流弊是后人的文字游戏，小丑跳梁，一通韵律便俨然诗人。当然，沈约不负这个责。纵观中国诗传统，有太多的诗人一生为了押韵，成了匠人，相互赞赏，以为不得了，这是很滑稽的。
>
> 总之，沈约做过了头。形式完整，诗意僵化了。该不对称时就不对称，文字岂可句句对称？

这段文字,出自《文学回忆录》上册第254—255页,完全是出自诗人切身的体会,不是为理论而理论,这是令人信服的实实在在的诗学思想。

再如说到李白杜甫,郑振铎一方面表示,"二人固不能妄加以轩轾",另一方面却又忍不住表明态度:"惟后世诗人因白之骏逸的风神不易学,而甫之谨严的法度有可循,故所受于甫的影响较之白为深久,然以诗论诗,则李白纯为诗人之诗,杜甫则有时太以诗为他的感世伤时的工具,且其强求合于韵律之处,亦常有勉强牵合之病。"

照说,这不是很合乎上述木心的观点吗?那么木心是不是就应该更倾向于李白一点?看《文学回忆录》却似乎不尽然。与郑振铎相同的是,木心也有类似"二人固不能妄加以轩轾"的话,他的表述是:"从前的文士总纠缠于李杜的比较,想比出高低来。他们二人恰是好朋友——不必比较。"

可在下一讲里说到李白,倒也有一句忍不住说出来的"比较",且看:"按理说,李白是唐诗人第一,但实在是杜甫更高、更全能。杜晚年作品,总令我想起贝多芬。李白才气太盛,差点被才害死。读李白,好像世上真有浪漫主义这么一回事。唐人比西方人还浪漫。歌德说,各时代的特征都是浪漫主义。我说,青年人会向往各种主义,但要他们自己提出主义,只能是浪漫主义。"

这话什么意思?恐怕就要联系木心对浪漫主义的评价才会真正明白。

木心当然不是否定浪漫主义,只是他认为浪漫主义无论就人生还是就艺术,都只是一种青春期现象,有其自然性和阶段性。他在第四十三讲里说过:"个人的青春是不自觉的浪漫主义,文学的浪漫主义是自觉的青春。"所以他又说:"浪漫主义致命的弱点,是拼命追求自然,最后弄到不自然。"若从这些角度理解木心"李白才气太盛,差点被才害死"以及"杜甫更高,更全能"的比较评价,当不难理解他的所指。

三

木心未必是一般意义上的思想家,他甚至一而再、再而三地宣称构架"体系"乃是不诚实。但木心却长于思考，善于思考，思考的问题既有广度又有深度，每每都能触及当代读者心灵，木心实在是一个有敏锐观察、有透辟见解的思想者。

他的所思所想遍布于《文学回忆录》每一章节中，且往往并不限于文学史，兴之所至，每每天马行空，纵横捭阖，不能自已。读之，则给人以金句纷披之感，以至于使听课者入迷，竟要求他少讲知识，多谈观点。而对这样的要求，木心也曾做出过耐人寻味的回应。

第一次讲唐诗，因为爆出不少精彩观点，引发了听课者的"兴奋"，木心回应："但我不是说大鼓，是讲文学史。学术，第一要冷静，第二要有耐性。"

半月之后，第二次讲唐诗，木心一开始便对"大家不耐烦听史迹，都想听我讲观点"做出回应，结果这回应本身又是一个颇具深意的"观点"：

> 观点是什么？马的缰绳。快、慢、左、右、停、起，由缰绳决定。
>
> 问：缰绳在手，底下有马乎？我。手中有缰，胯下无马，不行。

由这段话以及接下来差不多一页的文字，可以知道，显然木心并不赞成"图方便"而"着急听观点"的做法。任何观点都必须置于具体的关照对象（如文学艺术）背景下才有实际意义，这就是木心所谓"注意缰绳和马的关系"。这也是考察《文学回忆录》中木心思想观点时需要特别留意的，切不可将木心"语录"脱离具体背景而教条化。

讲了这个原则，再来看木心授课过程中随时阐发的思想、观点，当不至于视其为无来由的空炮，而必将它们置于有机背景中端量，则庶几近乎木心本意。

思想者的木心，其所思所想，涉及对哲学、宗教、历史、社会、生命、艺术诸方面的认识，往往既有宏观的、超越的判断，又渗透着一己的生命体验，既不悖乎常识，又给人高屋建瓴之感，实为见识卓异的人生智慧。

（一）涉及社会历史文化的思考

第十三讲介绍《史记》等历史学著作，木心提出一个论断："古代文化的总和性现象,一定出华而又实的大人物,现代分工,是投机取巧。现代的新趋向,还是要求知识的统合。"提及文化遗产的继承,则云:"文化遗产的继承,最佳法,是任其自然,不可自觉继承。一自觉,就模仿、搬弄,反而败坏家风。"讲到司马迁,木心为其全以儒家立场治史感到遗憾,且由此质疑中国文化执着于儒家思想的意义。木心谓:"几乎没有哲学家,没有正式的大自然科学家。诸子百家是热心于王、霸的伦理学家、权术家,所谓修身、齐家、治国、平天下,是哲学吗?兵家、法家、杂家,都在权术范畴。"在木心看来:"什么是哲学?是思考宇宙,思考人在宇宙的位置,思考生命意义,无功利可言。忠、孝、仁、义、信,则规定人际关系。伦理学在中国,就是人际关系学,纯粹着眼功利。"而"无论什么人物都得有个基本的哲学态度,一个以宇宙为对象的思考基础。以此视所有古往今来的大人物,概莫能外"。这正是木心反复强调的一个重要观点:"一句话,我老是讲:宇宙观决定世界观,世界观决定人生观,人生观决定艺术观、政治观、爱情观……但是中国的政客是从政治观出发,决定人生、世界、宇宙观,然后拿来为他们的政治观服务。"这也正是他常常为鲁迅以及中国现代文学家感到某种遗憾的原因,在他看来:"鲁迅他们,是从人生观半路杀出来的,世界观不成熟,更没有宇宙观。他们往往容易为政治观说服,拉过去。"

又比如谈到"中国的历史契机"问题,他曾在第三十四讲中详加阐述,认为:"明朝的历史契机,确实存在的。神宗赏识徐光启,又让利玛窦传布西方的宗教和科学,如果延为左右手,真正以天下为己任,神圣中华帝国的历史,整个要重写。"他推论:"如果当时中国就派人去意大利(既然利玛窦能来中国,中国人当然有办法去意大利,然后顺理成章去法、德、西班牙,乃至英伦三岛),正好赶上文艺复兴。欧洲文艺复兴后有过一段停滞期,因为希伯来思潮又以新教形式统治欧罗巴。中国人如果取了文艺复兴的'经',却不受希伯来思潮束缚,那么,十八世纪末,中国已是世界强国。"只可惜嘉靖年间严嵩、万历年间魏忠贤的出现,加之朱元璋杀功臣和缺乏有大才的皇帝,这个契机最终失去了。

对于中国文化,木心还有一个重要论点,即"中国文化断层说"。《文学回忆录》不少地方都有对这个问题的论说,譬如同样在第三十四讲涉及民国时期民间的"说书先生"时，木心就说："'五四'新文学是民族文化断层的畸形产物，师承断了。创造社、新月派、语丝社，是临时性同人杂志，不成其为作育人才、指导群伦的文学机构。所谓新文化时期中国文学，是匆匆过客，没有留下可与西方现代文学相提并论的作品。"断层的另一表现就是民间社会、民间文化的消失，而让木心不解的是："现在很多文人探讨中国文化的起源、流传、变化，没有人提民间这条路。"

（二）对艺术和艺术家的独特思考

"艺术可以拯救人类。"

这是木心最重要、最核心层面的思想。

木心在讲课中，如同在他另一些文章中，常常透露对人类的悲观态度，同时表达他对"拯救"的观点，态度明朗，从不躲躲闪闪。

1989 年 5 月 7 日第六次讲课，继续讲《圣经》，讲到最后，木心又有发挥，或者如耶稣那样的"论断"。

木心作"人类死了"之论断："全部基督教教义，就是'你要人如何对你，你就如何待人'。这一句话最简单、最易解，但人类已做不到了。这是首要的问题，是最绝望的问题，也可能是最有希望的问题。损人利己，爱人如己。悲哀的是，人类已迷失本性，失去了'己'。尼采说：十九世纪，上帝死了。我说：二十世纪，人类死了。"

然而他又接着给出解救的方案。

其一是"唤回人类的自爱"："我的文学，有政治性，是企图唤回人类的自爱。推己及人，重要的先还不是'人'，是'己'。若人人知爱己，就好办了。"

其二是以艺术作为飞出迷楼的翅膀，"重整家园"："知与爱到底是什么？就是希腊神话中伊卡洛斯的翅膀。知是哲学，爱是艺术。艺术可以拯救人类。普普艺术、观念艺术，是浪子，闯出去，不管了。现在是浪子回头，重整家园。"

1992 年 10 月 24 日第六十六次讲课，木心讲完卡夫卡后讲恰佩克，先批评，继而发挥："不反对他写。我自己不会写。对现代现实，我最多写一些简短恶毒的评语，给朋友看看，一笑，反正是完了的。人类的现代化，无非是人类自毁的速度加快。"

又讲到另一位捷克作家弗兰兹·魏菲儿对人性的赞美和他自己的愿望："唯有天良和道义能拯救世界。"对此，木心的批评是冷冷然："这种声音曾经很熟悉，现在陌生了——那是贝多芬的声音，是《第九交响乐》的合唱。但艺术救不了世界。苏联宪法通过时，唱《第九交响乐》，中国国庆十周年，唱《第九交响乐》。我来这么说：只有艺术才能救人类。但艺术救不了人类。问题不在艺术而在人类。我们属于艺术，不属于人类。"

对艺术是如此，对艺术家呢？

木心把艺术家定义为"仅次于上帝的人"。

这是在 1990 年 2 月 4 日讲陶渊明之前先讲到嵇康时提出的，他解释嵇康何以是艺术家："人格的自觉。风度神采，第一流。"

而"一个艺术家要三者俱备：头脑、心肠、才能"。

他以此标准衡量几个文学家和艺术家，认为托尔斯泰属于才能、心肠好而"头脑不行"；瓦格纳、曹操属于头脑好，才能高，"心肠不行"；柴可夫斯基则属于头脑、心肠好，"才能不行"。

这一论点，他后来在不同场合多次言及，可见也是他的重要观点。

他还认为，艺术家不要以"主义"标榜自己的主张，否则只能显得狭隘、小气："我反对'主义'。一个艺术家标榜一个主义，不论什么主义，态度非常小家气。"

（三）对生命的感悟与沉思

木心在讲课中谈到教育，发表出一个醒人耳目的观点。

1989 年 6 月 25 日，第四次讲《圣经》，说到最后，木心发感慨："诸位要是真心在听，就该知道我的解释过程，就是我的教育过程。一个人衷心赞美别人、欣赏别人，幸福最多——他是在调整自己、发现自己。你认识了一位智慧的、高尚的、真诚的人，自然会和原来的亲戚旧识作比，一作比，如梦初醒，这个初醒的过程，不就是自我教育吗？"

由此，木心正面提出了"所谓教育，是指自我教育"的论断："一切外在教育，是为自我教育服务的。试想，自我教育失败，外在教育有什么用？"又进而指出："凡人没有自我教育。所谓超人，是指超越自己，不断不断地超越自己。"

照这个说法，上学、读书、拜师、交好友，无非都是为自我教育创造条件，而不是把"条件"本身视为教育，一切好条件都要通过内因发生作用。故而，木心又说："找好书看，就是找个制高点。"

又比如创新问题，现代人趋之若鹜，到了唯新是从地步，但一段时间过后，发现所创的"新"并未达致预期之效。何以至此？木心通过文学史上曾经失败的创新、实验，有所思考。一是"创新，是创好的意思。现代人单纯局限于'创'，是个大陷阱"。二是"我要创新，我也不反传统，我也不守旧。……他们急于换时装，我是只管练身体。要么不新，要新新过你的头，走到前面去"。

要之，就是不能不创新，但创新本身不是目的，目的是"好"，且不必以否定传统相标榜，更不必为了创新而不惜搞"你死我活"。

总之，一部《文学回忆录》，只要逐页看去，这类点到为止的思想火花触目皆是，每每让人眼前一亮，继而令人为之一思、一笑，感到智慧的愉快。

如：

"零碎分散的知识越多，越糊涂。……知识，要者是理解知识与知识之间的关系，如此能成智者。"

"文学、哲学，一入主义，便无足观。"

"人要靠人爱，此外没有希望。"

"灵魂是演奏家，身体是乐器。身体好，才能公正、全面地思考问题。"

以上是从不同角度各举数端，以窥见《文学回忆录》所映现木心思想之片段、侧面，真要看清楚作为思想者的木心，还须从《文学回忆录》的字里行间仔细揣摩。

2017 年 4 月 8 日，2018 年 8 月 1 日重写毕。杭州午山

第

四

编

批评新视野

◎草根文学评论的困境与突破

谢端平　深圳市文艺评论家协会

一、草根性：文本的根本特征

中国文学评论在遭受十七年极左思潮侵蚀和十年"文革"精神残害之后，又在 20 世纪 80 年代沦为西方文学观点的演技场，各种流派、学说"你方唱罢我登场"。20 世纪 90 年代以来，在商品经济大潮中头昏脑涨的某些评论家权衡多于判断、宣传重于分析，将"有好说好、有坏说坏"这一地球人都知道的评论底线心安理得地践踏。表现之一是"捧杀"成为常态，皆大欢喜一团和气，以众声喧哗方式来确定作品优劣，有时也按嗓门大小甚至红包多少做出判定，这些评论家也因此而"华丽转身"为表扬家、总结家或广告工作者。近十年来，随着文化生态的进一步改善和文艺体制的良性渐变，以及从上到下对文艺工作的重视，身处体制外的评论家应运而生、脱颖而出，并且快速成长起来。体制外评论家包括文艺活动的组织者、赞助者、文艺票友、活跃在网络的点评者，甚至一些网络愤青，等等，其中最重要、成就最显著的当数草根文学评论家。

"草根文学评论"称谓甫一提出，即遭到一片反对和嘲笑声，很多人认为与打工文学的早期称谓"打工仔文学"一样含有歧视。确实，"草根"这个概念从"庙堂"里的人嘴中讲出，多少带有一点不屑；但在"江湖"人士的话语中，则有一种豪放和不羁："我是草根我怕谁，你不敢讲我敢讲！"从社会的文艺生态来看，"草根"是不可或缺的评论群体，草根评论不只是补充，还可以充当主力军。其实，中国文学评论的传统正是体制内外的有效结合和无缝链接，第一部文学专论《典论·论文》出自"体制内"作者魏文帝曹丕，而集大成者刘勰、金圣叹则没有在朝廷文宣部门端个铁饭碗，也没有在国子监坐一把交椅。

时下，草根评论得到学界的部分认同，但概念依旧不太清晰。草根性是草根评论的根本特征，笔者总结为："文学评论最重要的是要具有草根性，包括身份的草根性、立场的草根性和评论方式的草根性。"也就是说，判断是否草根评论，有三个根本性标志，第一是要有体制外的身份和符号。草根评论是一个营盘，"三足鼎立"的学院派、作协派、媒体派当然被拒之营外。这营盘没有大门和围墙，进出自愿并自由，那些"登堂入室"者，不再具有草根身份，因而也不能再被称为草根文学评论家。第二个根本特性是具有不依附于体制的勇气和立场。那些追逐利益或权势而居者、谀评者、酷评者，或者抱有某些不可告人目的而展开评论者，无法保持评论的独立性和敏锐性，就算身处体制外，所做的评论也不具有草根评论的根本特性。第三个根本特性是评论方式不因循守旧亦步亦趋，有锐气、敢创新。"草根批评应有三个鲜明特征：一是坚持独立判断，不迷信权威，具有一往无前的批判精神；二是着眼细处，有理有据，彻底告别'假大空'；三是摒弃'学术气'，崇尚'新鲜味'，观点鲜明、言语犀利、轻松活泼、嬉笑怒骂皆成文章。"①

草根文学评论不避实就虚，评论对象有针对性：针对作家、针对作品、针对问题。如今许多著名作家被评论家们宠坏了，只听得进吹捧话语，根本就听不进批评意见，谁要对其进行批评，他们立即就会对谁泼脏水，污蔑其是在借机炒作，企图利用他的名气出名。为了规避这种风险，很多评论家采用抽象否定、具体肯定的评论策略：在谈论宏观文学现状时，对普遍存在的问题表现出义愤填膺；而一谈到具体作品，特别是名家新作，溢美之词往往讲得神乎其神。其实大多数"抽象否定"说的也无非是"普通话"，类似于瞎子摸象和隔

---

① 顾珍妮：《草根评论打破文学界互捧怪圈 颠覆文学精英需时间》，《辽沈晚报》2012 年 7 月 4 日，第 A16 版。

靴搔痒。草根文学评论家们大多对"现象"不太"感冒"，而热衷于评论具体作家和作品。草根文学评论构成复杂，分布广泛、方向各异，难于做具体的统计，身为草根文学评论家的廖令鹏总结大致形成了三种类型——"剜烂苹果"式的评论、"站在低处说话"式的评论（评论对象大多数来自基层和底层）、"跟踪引导"式的评论。其中"跟踪引导"式的文学评论，"一方面以扎实的专业功底和专业的阅读经验，及时对作家们的作品进行阐释解读，及时对不良的文学现象进行反击，帮助读者们鉴别文本的优劣，引导正确的创作方向；另一方面通过文本细读、比较和审视，及时发现优秀的作品，就像发现'grass roots'草根底下那'蕴藏的黄金'，真诚地唤起对有价值的作品的关注，促进作家和读者的创造性"①。其实草根文学评论家与体制内评论家关注的对象并无明显的不同，更没有阳春白雪和下里巴人的差别，例如柳冬妩评论卡夫卡和古代诗人，谢端平评论张爱玲和古典文学作品。一定要厘清个所以然的话，那就是体制内评论家，特别是学院派评论家有"宗经"的倾向，试图在学理上有所建树；而草根文学评论家有"评经"的趋势，试图发出自己的清音。

目前，"剜烂苹果"式评论类型已经引起文坛的一定重视，当唐小林因《天花是如何乱坠的》获得"首届《文学报·新批评》优秀评论新人奖"，有人欢呼草根文学评论家终结贾平凹神话、草根评论打破文学界互捧怪圈。后来他像下水饺一样发表"剜烂苹果"作品，矛头直指那些在他看来久负盛名却问题多多甚至只是浪得虚名的名家。众多草根文学评论家也如雨后春笋，突破重重阻碍而崭露头角。特别是习近平主席主持召开文艺工作座谈会并发表重要讲话后，草根文学评论家受到激励，纷纷抹开面子，褒优贬劣、激浊扬清，充分发挥文艺批评褒贬甄别功能，写出了一批具有战斗力、说服力的评论文章，第四种成建制的评论力量初具雏形。《被陈丹青们高估的"大师"》标题中的"们"字见出他的英雄孤胆，他其实明白"仿佛谁不承认木心，就意味着有眼无珠"，但他毫无畏惧一棒子横扫一大片。草根文学评论家凭什么以草根身份在高手如林的评论界发出自己的声音？全凭胆与识！草根文学评论家最不缺的正是胆与识。笔者因和唐小林同为草根评论家，又同在宝安区，惺惺相

---

① 廖令鹏:《"草根文学评论"的类型和走向》，《中国文艺评论》2018 年第 8 期。

惜的同时经常在一起讨论研究。一些专家学者谈及体制外、底层或基层文艺评论时常以我俩为例进行说明。对于草根评论的"出头"，笔者是欢欣鼓舞的，并在《"草根"评论家的胆与识——以唐小林为例》一文中对草根评论进行了自我肯定。"勇敢首先表现在坚持独立判断，敢于和'常识'战斗，且舍得一身剐，敢把权威拉下马。""其次表现在不怕树敌如林，不怕圈子固若金汤。""敢于调侃、讽刺，用杂文的语言来写评论，言语犀利、轻松活泼，嬉笑怒骂皆成文章。""敢于向那么多名家、作品开刀，是因为看得广、钻得深、摸得准，也就是说有识。"①

二、"剜烂苹果"式评论的文本问题

草根评论存在诸多问题，本文不就此展开论述，只分析"剜烂苹果"式评论文本中存在的几个常见问题。"剜烂苹果"式草根文学评论虽然获得众多读者的喝彩，但也遭到强烈的反批评，这是一件好事，说明"百家争鸣"态势已经基本形成。有些反批评本身就过于简单、草率，没有什么真正的批评力量。例如2018年9月底在"贾平凹文化艺术研究院"微信公众平台刊出的《唐小林，让我带你读〈山本〉：为贾平凹争理不吵架》，竟然以"徐悲鸿画马，也是重复了成千上万次"为贾平凹的自我重复辩护，殊不知绘画"重复"是美德和勤奋，写作重复则是恶德和懒惰，否则作家找一篇旧作抄上个千遍万遍，不就成大文豪？有些反批评则有理有据、分析中肯，值得草根文学评论家细细推敲。唐小林是迄今为止草根文学评论家中取得成绩最大、争议也最大，成绩与失误共生，生机与危机并存的一位，故本文以他的作品为例来进行分析。

问题一，浮光掠影，浅显简陋。《评论家的"矛"与"盾"》大量罗列陈晓明的评论，指出心血来潮、感情冲动、名词轰炸、玩弄概念、故作高深，字词不通、逻辑混乱、文笔粗疏等问题。客观来说，该文指出的问题相当部分必须承认，但关键是，这些问题均为鸡毛蒜皮，况且没有深入地挖掘被批评对象的矛盾产生的理论根源，令人口服心不服。唐小林在多篇文章中，将多位著名作家

---

① 谢端平：《"草根"评论家的胆与识——以唐小林为例》，《长江文艺评论》2017年第5期。

描写"脐下三寸"、经血和大便等的肮脏文字集中截取出来进行批评，看起来翔实丰富，其实很多只是蜻蜓点水，甚至似是而非。只有比较国外的作家怎么写肮脏的，同时结合上下文语境区别对待作家写肮脏东西的出发点和选择，确定哪些可以写，哪些可不写，哪些完全不必写；像庖丁解牛一样，不"生剥活剐"，不"斧砍刀斫"，而由皮及肉、由表及里、由筋及骨，"所好者，道也；进乎技矣"，"依乎天理，批大郤，导大窾，因其固然，技经肯綮之未尝，而况大軱乎"，步步为营、层层辨析，这样才会更有说服力。有些草根文学评论家喜欢抓住小问题穷追不舍，不小心就可能掉入自己挖的"坑"里。例如，批评一棵树前面开红花后面开黄花是不存在的，其实现实中这种树是存在，而且文学中一棵树开五颜六色的花也是完全可以的，不能完全用科学来要求文学作品。不妨引用一段批评《苏童老矣，尚能写否？》的文字："汇集了苏童小说中的'黄段子'，唯恐读者有遗漏，来个集中展示，而文中属于作者的语言，也就是解释一下这些'黄段子'而已。我很难相信，这就是文学评论？说作家的文学格调不高，那评论家的格调我看比作家也高不了多少，似乎还不如作家。"①这段大白话虽然有夸张的成分，但也算内涵丰富，对草根文学评论家有一定告诫作用。草根评论行文的方式，往往较多摘录、展示或引用，如果缺乏深入的、中肯的分析，也就是说缺乏"作者的语言"，就容易露出软胁。况且，"黄段子"用展示的方式并不适宜，因为会造成第二次污染，而应点到为止。很多网络评论、大众评论，专门盯着"脐下三寸"描写，抓小放大、避净就污，完全是口水评论、板砖评论，应为草根文学评论家所摒弃。

问题二，死缠烂打，牵强附会。《贾平凹散文的艺术缺失》批评贾平凹为了追求创作上的高产，大量采用克隆术，通过偷意、变形和搅拌式混搭名家作品的方法，"创作"出一篇又一篇的散文仿制品。所用的证据是《柳湖》与茅盾《白杨礼赞》，《一棵小桃树》与朱自清《绿》《落叶》《荷塘月色》中的段落涉嫌克隆，《访兰》与龚自珍《病梅馆记》，《丑石》与安徒生《丑小鸭》等文意相仿。其实某些语句相似或文意相仿，原因可能是作家在考虑某些问题、观察某些事物时，使用习惯性思维或眼光。唐小林发表的多篇批评贾平凹文章，使用方

---

① 沈金光：《作家的"俗"命》，《文学自由谈》2018 年第 4 期。

法基本相同，采用手段基本相似，甚至批评内容也时有"冷饭"，难道也算是"克隆""自我复制"不成？《能否减少作品的"穿帮"？》一文列举了莫言《蛙》中的许多"穿帮"场景与细节，但实际上并非是真正的漏洞。例如，批评小狮子在早已绝经三年的情况下生出孩子失实，其实小说中早已交代小孩是陈眉代孕，是小狮子采了作家万足的"小蝌蚪"；这样的交代在小说中并不是隐喻，根本不是穿帮。正如人在河边走，难免会湿鞋，有些以列举小问题或瑕疵为文本特征的草根评论，误判、漏判时有发生，彰显草根评论在成长过程中的疲软与脆弱。

问题三，以偏概全、主观武断。《〈带灯〉与贾平凹的文字游戏》一文称《带灯》只是换汤不换药的写作，是贾平凹对以往众多作品的一次"大炒冷饭和文字大杂烩"；贾平凹与活色生香的现代生活存在隔膜，对陕西农村的描写停留在几十年前农村生活的"灰色记忆之中"。其实，批评文章列举的三个重复例子都有着鲜明的差异，要么情节不同，要么叙述角度也不同，完全不能算自我抄袭和重复。草根文学评论家的习惯性思维有些特别，一言以蔽之是"偏"，剑走偏锋的偏，也是偏颇的偏。其思维过程呈跳跃式，一会儿隐蔽而猝不及防地射击，一会儿像过河的象棋卒子只进不退。针对"那次'淑女乡试'夺魁，只是随手折柳，一点也不意外"一句，《当代作家的低级错误》一文认为，将古诗文中具有特定文化内涵的"折柳"，稀里糊涂，张冠李戴地理解成了"小试牛刀"的意思。其实，该段话里的"折柳"并没有用错，不妨当成一个比喻：淑女乡试夺魁像折柳枝一样容易。至于该文从"错"用"折柳"而断言："在当今，越是没什么文化的作家，越是喜欢在自己的作品中装得很有文化，卖弄假古董"，无疑是小题大做，甚至带有上纲上线味道。

问题四，置疑太苛刻，鸡蛋里挑骨头，甚至吹毛求疵。《余秋雨怎样"卖瓜"》一文认为《空岛》中"你们书院的老板是谁？"是在发明和穿越，因为中国历史上没有"老板"称谓。针对"这个岛算是开发了，邻近小岛上的人来打工非常正常"，并出现"临时工""首席"和"装修"这样非常时髦的热词，批评小说人物都是从现在委派到清代去的，因为"打工"等词语出现在改革开放之后。其实，余秋雨只是戏谑的写法，将今天的词语穿越到历史上，也是小说语言魅力之一。如果历史小说必定要用历史上的语言，那与古典小说又有何差别？

草根评论"剜烂苹果"的方法可以总结为：满天撒网、各个解剖、抓小放大、以小现大。满天撒网则可能泛泛而谈，各个解剖则可能抓不准，抓小放大则可能抓不稳，以小现大则可能强词夺理。针对"人下过了，剧团才上船，一箱箱的道具、服装、灯光、软景、幕条，往上搬着"一句，该文批评道："像道具、服装这些东西，是可以装进箱子里装上船的，但灯光怎么装得了箱，搬运得了？"其实，"灯光"在这里是个俗语，指制造灯光的设备设施，而不是指灯具散射的光线。举办晚会不是要用灯光音响等设备么？

问题五，尖酸刻薄，几近"棒杀"。有些草根文学评论家呈现咄咄逼人之势，一方面表现出评论的锐气和勇气，另一方面追求"语不惊人死不休"，有的更是跨过"酷评"成为"棒杀"和"谩骂"。针对自己作品被认为是"脏水"，唐小林撰写《泼向文艺批评的脏水》进行反批评，可该文从标题到内容都有失文雅，用"脏水"来形容批评文章本身就不是文学评论应该用的语言，称为"脏水"式语言未尝不可。草根评论追求醋畅淋漓，下笔如刀砍斧斫，但很多词语用得过火了点。如《莫言与贾平凹的嗜脏比赛》中，评价莫言与贾平凹的作品是"垃圾作品""糟蹋文字、屎尿弥漫，污染文坛空气"，应该被"扔到垃圾箱或者厕所里去"。如果莫言与贾平凹的作品真是"垃圾"，那无法计数的读者不就成了垃圾捡拾者？"酷评"一词曾频繁亮相，指不求学理、不讲学术规范，甚至不讲礼貌而只讲个人感性直觉的直率评论，典型文本是《十作家批判书》。"酷"来自英语词汇"cool"，在《牛津高阶英汉双解词典》中的解释是：不友好的，冷淡的，冷漠的；令人钦佩的。正如字义，"酷"是双刃剑，刺猬式评论终究意念先行、有失客观，也有失中庸传统，不受欢迎是迟早的事。毕竟写评论不是去打仗，不需要你死我活。如果夸大问题，刻意贬损，存心打压，用语尖酸刻薄，极尽挖苦之能事，甚至涉及人身攻击，则成了"棒杀"。这样的评论家适合当拳击手，而不适合在电脑上敲字。

三、存在困境与突破途径

草根文学评论家面临的最大困境是学术修养的火候不够，很难写出有较高学术水平的评论。如今比较活跃的草根文学评论家大多不是文学专业科班出身，没有受过系统的文学理论教育，显得有点先天不足。纵观某些草根文学评论家的作品，大多东鳞西爪，不成系统；有观点，没有论据和论证。如果草根评论只是呐喊和吼叫，与大众评论、网络评论，甚至愤青点评，就只有五十步与百步的差别。

解决学术根基浅薄困境的途径首先是要加强学习，其次要下"笨功夫"，这方面柳冬妩可作典范。在《解密〈变形记〉》中，柳冬妩对《变形记》进行解读时，居然收集了135个不同的版本，而且对近20多个版本一个一个进行考证。他的研究方法非常"笨"，选取了《变形记》的7个版本，他不懂外文，但一个个对照，他下的是这个时代稀缺的一种功夫，相当的勤勉，令人尊敬和感动。可以说在这个浮躁和功利时代，能够这样静地去做学问，非常难能可贵。途径之二是在评论的效度方面保持弥高追求，对作家作品的分析尽可能全面，不做简单和片面的判断。草根评论要有缜密思维，不能一味简单地寻章摘句，不能局限于狭窄的局部认识；对作家也不能总是抓住某个时期、某部作品下结论，应拨开障目的一叶，看到主要成就。正如任芙康所指出的："然上乘文章的品质，终究不可或缺文以载趣，不可或缺举重若轻。如果再怀揣一份商榷的诚意，那就定然锦上添花了。文章之道，有的泾渭分明，有的则似是而非，留下讨论的余地，会助于引申众人的推敲。"①"余地"很重要，话讲绝了，有些人会拍案叫绝，但更多人会冷眼静观。

草根文学评论家面临的困境之二，是受到现有文学体制内某种力量的约束和影响，很难持续成长。当下评论家与作家的对话与对抗关系并没有完全理顺，"剜烂苹果"式评论往往受到公开置疑，被认为是靠贬损名家上位，因而并不太受待见。加上文学资源分配时存在某种程度的随意性，某些作家和评论家喜欢结圈子，形成一种排斥草根文学评论的力量。草根文学评论家能否持续葆有初心，砥砺骨气和文格，还得时间来检验。

解决现有体制约束和影响困境，草根文学评论家首先可以考虑一下王山的建议："新锐文学评论家不一定要把自己的勇气和锋芒过分外露，而是要更

① 任芙康：《让人无计可施的人》，《中华读书报》2016年3月16日，第3版。

加收敛,变成内在的风格与素养,这样才能更持续,也能走得更远。"①草根文学评论家在批评某个作家、某部作品、某个问题时,不妨多一点方法,多几个维度,使文本更丰富、更深刻、更全面。刘勰《文心雕龙·才略》对先秦到魏晋的近百位作家进行了评论,用了三种批评研究法:一,作者比较批评法;二,结合作家和作品来分析的作家批评法,三,结合作者与时代的关系来分析的作者批评法。其次,草根文学评论家应自觉地深入基层、深入底层,汲取经验,同时不厌其烦地了解大众评论、网络评论。深圳睦邻文学奖的点评方式被公认为非常接地气,有时一篇文章下面跟有几十、上百条点评,虽然有优有劣,但几乎均是认真的、负责的,因此对作者有一定的参考或指导意义。对冯唐译《飞鸟集》,体制内评论家最初总"视而不见",后草根文学评论家发出批评声音,大众评论和网络评论斩木成兵,通过网站、BBS、微信朋友圈、微信群和QQ群等媒体展开铺天盖地的轰炸,最终该书被下架,可以说草根评论和大众评论、网络评论联合组织了一场"百团大战",充分展示了体制外评论的共振力量。

草根文学评论家面临的困境之三,是受到固化的评论方式和习惯的拘囿,纵使爬上高原也难登高峰。写一篇评论通常有几个步骤:细读、分析、比较、归纳,草根评论较多使用归纳方法,逻辑性不强恰恰出在太喜欢归纳上。归纳环节的问题,一是拿自己的观点、捕风捉影的见解、没有根据的观点作为证据,所下结论就如无根之浮萍;二是过分依赖经验,抓住表面现象,用来分析的样本量太少,不做深入分析,结论肤浅甚至错误;三是缺乏有效的论据,以偏概全,归纳的结果不具有可靠性。"因为囿于一种经验的、表面的、现象的归纳推理方法,它本身带有很大的或然性,它不可能深入文学的内在结构,对文学的本质进行深入的认识,也不可能真实地全面地把文学的内部联系解释清楚。"②草根文学评论家摆脱固有的评论方式和习惯的束缚,途径之一是建立自己的独立标准,不媚俗不唯上不趋时,从而保证评论工作的持续良性发展。评论家没有独立标准,就等于人没有独立人格。这种个人标准可能会

---

① 钟传慧:《一次"专业"与"草根"的学术对话》,《中国艺术报》2016年2月17日,第7版。
② 傅修延、夏汉宁:《文艺批评方法论基础》,江西人民出版社1986年版,第51页。

被当成偏见,事实上,独树一帜的评论在诞生之初往往被当成偏见。其实评论家喜欢谁不喜欢谁,与其说心中有杆秤,不如说存在这种所谓"偏见",刘若愚甚至称:"一个批评家如果没有偏见,就等于没有文学上的趣味。"①鲁迅总立于风口浪尖,使用评论武器与"正统"战斗不已,能够在评论史上留下一笔的车尔尼雪夫斯基、别林斯基、勃兰兑斯等莫不如此。途径之二是义无反顾、旗帜鲜明地继承文学评论传统。很多体制内评论家"以洋为尊""以洋为美""唯洋是从",是因为一叶障目,不见传统文学评论之泰山。这泰山有多高,拜读刘勰等大师的著作即知道。刘勰之所以能对那么多作家进行有效评论,是因为采用了"六义"标准——"一则情深而不诡,二则风清而不杂,三则事信而不诞,四则义直而不回,五则体约而不芜,六则文丽而不淫"。② 而在同时代,系统的外国文学评论还处于"半萌芽"或"胚胎"状态。草根文学评论家应重点继承并发扬光大感性评论传统,具有鲜明东方特色的评点体始于唐、兴于宋、成于明,金圣叹评《水浒传》、李卓吾评《西游记》、脂砚斋评《红楼梦》等均是三言两语、简短犀利又不失睿智幽默,同时紧贴文本,对原作品进行再创造又和原作融为一体。而网络和各类新媒体、自媒体的普及,促使大众点评和网络点评铺天盖地而来:"我们真正应该思考的是如何寻找或培养现时代的'金圣叹',也就是适应文艺视听化、网络化和评论互动化、即时化这一新格局的批评家。""他们目光锐利、思路敏捷,对艺术有着良好的感知力和鉴赏力,使用的语言短小精悍、活泼清新,适合互联网传播特性。有的时候,他们一条微博,寥寥一百四十字,就能对文艺创作者和欣赏者产生巨大的影响。""经过时间的积淀,那些耐人品味的评论将沉淀下来,与原作一起成就网络时代的艺术新经典。"③途径之三,也是最有效的途径,就是要认真学习、贯彻落实习近平同志在文艺工作者座谈会上关于文学评论的指示,以马克思主义文学理论为指导,继承创新中国古代文学评论理论优秀遗产,批判借鉴现代西方文学理论,打磨好评论这把"利器",把好文学评论的方向盘,运用历史的、人民

---

① 刘绍铭:《编译者序》,夏志清:《中国现代小说史》,刘绍铭等译,广西师范大学出版社 2014 年版,第 20 页。

② 刘勰:《宗经》,《文心雕龙》,中华书局 2012 年版,第 28 页。

③ 胡一峰:《弹幕来了,金圣叹何在?》,《中国艺术报》2015 年 3 月 10 日,第 3 版。

的、艺术的、美学的观点评判和鉴赏作品，在艺术质量和水平上敢于实事求是，对各种不良文学作品、现象、思潮敢于表明态度，在大是大非问题上敢于表明立场，倡导说真话、讲道理，与体制内文学评论家一道，营造文学评论的良好氛围。

第

五

编

里下河文学研究

◎论里下河小说的民族志叙事特征

柳应明　　盐城工学院人文社会科学学院

　　民族志的本意是"对其他部落、族群、社群、种族或民族的书写，需要'远离家乡'对'异族'人群生活的观察和记录"[①]，而"林耀华、费孝通、李亦园等中国学者开创了'本土的'人类学研究，将民族志方法引入了对于汉人社会的研究"[②]。因此民族志就可以理解为"对于一个文化共同体的记述"[③]。随着文学创作的"人类学转向"，"'志'不仅可以是'民族'共同体的知识建构形态，也可以是小说美学实验所借取的样式"[④]。于是有"民族志叙事"的提出，它"首先指涉具有民族志风格的人类学、文学及其相关的文本"[⑤]，其中之一便是"文学写作中所体现的人类学维度"，亦即一些"人类学小说""方志体小说"[⑥]。有学者则探讨了民族志与文学之间的关系，认为"民族志记录原本存在的事物""文学则记录可能存在的事物"[⑦]。用人类学方法或视野解读文学作品的研究也越来越多了，如对当代作家阿来、迟子建、贾平凹小说的诸多研究。本文借鉴一些学者的做法，运用民族志叙事理论来分析里下河小说，不当之处，还请

[①]　周霆：《民族志叙事：文学与人类学的学科互涉》，温州大学硕士学位论文，2016 年，第 12 页。

[②]　同上

[③]　同上。

[④]　同上，第 13 页。

[⑤]　同上，第 22 页。

[⑥]　同上。

[⑦]　[韩]林春城：《文学人类学的可能性与上海民族志：以王安忆的〈长恨歌〉为个案》，《济南大学学报（社会科学版）》2018 年第 3 期。

专家学者指正。

其实已经有论者指出里下河文学的写实特征。如刘满华认为，里下河的"作家们朴素地认为，文学就是讲述过去或者正在发生的故事，作家的任务就是把这些有趣的故事按照生活本来的样子写出来，让后人看看先辈是如何生活的，自己如何生活得更好。生活的自然形态是写作的出发点，也是文学表现的内容，目的还是回归生活。文学写作就是里下河人的一种生活样态"①。温潘亚则从作品解读中发现："大多数里下河文学流派的作家仍然依靠艺术直觉，把现实生活如实地表述出来，做到真实地反映生活，却很难做到站在一定的哲学高度，理性运用某种创作体系对现实生活进行选择和虚构，并融主客观于一体塑造艺术形象。"②

文学作品的写实性正契合民族志的本质要求。在笔者看来，里下河小说的民族志叙事特征主要体现在三个方面。

一、自然（地理）环境的非虚构化

在萨义德看来，空间意识比事实存在更具有诗学价值，"事实的存在远没有在诗学意义上被赋予的空间重要，后者通常是一种我们能够说得出来、感觉得到的具有想象或具有虚构价值的品质……空间通过一种诗学的过程获得了情感甚至理智，这样，本来中性的或空白的空间就对我们产生了意义"③。里下河小说大多是一种"在乡的写作"，"这些作家基本上都在乡土进行写作，他们作品当中的环境虚构成分很少，而是与他们所居住的乡土世界保持着高度的同一性，他们真实地呈现出'我在地方''我写地方'这种地方性写作的本真状态。不管他们作品中出现的地名有怎样的变化，不论是香河（刘仁前《香河》）、浮坨（刘春龙《垛上》）、大堰（曹学林《船之魅》），还是范家村（李明官《衣胞地》），他们作品中的社会环境、自然面貌、血缘宗亲都是以写真的方式再现

① 刘满华：《"百姓日用即道"思想对里下河文学流派创作的影响》，《雨花》2017 年第 14 期。
② 温潘亚：《里下河文学流派及其"域内"作家创作风格概述——读〈里下河文学流派作家丛书〉》，《雨花》2017 年第 14 期。
③ ［美］爱德华·W.萨义德：《东方学》，王宇根译，上海三联书店 1999 年版，第 68 页。

了里下河的自然与人文"①。确实如此，无论是汪曾祺的大淖，刘仁前的香河，毕飞宇的王家庄、楚水，还是刘春龙的湖洲、荷城，鲁敏的东坝，不管是真实的地名，还是虚构的地名，都无一例外地具有里下河的水乡特色。顾坚的"青春三部曲"(《元红》《青果》《情窦开》)的故事空间大都用了真实的地名。《元红》的章节目录用地名标示，如顾庄、吴窑、田垛、扬州、盐城，小说中的地点也用实名，如兴化、东台、大丰、扬州师范学院。《青果》中的赵金龙打工地是扬州及周边地区，如江都、邵伯和小纪。朱辉的长篇小说《白驹》，故事发生地就是大丰的白驹镇。罗望子的小说则直接提到"苏北""里下河"。胡石言的小说《柳堡的故事》取材于宝应的留宝头(后改名刘坝头)，电影《柳堡的故事》上演后该地才改名柳堡。因一篇文学作品而改地名，非常罕见！《秋雪湖之恋》中的秋雪湖为一泰州地名。

地名的真实与否当然不重要，重要的是这些小说对自然(地理)环境的描写全然是里下河的水乡风貌。汪曾祺的小说充满水意，其对里下河自然景观、风俗民情的描写所论多矣，笔者不再赘述。其他作家的描写也十分细致入微。如刘仁前笔下的兴化：

> 苏北兴化属水网地带，出门见水，无船不行。河道如野藤般乱缠，有河必有村，有村必有河。河是藤，村是瓜。瓜不离藤，藤不离瓜。三步一村，五步一舍，大大小小，瓜儿似的，村舍相挨。一村鸡啼，村村鸡啼；一舍狗叫，舍舍狗叫。村村舍舍，鸡啼狗叫，好不热嘈。

毕飞宇笔下的苏北平原：

> 这是苏北的大地，没有高的山，深的水，它平平整整，一望无际，同时也就一览无余。
> 麦子熟了的苏北大平原金光灿烂，盛夏季节的苏北大地浩瀚绿色无边，大雪覆盖下村庄浮肿可爱，北风呼啸中光秃秃、瘦而尖锐的树枝

---

① 晓华：《里下河文学研究的精细化》，《文艺报》2019年3月13日，第5版。

带着惹是生非的模样。

刘春龙的《垛上》详细描摹了垛田的地形地貌：

> 村庄与村庄之间尽是一块块草垛一样的土地，像是漂浮在水上，原先叫坨，又叫圪，现在人们都叫它垛田，也叫垛子……这里的人也特别，叫垛上人。

后文还借叶梦虹之口介绍了垛田的形成历史与因由。小说中的"千岛油菜花风景区"也正是现实中兴化的"千岛菜花景区"。

自然（地理）环境、空间维度对作家的写作至关重要，是作家叙事、描写、想象的"根据地"。英国著名文化地理学家迈克·克朗曾说："'地理'术语的意义就是书写世界，是把意义刻在地球上。"[①]"人们并不单纯地给自己划一个地方范围，人们总是通过一种地区意识来定义自己，这是问题的关键。"[②]中国当代一些杰出的作家都有自己写作的地理空间维度，并以此建立起自己创作的"灵魂根据地"，如贾平凹的商州、莫言的高密、苏童的香椿树街、迟子建的北极村、阿来的马尔康小镇等。大多数里下河作家也都把里下河作为自己创作的地理空间维度，里下河已经成为他们魂牵梦绕的故土，即使在虚构性的小说创作中，他们想象的翅膀也难以飞出里下河的领地。

二、对"地方性知识"的"深描"

"地方性知识"的概念系美国人类学家克利福德·吉尔兹提出，他在《地方性知识》一书中对此有过深刻的表述："所谓地方性知识，不是指任何特定的、具有地方特征的知识，而是一种新型的知识观念。而且地方性或者说局域性也不仅是在特定的地域意义上说的，它还涉及在知识的生成与辩护中所

---

① ［英］迈克·克朗：《文化地理学》，杨淑华、宋慧敏译，南京大学出版社 2005 年版，第 68 页。
② 同上，第 95—96 页。

形成的特定的情境,包括由特定的历史条件所形成的文化与亚文化群体的价值观,由特定的利益关系所决定的立场、视域等。"它要求"我们对知识的考察与其关注普遍的准则,不如着眼于如何形成知识的具体的情境条件"①。"深描"来自于哲学家赖尔对于两个互相眨眼的男孩的行为分析,他以此说明任何细微行为背后都有复杂的社会内涵。吉尔兹在此基础上提出人类学家的描述不能停留在"制度性素材的堆砌"的"浅描"上,而应构成一种"浓厚的描述",即"深描"。"深描"的特征就是以小见大的微观性研究,"是通过极其广泛地了解鸡毛蒜皮的小事,来进行这种广泛的阐释和比较抽象的分析"②。从而"建构知觉、解释无意识的眨眼"与"有意识的递眼色"之间的文化层次,使民族志成为"一种具有厚度的记述"。③ 因为"细小的行为之处具有一片文化的土壤"④。葛红兵等学者认为,可以把小说看成一种叙事形态的"地方生活","它是地方生活的文本性象征,是叙事形态的地方生活,它的根本性支撑是:知识的地方类型"。⑤ 乡土写作者们大多着力用"地方性知识"来营构自己的文化符号和话语体系。

里下河作家对家乡的一切"地方性知识"都做了翔实的描摹,这些作品综合起来就是一部里下河的百科全书。这里有一年四季生长不断的农作物:水稻、麦子、玉米、棉花、莲藕、菱角、荸荠、茨菇、豇豆、刀豆、茄子、番茄、生姜、萝卜、南瓜、黄瓜、西瓜、香瓜、菜瓜、梨瓜;有品类繁多的水产,如螃蟹、湖蟹、鳖、虎头鲨、昂刺鱼、螺蛳、砗螯、蚬子、鮰鱼、鳜鱼、青虾、白虾、乌鱼、鲫鱼、鲢鱼、长鱼(黄鳝)、鳗鱼;有农家饲养的家禽家畜,如鸡、鸭、鹅、猪、羊、狗、猫:好一派五谷丰登、六畜兴旺的景象!

对于民俗,里下河作家是把其"作为美的要素来构置"的,如汪曾祺认为:"风俗,不论是自然形成的,还是包含一定的人为成分(如自上而下的推行)的,都反映了一个民族对生活的挚爱,对'活着'所感到的欢悦。……风俗是

---

① 盛晓明:《地方性知识的构造》,《哲学研究》2000 年第 12 期。
② ［美]克利福德·吉尔兹:《文化的解释》,纳日碧力戈等译,上海人民出版社 1999 年版,第 24 页。
③ 同上,第 41 页。
④ 同上,第 43 页。
⑤ 葛红兵、高霞:《小说:作为叙事形态的"地方生活"——中国小说类型理论中的"生活论"问题》,《文艺争鸣》2010 第 7 期。

民族感情的重要的组成部分。"①因此,里下河作家笔下的民俗成为人与自然、人与社会、人与人之间和谐相处的证明。汪曾祺的小说几乎写尽了里下河地区的民俗,各种节日、迷信,婚丧嫁娶的仪式,民间作坊、民间艺人、民间美食……人们似乎就生活在民俗的海洋里,沉浸在欢乐的氛围中!因学界对此的研究已非常丰富,此处不作赘述。

新一代里下河作家继承了这一传统,将故事情节的发展、人物的塑造都水乳交融地穿插整合进风俗民情的描摹之中,一些作品常常被称为"社会风情小说"。刘仁前说:"《香河》是完全根植于兴化传统文化土壤的。""《香河》是我对兴化风土人情的一次文字总集,是我多年从事文学创作的一次总爆发,是对故乡之爱的淋漓尽致的挥洒。家乡话构成了我打造香河这个文学地理的语言基调。《香河》更多地再现了兴化乡村原生态的纯与美,河上风光,两岸风情,都在我的白描里流泻而出。《香河》里鲜活的各色人等,与其说是笔墨衍生的产物,不如说是经'香河'派生出来的。"②《香河》再现了20世纪六七十年代兴化一个村庄的原始风貌,这里有生机盎然的水荡、水柳夹岸的河流、四面环水的垛田、悠然的村巷、朴素的民居。它记录了大集体时代的生产方式,展现了一幅幅热火朝天的劳动场景:踏水车、插秧、打粽箬、拾棉花、割稻、打场、看场、缴公粮、罱泥、罱渣、开挖大型水利工程……这种生产方式已经一去不复返了,小说就此成为一段历史的证言!《香河》几乎写到了当地的一切民俗:生老病死、婚丧嫁娶、各种节日。它还写到一些传统手艺与艺人,如做豆腐和百页的、摸鱼的、"扎匠"(篾匠)的、"轰炒米"的、"换糖"的。《香河》对青年男女从定亲到结婚过程中的风俗写得尤其详尽。其全部过程包括:做媒、望亲、追节、通话、送日子、忙嫁、迎亲、拜堂。刘春龙的《垛上》"从农田里的劳作,到荷塘里的捕鱼捉虾;从日常生活中的男婚女嫁,到逢年过节时的民间表演,一直到举行湖神庙会时那些特定的民间信仰,到那首先后数次出现在《垛上》里的民歌《三十六垛上》"③,都做了绘声绘色的描绘。

---

① 汪曾祺:《塔上随笔·谈谈风俗画》,群众出版社1993年版,第123—124页。
② 汪政等:《烂漫感伤的风俗长卷——刘仁前作品研讨会发言摘要》,《黄河文学》2011年第4期。
③ 王春林:《民俗风情展示与人性的深度透视——关于刘春龙的长篇小说〈垛上〉》,《海南师范大学学报(社会科学版)》2016年第4期。

毕飞宇的小说虽不以描绘民俗见长，但有时为了情节的推进、人物性格的刻画，能将民俗写得风生水起，甚至惊心动魄。其《平原》中写到"捏锁"的民俗：女子出嫁时上轿前，要由其兄弟将嫁妆中一个箱子的锁"捏"上，新娘才能上轿离家。由于王存粮的家庭是由王存粮与红粉父女、沈翠珍与端方母子两家组合而成的，红粉一直与后娘沈翠珍不睦，从来也不叫她妈妈。红粉出嫁这天"捏锁"要由作为"娘舅"的端方来做。端方终于借"捏锁"的权力逼迫红粉叫了母亲一声"妈"。"他拉过自己的母亲，把母亲一直拉到红粉的跟前。意思很明确了，当着这么多的人，红粉刚刚和'爸爸'招呼过了，还没有喊'妈妈'呢。"僵持到最后，"红粉恼羞成怒，豁出去了。她闭着眼睛大叫了一声：'妈！'"。这时，"端方转过身，把箱子上的铜锁捏上了"。这个情节既详尽地展示了民俗，又淋漓尽致地刻画出端方的性格特征。

对"地方性知识"的"深描"是民族志的主要内容，而小说中的这种"深描"因伴随着人物的活动、情节的演进而使作品成为地方文化的"活化石"。

三、人物和语言的地方色彩

语言的地方色彩当然是指方言的运用。人物的地方色彩如何理解呢？写下这个标题时，笔者也曾有过犹豫，但再次阅读里下河小说，笔者发现，里下河小说中的人物有着浓厚的地方色彩，他们是地地道道的里下河人，有着不同于其他地方的民性民情。

马克思说过，人是一切社会关系的总和，从来都没有自然人，也没有抽象的人，只有某个具体时代、环境、种族、文化中的人。中国地域广袤，地理环境多样，区域文化由来已久。早在先秦时期，中国版图内就形成了几大区域文化，著名的有齐鲁文化、三晋文化、秦文化、楚文化。不同文化环境下的人性人情都有区别，总体来说，北方人粗犷，南方人细腻；即便同在山东境内的齐文化与鲁文化也有区别，前者华丽活泼，后者质朴务实。

里下河地区的地理位置较为特殊，它处于长江与淮河之间，是淮扬文化、楚汉文化的交汇处，因此："既承受着楚汉风韵，又传承着淮扬风骚，在几千年的南北文化交融、积累中，在自然条件、社会政治经济、人文风俗等因素的作用下，形成了里下河地区以细腻、从容、朴实、顽强为主要特征的地域文化形态。"①而"'水'的温润也使得里下河作家对人物的塑造充满了温情与暖意，具有深厚的悲悯精神，他们的笔下没有'至善'也没有'至恶'，大多数是带点瑕疵与个性的小人物。没有十全十美，也没有十恶不赦，即便是一个所谓坏人，也有善良的一面，反之，好人也有许多不足之处"②。

因此，我们看到，里下河作家笔下的人物多为淳朴的自然之子，地道的里下河人，他们率真、讲善、好美，不像北方人那么强悍，也不像江南人那么柔弱，却有一种深入骨髓的坚韧与豁达。值得一说的是，与北方作家擅长塑造老一代农民形象不同，里下河作家似乎更偏爱写少男少女。汪曾祺小说的人物遍布社会各行各业，但给读者留下深刻印象的还是小英子、明海、巧云等少男少女。新一代里下河作家的小说人物也以年轻人居多。顾坚的"青春三部曲"属于青春成长叙事，以刻画人性见长的毕飞宇的乡村叙事也以青年男女为主角，如端方、玉米，刘仁前的《香河》、刘春龙的《垛上》中的主角也都是乡村青年。这些里下河人大多暗合传统的真善美，为追求美好生活，维护个人尊严，进行着各式各样的努力与抗争。丁存扣（《元红》）经历了太多爱情的伤痛，仍以顽强的毅力复习参加高考；赵金龙（《青果》）高考落榜后自己打工、做生意；端方（《平原》）作为"拖油瓶"硬是靠自己的勇力与智慧在王家庄立身；柳春雨（《香河》）为坚守自己的爱情，拒绝了村支书的提亲，哪怕丧失代课老师资格；林诗阳（《垛上》）为了自己的尊严可以痛打村支书三侉子。他们的努力、抗争也大都能有一个好的结局，只有玉米（《玉米》）被权力异化扭曲了人性。当然，这样的人物塑造与情节处理方式使得大多里下河小说缺乏深沉的悲剧意识，缺少激烈的对抗与矛盾冲突，因而内涵不如北方同类小说（如《平凡的世界》）厚重。何以如此？原因或许与里下河较好的生存环境，与地域文化传统，与作家平和的心态有关吧（这不是本文要探讨的，故不展开）。

方言是文化的活化石，方言作为地方文化的一种，是民族文化的有机组

---

① 周卫彬、俞秋言：《"里下河文学流派"初探》，《文艺报》2013 年 10 月 18 日，第 7 版。
② 周卫彬：《关于里下河文学的几个关键点》，《文艺报》2016 年 7 月 22 日，第 6 版。

成部分。运用方言是中国乡土小说的一大特色，很难想象一部乡土小说全用标准的普通话来写作。里下河作家在小说中大量使用了方言。

作为旗手的汪曾祺，其小说语言本色、自然、纯净、质朴，充满世俗的烟火气，他的小说不刻意使用方言，但一旦使用总是十分确切、得体，贴合人物的身份。如《受戒》中写小英子母女三个的打扮："头发滑滴滴的，衣服格挣挣的。""滑滴滴""格挣挣"就是里下河人的口语，指头发梳理得滑溜、服帖，衣服穿得整齐、挺括，而且这种含义大体上只能从语音上去理解。

在新一代里下河作家中，小说中使用方言最多的是刘仁前，他的《香河》无论是叙述语言，还是人物语言都大量使用了方言，可以说是一部里下河方言的总汇。因笔者在拙作《论小说〈香河〉的民俗学价值》（《盐城工学院学报（社会科学版）》，2016 年第 1 期）中有详细探讨，此处不作赘述。刘春龙、罗望子、顾坚等在方言的运用上也有出色表现。罗望子的《我们这些苏北人》围绕着对"叔叔"的称呼是"牙牙"还是"芽雅"串联起整个故事，方言的称呼成了人物身份的标志。叔叔曾在上海混过，回乡后有一种优越感，坚持要"我"喊他"芽雅"，后来因被发现有过当伪军的经历又自觉矮人一等。"叔叔"最后死不瞑目，是"我"喊了他十来遍"芽雅"才合眼。因为当地对叔叔称呼的标准音"芽雅"是叔叔生前最想听的称呼，是他对自己身份被认同的期盼。

有的方言语汇虽与普通话一模一样，但含义与感情色彩则全然不同，这种语言只有该方言区的人才能理解其中奥妙。毕飞宇的小说在方言的运用上并不突出，但其行文的字里行间总是不经意地流露出里下河的"味道"。小说《玉米》中有一个情节：农村姑娘玉米在与初恋情人彭国梁亲密后，"玉米想，都要死了，都已经是'国梁家的'了"。这里的"要死了"绝非人的生命将尽的意思，而是里下河地区责备人的惯用语，常用在长辈责备晚辈做错事的时候。此处是写玉米的羞愧心态，是自己心中的道德律令对自己行为的责备，而这种道德律令则是千百年来的外在文化规范涵化而成的。

美国人类学家博厄斯认为，一个民族的语言展示这个民族的基本观念，而语言上的特点也反映在该民族的习俗以及对外界的认识上；语言的存在有其"文化的动机"。① 方言其实也一样，它展示某个地区的基本观念、习俗，有其地域性的"文化动机"。

诚如有论者所说，"在全球化语境中，艺术的地方性审美经验变得愈发珍贵。因为，它保留和维系着人类同全球化语境下文化的日益同质化，及其潜藏着的人类学暴力相对峙和抗衡的可能性力量"②。有着民族志叙事特征的里下河小说也将成为里下河地方性经验的"文化活化石"。

---

① 招子明、陈刚:《人类学》，中国人民大学出版社 2008 年版，第 72 页。
② 向丽:《人类学批评与当代艺术人类学的问题阈》，《思想战线》2016 年第 1 期。

◎阅读子川:敏感高地与他的"凹地"意识

梁小静　河南师范大学

　　"凹地"首先是作为一种空间的指称、空间概念被子川意识到的,在他的个人意识中,凹地指的是苏北里下河地区。据说这里是中国版图上最低洼的地区。同时它也是子川的出生地,他的青少年时期都在这里度过。子川是在1982年前后开始自觉的文学创作的,在此之前,苏北高邮里下河这片低洼地区是他生命的主要活动范围,这里西临京杭大运河,东边是汝定河,两河之间又有许许多多无名的河流,在这片河套般的土地上纵横着。

　　这些河流作用于高邮地区低洼的地势,共同影响了当地特殊的建筑风貌、耕作习惯和劳动方式。这些地方性的经验,影响着子川对家乡的感知,并且最终都进入他的写作当中。又因河套区所拥有的"人老河宽"的强烈时空变异意识,子川的写作一定程度上也是"为了使如此易逝的生活世界变成物质世界的最后状态"①。因为,在凹地,洪水所带来的"灭顶之灾",能够使几十年、百年的建设和繁养生息,毁于瞬间,故河套区的人民危机意识十分强烈,危机意识又生出急切的历史感,语言和书写就变得格外有分量。不可避免的"变"和人为努力下的历史、文化的延续性,就构成一表一里的关系。

　　同样与当地的风俗习惯构成表里关系的,是一个个高邮文人在个体经验的基础上,对文化心理的敏锐感知和建构,从而使人内在的一个维度凸显出

　　① 　耿占春:《归隐于阅读:回忆中的诗,书的挽歌与阅读礼赞》,北京大学出版社2012年版,第92页。

来,而这是写作者塑造的一个敏感的高地,作为阅读者,站在这个高地上,得以对四周的地方性景观——内与外的,有一次认知与自省并存的透视。

而作为个体存在的写作者,子川的自我意识的萌发、完善,在对当地文化、地理历史的认知、自省,和对特殊经验的感知中推拥而出,他的文学意识也与之互相培育。源于地貌指称的"凹地",它强烈的视听体验,和它所激发的活跃的记忆能力,及其带来的对生存的反省,最终使它内在于人,凝聚成一种独特的"凹地"意识。它在子川的时空观、文学意识等观念领地迅速繁殖,并最终成为关乎文本的美学特质。

一、空间中的"凹地"

在文本的叙述中,子川将他第一次对"凹地"的震惊性体会,设定在 1970 年夏天,这是他插队到高邮乡下的第二个夏天。他遭遇了"里下河农村特有的惊天地、泣鬼神的抗洪排涝",这是低洼地区在强暴雨天气下特有的强劳动。

> 我门前的小菜园全部沉在水下面。还有我草房左侧的猪圈与鸡栏,它们都在水里,我饲养的那头猪早已离开它的窝,跟我住到一起来……我的屋子里一地的水,猪在泥水里跋涉,哼哼唧唧地嚷嚷,鸡扑棱棱地飞,随便捡一个可以栖止的地方,像鸟儿用爪子捉住一根树枝,蹲在上面。①

生活原有的秩序和节奏被完全扰乱,这种状态的持续首先唤起了他自觉的地理空间和空间对比意识,早已熟悉的事物、零碎的片段在暴雨参与其中之后,变得"陌生化"了。好奇心和兴奋感促使他对当地的河流系统有了完整的了解,一种有高低、凸凹之别的空间感,参与到他对当地现象、事物的理解当中。

相对于同为高邮人的作家汪曾祺,子川的这种源于空间意识而发出的判

---

① 子川:《水边书》,江苏文艺出版社 2012 年版,第 31 页。

断要更明确、切肤。汪曾祺也描述了发生于高邮的 20 世纪 30 年代的洪水灾害,他亲历了它,但并没有明白地萌发,至少是在文字中没有表露他对此的"情结"。而子川在文中多次表露了"凹地"在他思维中所占据的位置。子川写道,他后来读到《圣经》中上帝向世界连降数月大雨从而发动大洪水,这一经典意象,作为人类思维意识的一个母题,经常在人的梦或文学作品中被复活。这仿佛是一种由基因遗传而来的与后天经验无关的超验记忆,镌刻在人的 DNA 中。

因此,"凹地"首先是作为承载洪水的容器、一个共谋,被子川意识到,他对自己的这种意识做出反映,即意识的意识:

> 苏北里下河地区是你的出生地。那是个出了名的低凹地区。你的始终的'凹地'意识是否缘此而生? 你不知道。你只知道:那一片'凹地'起始遥远;你只知道,生是无法选择的。走出凹地,是纠缠你至今不解的情结,而'走出'的欲念,又使你永远地与'凹'为伍。因为,向前向上每一步的跨出,会给人一种感觉——那已经踩实的一步仍在低凹处。[①]

"凹地"因带来生存的威胁,而成为一个独立的空间意象,出现在子川的文本中。

上述摘引的文本,出自《1970 年夏天》,文末标注的时间已是与之相隔近四十年的 2009 年。此时子川已移居他处,不再轻易受到洪水对生存带来的干扰。但他在文中仍然以这样恳切的语调提到它,不止一次地描述它,自己也想要弄清楚它,这难道仅仅是回忆中单纯的再现吗?"凹地"已经从空间指涉复杂化为一种隐喻,这也是尽管子川走出了空间中的凹地,但在他的自我反省中,发觉自己并没有真正走出"凹地"的原因。

"凹地"作为一种隐喻,它在子川的文本中表现出兴盛的繁殖力和强大的辐射能力,作为复杂的隐喻,它们的自我表现或隐或显,它们的意义也并不都

---

① 子川:《水边书》,江苏文艺出版社 2012 年版,第 31 页。

朝向同一个方向,甚至互相冲突。

二、作为隐喻的"凹地":记忆的深潭

在给一本文学刊物命名时,众人对名称的选择引发的分歧,使子川敏锐地领会到里下河地区的一种文化心理,这种心理也与地域、空间有关。在题写刊名时,汪曾祺建议将"苏中文学"更名为"里下河文学",但负责起名的泰州文联则更认可前者。"里下河"与"苏中",在当地人的意识中,是"下"与"上"的关系、差别,这里又涉及"凹地",显然,他们在命名中想要淡化自己"下"的、"凹地"的特征,仿佛为此脸面没有光彩。

> 这地方的一上一下,差别很大。上意味着外面,下意味着里面,上意味着高处,下意味着低洼,上意味着前,下意味着后,上意味着干,下意味着湿,上意味着富,下意味着贫,上意味着开放,下意味着保守。[①]

这种心理,表明"凹地"已从一种地貌,转而成为影响人的自我判断、自我认同的一种价值因素。但从上述描述中可以得知,这主要是基于经济因素和以社会现代性为主导进行的判断。在这对比中,"里下河与低洼、潮湿、贫困、保守的记忆联系在一起"。社会现代性将许多事物都卷入了这个隐喻中,农村相对于城市,手工相对于机械的批量生产,自给自足相对于价值交换,偏僻山区相对于四通八达的平原,它们的命运与"凹地"一样,在社会现代性以其丰硕的成果所进行的自我宣传中,它们蜷缩在隐喻的一端,遭受白眼,被告知急需纳入现代化的进程当中。

子川在 1988 年曾写有一首诗《总也走不出的凹地》,不久又出版同名诗集《总也走不出的凹地》,在写作初期他强烈的"凹地"情结由此略见一斑。后来出版的《子川诗抄》,在卷二所收录的早期诗作中,这首诗也位居其中。他的

[①]　子川:《水边书》,江苏文艺出版社 2012 年版,第 38 页。

诗末尾标注的写作日期透露了一些信息，写于 1988 年的诗中，有三首（《总也走不出的凹地》《后来的事情》《沼泽》）都明确表达了与"凹地"相关的情感：

> 凹地外面是平川
>
> 平川外面是大山
>
> 水往低处流
>
> 人向很高很高的地方走
>
> 你找不到一条可以走出去的斜坡
>
> 快走两步与慢走两步
>
> 都差不多
>
> ——《总也走不出的凹地》①

　　这首诗表达处于凹地的一个青年的苦闷。诗中出现了第二人称"你"，这表明了对境遇反观的需要，从而表达了一种清醒的迷茫。另外两首诗与这首诗的主题是相似的："你陷进凹地孤立无援/远方有两队散兵游勇/你目测距离/而后使劲挪动自己/却拿不定主意向那一边靠近。"②（《后来的事情》）"凹地"本身就是一种困境，在早期它甚至有"陷阱"的功能，这与子川写作中后期"凹地"向"活水井"的意象的倾斜有所不同。前期，它更像是命运给人布置的一个陷阱，这个陷阱像沼泽一样，使你越陷越深："绿色的泪/想必流尽了/背后的季节已经模糊/显然陷得太深了，太深了/搜遍所有角落/找不到一丝生机。"③（《沼泽》）这两首诗将凹地中的情绪具体化了，《后来的事情》利用著名的历史事件表现凹地中生存的绝望感，即大敌将临，身处凹地的人却"找不到一条可以走出去的斜坡"，所以这首诗是《总也走不出的凹地》中情绪的深化和具体化，这不仅是一种个人生存的焦虑体验，同时也与子川多次提到的关于 20 世纪 30 年代在高邮发生的大洪水的历史记忆有关，这种如临大敌却寸步不能移动的生存焦虑，在历史中因为天灾人祸而间歇性地出现于群体的意

---

① 子川：《子川诗抄》，远方出版社 2004 年版，第 116—117 页。

② 同上，第 129 页。

③ 同上，第 131 页。

识中。《沼泽》则是日常生活中"厌倦"与"向往"两种体验的混合。就像卡夫卡的"地下室"、艾略特的"荒原"与人物的生存状态相互隐喻,子川也敏感到作为生存空间的凹地与人的精神之间的某种对应,这时凹地已不仅是作为外在环境对个体发生影响和限制,它直接地,也是隐喻化地指向人的精神状态。当凹地彻底地实现它在文本中的隐喻功能时,它也达到了复杂化。它不仅是空间的隐喻,也与时间相关。

"凹地"的价值因素,在个人自我判断中的影响是正负并存的。尤其当它作为一种隐喻出现在子川的时间观和文学观中时,它更多表现出正的一面。语言的每次书写,都在试图制造"凹地",每个词语就是一片小水洼。而在个人史中,也会有某段时间,成为生命的"凹地",无论生命向后延续了多久,每当其内视自身时,总自觉(或不自觉)地陷入对某一段历史的无穷的回忆中,从那里显现的细节好像是无穷尽的。或者,有某种特殊爱好的人,比如爱好语言的人,当他在繁忙中见缝插针地沉溺其中,或读书、或揣摩时,与整个的生活相比,这不是一种"凹地"吗?

是的,相对于社会现代性,子川的写作是在恢复"凹地"在他生命中的存在。用语言保存易逝的生活世界的最后的物质状态,在前进的时间中展开的回忆,诗歌体验的"慢",都是精神的图景中虚拟的"凹地"。与物质世界不断的更替相比,它意味着"后"、稳定,甚至是"保守",是与经济财富对比中的"清贫",但它在人的自我认同中,会立即转化成正面的文学、文化的因素,加强人的自我认同感,让人明晰而愉悦地领会到生存的意义,并信心倍增。

语言、时间、记忆这三者,奇妙地熔铸为一个"凹地",像一个具有魔力的金杯一样,吸引着时间回流于此,它扰乱了时间的线性运行,而使流逝的时间又回过头,使时间同时具有无数个方向,从各个方向汇聚于它。这就像子川写的:"记忆是一个深潭。"(《火车终于启动了》)"深潭"就是一个放大的杯,是一个被深化的"凹地"。

丢失早期作品

也许不是一件坏事

丛林另一端

一条小路延伸过来

晨风很冷

那是早春的寒意

一朵玉兰花

在上周末开放

与往岁今日有何不同

时间从不睡觉

却不记得人的情感

——《往事如烟》①

在这首诗里，往事如烟却并不消散，它们在同一个心理空间簇拥着"我"，上周末、往岁、今日，由于玉兰花，而像它的瓣片一样，围绕着"此刻"簇拥，在诗中唤起共存感。

所以"凹地"在子川的诗歌中具有复杂的指涉，这主要是源于他对"凹地"的隐喻化处理。一方面，作为空间地理的凹地，在现代化进程参与人们的意识中时，已从中性的地貌指称转换成一种"身份标识""价值标识"，而判断的高低之别与现代化的展开程度成正比，且这种文化心理是何时形成的，"现代化"是强化了这种心理，还是直接由它产生，这也是研究地方文化心理时一个有意思的课题。另一方面，"凹地"作为人心理空间的隐喻，暗示了这个空间中不同于线性时间流逝的另一种时间观，即因为回忆、梦、想象等造成的人的心理空间对不同时空的可兼容性，而这种可兼容性，就使人自身成为一个凹地式的存在，过去的经验并不像自行车穿过花园一样溜走了，而是沉积在"记忆的深潭"，虽然有的如"无意识"的淤泥一样面目模糊，但它"也像摁在水里的葫芦/不经意就浮上来"。（《咬人的狗》）而写作，就是在这处"凹地"中打捞，在子川的诗中，这种"凹地"以井、深潭的形式出现：

清点我的遗物

---

① 子川：《虚拟的往事》，江苏文艺出版社2012年版，第8页。

人们会发现小巷深处

有一口水井

井里有清澈温凉的水

……

井旁有人打捞

他的少年、青年、中年

岁月的井绳

在井圈上勒出深深的印痕

——《又掉下去了》①

所以,子川所说的"凹地意识"不仅构成了他对故乡的复杂情感,这种故乡风貌还直接以空间的形式嵌入他的感知之中,使他的诗歌呈现出独特的时空感。

三、凹地与子川的诗歌

有水的地方首先是一处凹地,河道、湖泊、池塘、大海,都是低洼、凹陷的地方。这些凹地总让人想到水,想到深不可测,或者是水的流逝不可阻挡。子川诗歌中有大量以"水流"来暗示时间流逝、以翻滚的波浪隐喻"危险"的写法,水自身和它构成的隐喻,几乎作为一种无意识频繁出现在他的诗歌中,这仅仅是一种巧合吗? 水在容器中(凹地也可以看作盛水的容器),有以下几种状态:一种是水从容器中流逝,水量是固定的,并没有补充;第二种是一汪死水,百无聊赖;第三种是水的上下层因为某种驱动力进行自循环;第四种是水流逝,同时接受外来的补给,也就是活水。而与水相关的隐喻太多了。关于水的形象、生态美,汪曾祺的小说和散文就是其气韵流转的写照。我在这里想谈的是始终有一种"凹地"意识的子川,"水"在"凹地"中的状态与他诗歌的几种主题构成的一种同构。并且,这几种主题又往往由水和关于水的隐喻来

---

① 子川:《虚拟的往事》,江苏文艺出版社 2012 年版,第 83 页。

完成。

子川诗歌中时间主题是显而易见的,已经有几个研究者关注过这个主题。当子川在表达时间流逝的主题时,就与上述提到的第一种水在容器中的状态构成了同构关系。他表达了中年时期越来越强烈的生命衰亡意识:

> 流过身边的河
>
> 水流速度突然快了很多
>
> 我对动不动滥用"提速"这词
>
> 深恶痛绝
>
> ——《再一年》①

> 很想背对时间
>
> 站着,像小河边那棵老柳树
>
> 静听背后流水
>
> 在一块糙石上日夜打磨,生命仿佛一件利器
>
> 一天天变薄
>
> 时间流过,留下泥泞的河床
>
> ——《背对时间》②

"'背对时间'说到底也是'面对时间',显示了子川作为中年诗人面对时间时的一种姿态——他喜欢的演说方式是回忆,他展示的风格是硬朗,他所持的人生态度是宽容。"③吸引我的除了这种态度外,还有他表达此主题时的说话方式,在这里,时间经过生命,就像水漫进凹地又一点点消失,这与他的凹地生存经验贴切地吻合了。"泥泞的河床"就是生命体的老态龙钟吗?"凹地"的形态之一——河床也参与了他的生命认知和体验,甚至直接切入对人身体的认识。"水"与"容器","时间"和"身体",构成了一种同构,而在"容器"

---

① 子川:《虚拟的往事》,江苏文艺出版社 2012 年版,第 53 页。

② 子川:《背对时间》,江苏文艺出版社 2007 年版,第 18 页。

③ 吴思敬:《序》,引自子川:《背对时间》,江苏文艺出版社 2008 年版,第 6 页。

与"身体"之间的转换中,子川准确地选择了"河道"这个意象,表明时间并不像水从玻璃杯中倾倒出来一样,玻璃杯不受到影响,而是像河道,水的流逝,像是柔软的刀子一样在它那里刻下印痕。子川不止一次地写"月令诗",如《从二月到三月》《从九月到十月》《月令小调》等,他的这种有趣的写法,模仿的就是时间流和水流。

　　子川诗歌表达的另一个主题是与时间流逝的主题相对,同时也相互补充的,即与生物生命不可避免的枯竭相对的精神自我得到不断充实。这与上述所说的第四种水在容器中的状态构成一种奇妙的对应。

> 一年又一年
> 未来的日子像高原上的氧气
> 越来越稀薄
> 心中却有许多东西
> 像井、像地下水,越来越充盈
>
> ——《再一年》

　　它是知识、诗歌、文化、经验等对个体滋养的结果,同时也是一种有力的"自循环",是孟子所说的"吾善养吾浩然之气"的结果。但在这首诗中,这还是由水来完成的一个隐喻！在表达重要的主题时,水总像一股灵感的源泉涌入子川的诗行中。而这种写作与他故乡的风貌构成一种更大的同构:

> 里下河用数不清的无名的河水
> 写这片土地的传记
>
> ——《水乡之夜》①

　　这是里下河的河流,而他的笔穿过纸上的河道,构成另外的语言之流。高邮的里下河不仅是在语言和记忆的合力作用下作为形象出现在子川的诗

---

① 子川:《背对时间》,江苏文艺出版社 2007 年版,第 169 页。

歌中，它还以本地事物相互作用的方式，直接影响到子川的感知，比如关于个人的感知和写作，他写道：

> 能感知的日子多么有限
> 一个偶尔浮上水面的青藻
> 被更多的潮水淹没
>
> ——《火车终于启动了》①

对这种细节的感知，和在诗歌中对这种细节的化用，或许只有水乡的人才能这样敏锐，又能显出自然、契合。

四、"陷阱"和"活水井"：从古典的到浪漫的

"凹地"意识伴随着子川的写作，如上所述，有时"凹地"作为空间指称成为文本直接描述的对象，有时"凹地"被某个与之具有相似结构和功能的意象所置换，这些置换意象像是"凹地"的爪牙和得力助手，在文本中尽情地发挥其隐喻功能。唐晓渡先生曾讨论过子川诗歌中"井"的意象和"凹地"之间的渊源关系：

> 把那片锅状凹地的弧度再向上弯曲一些，或将那枚子弹开出的"小花"向深处放大，就能显示出它们和"井"的渊源关系。对子川来说，井的意象如同乡音，具有无可替代的唯一性。我已经指出过它在《影子》一诗中的原型意味，而在《再一年》中，井的意象与"地下水"并列，被用来喻示内心的蓄积，以抗衡越来越短，"越来越稀薄"的"未来的日子"。②
>
> 更有说服力的是《又掉下去了》一诗。在这首说不好是举重若轻还是举轻若重的诗中，"井"被想象为诗人象征性的终结之所，一

---

① 子川：《虚拟的往事》，江苏文艺出版社 2012 年版，第 163 页。
② 唐晓渡：《静水深流或隐逸的诗学——读子川诗集〈虚拟的往事〉》，《作家》20013 年第 10 期。

个接纳、容涵了他一生"遗物"的情感渊薮。[①]

"井"与"凹地",二者间有渊源关系,唐晓渡把井作为具有原型意味的诗歌意象。在文化意义上,井的内涵要比凹地鲜明、具体、明确。但从子川诗歌的整体特征来看,子川选择了"深潭""河床"等其他与"井"并列的功能性意象,综合来看,这些意象共同的特征就是"凹",它们与子川的凹地意识不仅仅是不谋而合的关系。一方面它们是"凹地"的具体化,是为了达到其隐喻内涵,在诗中所展开的一系列具体意象;另一方面,它们又显示出"凹地"意识作为一种空间生存体验,对创作者子川的诗歌想象、诗歌元素构成方面的潜移默化的影响。所以,我倾向于把"凹地"作为文本中的核心意象和概括性意象,这样我们就能理解为何子川偏爱与"凹"、"凹"的容器中的"水"相关的意象了。

在诗歌中以隐喻方式出现的凹地和其变体,以其绵延性展示了凹地、凹地意识对子川写作的持续的影响。本文的第二部分,提到"凹地"在子川诗歌中有一个由"陷阱"向"活水井"变化的过程,同时这也是"凹地"在子川诗歌中隐喻内涵的主要构成。T·N·休姆对"浪漫派"和"古典派"曾做过有趣的区分。在休姆看来,把人看作一口井,一个充满可能性的贮藏所的,可称之为浪漫派;而把人视为一个桶,一个非常有限的固定的生物的,可称之为古典派。[②] 这个关于井和桶的比喻,与子川关于凹地的两种态度有异曲同工之妙。对于凹地,子川的诗歌中并存着浪漫派和古典派的两种态度。《总也走不出的凹地》典型地代表了他以古典派的眼光去回视凹地时的态度,这时"凹地"作为空间是封闭有限的,它能提供的经验、想象也陈旧有限,在这时"里下河与低洼、潮湿、贫困、保守的记忆联系在一起"。而当他站在浪漫派一边时:

> 一马平川的里下河
>
> 有着无限多的河流、桥梁,与舟楫

---

① 唐晓渡:《静水深流或隐逸的诗学——读子川诗集〈虚拟的往事〉》,《作家》20013 年第 10 期。
② 同上。

> 那是一片著名的凹地
>
> 想象的空间无比深邃
>
> 许多年后
>
> 悄然回想故土
>
> 最初的烦恼早已遗忘
>
> ——《想起大山》

这时凹地充满了可能性,而这部分原因是当年的烦恼已不再影响到他对凹地的判断,另外,"凹地"的隐喻化也使它的内涵更丰富,它真正地成为源泉、原型式的存在,在这时"凹地"已由"陷阱"转变为"活水井"。

凹地与凹地中曾经困扰过高邮人生存的水,它们与子川的写作的关系是复杂的。"凹地意识"是他基于生存经验,含有对地域的价值判断的自我认识。如果依据弗洛伊德对意识的分层,这属于他的意识层。但以"凹地""水域"为主要物象的地域景观,更多以潜意识、无意识的方式影响文本的构成,这也是更大体积、更深阔的影响。

> 黑暗中闭上眼睛,再眨动它
>
> 会听到水的回声
>
> 水浸没了脑回沟
>
> 陷进沼泽,不能自拔
>
> 是一堆来不及长成的思想
>
> 我不知道出路何在
>
> 语言机器空转
>
> ——《就在今夜》[1]

子川在表达自己对这种尚未在意识层面萌芽的潜意识的捕捉时,也借助

---

[1] 转引自唐晓渡:《静水深流或隐逸的诗学——读子川诗集〈虚拟的往事〉》,《作家》20013 年第10 期。

于水、沼泽，这表明，这种地域景观、事物一旦参与他的思维，他的语言就运行得顺利、合乎期待。同时，"凹地"作为人的心理空间的隐喻，使子川的文本呈现独特的时空观：时间是非线性的，空间是共存的。这又让人想起1970年的夏天：

> 我门前的小菜园全部沉在水下面。还有我草房左侧的猪圈与鸡栏，它们都在水里，我饲养的那头猪早已离开它的窝，跟我住到一起来。……我的屋子里一地的水，猪在泥水里跋涉，哼哼唧唧地嚷嚷，鸡扑棱棱地飞，随便捡一个可以栖止的地方，像鸟儿用爪子捉住一根树枝，蹲在上面。[①]

这个关于空间的描述，简直就是子川文本空间的一个直白而恰切的隐喻。水覆盖着园子（象征子川文本指涉的多层面、多义性），不同的物种挪移到"我"的屋子（象征他文本中不同的时空汇聚到同一个文本空间、心理空间），所以，"凹地"虽然以地势低洼而得名，但它所造成的子川诗歌的独特性，使它在子川写作中所占的重要位置，不亚于任何可供攀登、俯瞰的高地。正是它，构成了我们阅读子川诗歌的一个"敏感的高地"，并且阅读，也类似于艰难地登上一个"高地"，而我这次阅读，也算是通过"凹地"爬上一个"高地"的过程，也可能，相对于写作者本人，这又是一次对"高地"的虚构，一次虚构的俯瞰。

---

① 子川：《水边书》，江苏文艺出版社2012年版，第31页。

◎粗服乱头，不掩国色

——读长诗《江北大汉》

陈兆兰　江苏省教育评估院

　　说不清从什么时候开始，曹剑这个名字引起了许多人的注意。从默默无闻到引人注目，这是一个多么神奇的过程！

　　他，生于"黑得流油的香得喷雾的江北大地"，他"喝过洪泽湖水""灌过酸辣菜汤""吃过黄大头山芋""啃过玉米面饼"。他是个地地道道的江北汉子。正是这样一个江北汉子，写出了令人心灵震颤的长诗《江北大汉》。

　　读过曹剑诗作的人都说，他的诗让人"一见钟情"。他的诗就像一位美丽、典雅、柔情缕缕的少女一样，令人钦慕，令人神往。但是在这种钟情之后，总觉得这位姣好的"女子"还缺少一种内在的气质和心灵的巨大容量。而《江北大汉》这首诗一扫这一弱点，无论是在思想深度上，还是在艺术技巧的创新上，都有了进一步的突破，读来新鲜、感人，时而让人忍俊不禁，时而令人凝眉沉思，时而使人痛快淋漓。全诗乍一看似乎很粗糙，"如生马驹，不受控捉"，然而正是这种"粗枝大叶"和"漫不经心"，才显示了他那自然、真诚、坦率、明朗的艺术风格。"毛嫱、西施，天下美妇人也，严妆佳，淡妆亦佳，粗服乱头不掩国色"（周济《介存斋论词杂著》），而《江北大汉》正是这种"粗服乱头"。

　　翻开《鹿鸣》1985 年第五期，我首先被《江北大汉》新颖的构思方式吸引住了。诗人运用交响乐的结构方式，把全诗分为三大乐章：无伴奏郊外男人；男女声锅碗瓢盆交响曲；倍大提琴 提琴家族的老祖父。再加上前奏以及尾声，全诗一共五个部分。这种构思，不能不说是艺术上的一种大胆尝试。作者引音乐入诗，颇具匠心地引用《大路歌》的前半段来作为整首诗的前奏。那深沉浑厚的《大路歌》为全诗奠定了粗犷、雄浑、深沉、悲壮的基调，主人公就活动在这样一种既悲怆又明丽的艺术氛围之中。

第一乐章题为"无伴奏郊外男人"，着重写江北大汉"黑大"的外貌特征和个性。"无伴奏"是说黑大三十二岁了，还是光棍一个，"郊外男人"是说黑大是住在城市郊区的一个农民。第二乐章"男女声锅碗瓢盆交响曲"，写黑大组织了家庭，有了一个胖杨树似的老婆，并且还有一个"做种的儿子"和扎着丫叉辫、流着长鼻涕的大女儿，剃着核桃头、戴着红肚兜的二女儿。黑大这个饱经辛酸的汉子已享受到家庭的天伦之乐。这个家是贫穷的，但又是温暖幸福的。第三乐章"倍大提琴 提琴家族的老祖父"写黑大已经老了，从前那个不可一世的汉子如今变成了"倍大提琴"，"胖杨树"也成了"老胖杨树"了，黑大的儿子已长成一个小江北汉子。诗的第五部分是"尾声：江北副部主题"。该部分又是以《大路歌》开头，由一个江北汉子写到所有的江北汉子，由一个江北汉子的一个侧面，进而写到江北大汉的多个方面。奇妙的是，在该部分中，诗人调动奇思妙想，把江北大地比作是地地道道的江北大汉，诗风揿转，由讴歌江北大汉进而歌颂养育着千千万万个江北大汉的江北大地，至此，诗的主题得到了升华，诗的意境得到了升华。长诗到这里戛然而止，言已尽，然意无穷……

曹剑从自己的真切感受出发，直写观感，绝无拘束，使诗中的人物、情景等都跃现在读者眼前，对读者产生了强烈的情感冲击。

《江北大汉》具有很高的艺术概括力。它把一般体现在个别当中，又通过个别表现一般，使读者从个别的表现中看到一般的意义。我们知道，诗人、作家如果不从个别出发来表现事与人，则其表现不可能深刻、独特，不可能给读者留下较深的印象；同样，所表现的事与人若不能体现一般的意义，也不可能具有感染人的力量，反令人难以置信、难以理解。《江北大汉》表现的是发生在个别人物身上的特殊的事情。由于《江北大汉》鲜明深刻地表现出黑大粗犷、豁达、质朴、勤劳而略带油滑的性格特点，这就使读者如闻其声，如见其人，感到这一类人物的本来面貌理应如此，精神实质应该如此。通过对黑大性格的塑造以及对于黑大所作所为的描述，很自然地使读者联想到那生活于江北大地上的无数江北汉子的音容笑貌以及辛酸历程。这种共性与个性的统一，使江北大汉这个形象成为活的形象，成为优秀的典型形象。

《江北大汉》艺术概括性较强的另一种表现是：它没有面面俱到地把黑大的一生不加提炼地照搬到诗中去，而是以黑大一生中最突出、最有意义、最有趣的生活片段作为反映重点。在诗的第二部分中，作者主要从主人公爱情生活的角度来塑造黑大这一形象。因为他穷，因为他粗鲁，直到三十二岁了还"无法抓住一个连衣裙姑娘"。他不愿打一辈子光棍，但是他不乞求，"于是他把他进城干活的故事/去讲给村里那胖杨树一样的寡妇听了/在挨了狠狠的一巴掌后（那寡妇真狠！）/他意识到那寡妇不是真恨他他便动手动脚了/他便动手——动脚——了/他给她讲城里《被爱情遗忘的角落》/她用拳头把他高墙似的胸擂得丁丁冬冬"。他终于娶了村里那个长得又丑又胖的寡妇为妻了。这样一个外表粗鲁莽撞的汉子对爱情有如此热烈的追求，爱起人来像一把火，谁说江北汉子不多情呢？透过这个平淡无奇的爱情故事，我们不只是看到主人公对爱情的苦苦追求，而且自然联想到这位辛辛酸酸的汉子不屈的生活意志。他从不低头，也从不乞求施舍、恩赐与怜悯。他是江北大地上真正的男子汉，千千万万的"江北汉子"则构成了我们民族的脊梁。诗的第四部分中，作者特地选取了一个梦境来表现主人公对现代文明的追求。这位穿着充满稻草的旧套鞋，腰间扎黑绑带，黑绑带上挂着一个巨大的油光油光的鼓鼓囊囊的牛皮钱包的汉子对高跟鞋并不反感，他也尊敬有文化的人。这绝非闲笔，而是对全诗主题升华具有决定性意义的一笔，正是这一笔，为该诗原本带有几分原始性的粗豪，导入了一缕时代气息，人物的精神世界与性格魅力也由此而丰富了起来。

读过《江北大汉》的人，大概都不会否认曹剑在这首诗中塑造了一位真实、生动的江北大汉的形象。主人公黑大是一个粗犷、豁达、勤劳、男子汉气十足的农民。他对生活和爱情有着执着的追求。在外面，他干起活来如牛似虎，他们骂粗话、村话，可在家里，他是一个慈祥、可敬的父亲。他给两个女儿买"狗奶子辣椒"和"猪头肉"，他还给两个女儿讲祥林嫂和阿毛的故事，讲他在外面看到的和听到的一些趣事。当他的儿子考取了大学，在考虑邻村那位谈好的姑娘还要不要时，他的选择是："要！"即使"他儿子做了皇帝也要把那姑娘弄来做皇娘/做了皇帝也是地地道道的江北汉子"。多么善良的心！多么质朴的情！另外，我们还看到黑大不因循守旧，他崇拜文化，他让儿子读书，终于，这个世代农民之家出了一个"秀才"。他连做梦都梦见自己的女儿"一个成了北方女军官带着无沿帽夹着公文包/一个成了官太太坐着小汽车踩着高跟鞋/女儿们用八抬大轿抬着黑大去庐山避暑了"。他认为："这养女儿/女儿还是长得漂漂亮亮的好识字的好/聪明点的好洋气点的好/穿高跟鞋的好会媚笑的好。"这是对长诗主人公向往文明的心理状态的一种真实而个性化的表达。

在这里，我还要说的是，人物形象感很强是这首长诗的又一鲜明特色。诗人写人物的心理活动，表现人物的喜怒哀乐等抽象的东西，几乎无不通过具体可感的形象显示出来。黑大终于拥有两个女儿了，他当时的心情自然是很高兴的，这种抽象的感情作者不是直接道出，而是通过这样的诗句加以表现："从此后他常在从城里回来的路上/脱下他的破草帽自豪地赞叹一声破真他妈破/然后以拿破仑的名义以巴拿马的名义/去兜二斤半猪头肉和几只狗奶子红辣椒/回去把扎丫叉辫流长鼻涕的大女儿/和剃核桃头戴红肚兜的二女儿/一起辣得格格格格地直笑真笑/然后为她们讲起那个电影里的故事。"一种做了父亲的自豪感、幸福感，就这样得到了形象化的展示。还有些地方不写出人物的动作，而是通过景物描写烘托出人物的心情。例如，黑大终于和寡妇结合了，为了表现他当时那种幸福的心理状况，诗中写道："江北汉子说村里那条黑狗真快活！"说得直白一点，不是黑狗快活，而是黑大快活。由于人物的形象感很强，这就容易形成一个多姿多彩、有声有色的艺术境界。

另外，还需提及的是，《江北大汉》的语言极其幽默、诙谐、单纯、明净，看似信手写来、漫不经心，其实是作者用心经营的结果。当然，书中语言并非尽善尽美，有些语句还不够精练、略显松散，有时语言过于直白。全诗的气势奔腾直泻，具有极强的感染力，同时也带来了诗中空白、由读者自己回味的东西少，事实上，语言的荡气回肠和令人回味的空白对于任何一位诗人来说都是一对需要认真解决的矛盾。

自然，我们不能回避作者的这种缺点，同时，也不应苛求作者去舍本求末，磨掉自己的棱角，磨秃自己、磨圆自己。深信，曹剑这个诗坛上抽出闪亮宝剑的年轻人比我们更明白这一点，他一定会舞出更新的招式来！

◎刺客之心

——论小海的诗歌创作

杨　隐　苏州市姑苏区作家协会

谈论一个诗人是危险的,特别是谈论像小海这样的诗人。如果说 20 世纪 80 年代,被韩东、马原们目为早熟的天才诗人小海的诗歌还是小荷才露尖尖角;那么眼下,小海那汪洋恣意、蓬勃旺盛的创造力,正向我们昭示"一种可怕的美已经诞生"。在重新审视小海 20 世纪 80 年代以来的诗歌创作整体历程后,我越来越觉得他像一柄藏锋之剑,从不轻易出鞘,但一旦出鞘,总能一剑封喉。

一、"为着复活的耳朵"(《青春之歌》)——日常语言的觉醒

诗人洛尔迦有一首非常有名的诗——《哑孩子》,用童话的视角,写一个哑孩子痴心寻找丢失的声音,那本应该属于他的声音。我想,如果用这首诗观照每一个有志于诗歌创作的写作者,我们又何尝不是那一个哑孩子,倾心寻找属于自己的诗歌语调和声音。

毋庸置疑,对于一个优秀的诗人来说,必有属于自己的独特的语调和音色,一种类似于指纹密码的东西,它能使听到它的人立马认出。就像在清晨醒来时,在鸣叫的群鸟中,认出的那一只百灵。在这一点上,小海,使我相信这一种天赋的存在。在 20 世纪 80 年代的枝头,他初试啼音,就找到了属于自己的声音。小海的朋友林舟曾讲述过这样一件有趣的事:"小海的诗歌虽然

我一句都背不出来，但我有过准确再认的纪录。那是 1995 年农历除夕的晚上，一拨人聚到了韩东兰园的家里，打牌之后，开始读诗，读《他们》上的诗，一个人读，其他人猜诗作的作者。我猜对了所有小海的诗。"①

那么，究竟是怎样的语调和音色呢？我们不妨来聆听一下。

> 我常想
>
> 这样的爱情
>
> 多么来之不易
>
> 戴上我的帽子
>
> 我要出门远行
>
> 偏偏已是春天
>
> 又下了一场大雪
>
> 落在我的眼前
>
> 像白色的火焰
>
> 我似乎听到了你们的声音
>
> 遥远又宁静
>
> 就像歌手琴弦上的光芒
>
> 我常常摸索你们的声音
>
> 但此刻
>
> 我不能再想起谁
>
> 只得无言地坐下
>
> 静听这岁月的花朵凋零
>
> ——《即兴》

这首诗写于 1986 年，其时小海刚刚二十出头。这是一首写给耳朵的诗。当然它里面那种明亮的画面感（白色的火焰、琴弦上的光芒、花朵的凋零）即使在视觉上也是非常有层次的。但在听觉的建构上，这首诗确实更为特殊。

---

① 林舟:《召唤诗歌寂寞的力量——诗人小海和他的〈北凌河〉》,《人民日报》2011 年 07 月 15 日。

诗中的"我"充满了矛盾，一方面想要出门远行，另一方面说天气不大好；一方面常常摸索你们的声音，另一方面又不能再想起谁。与这种情感上的波折相呼应的，是一种韵律上的波折。仔细聆听，你就会发现，这是一首有韵的自由体。"这样的爱情""我要出门远行""我似乎听见了你们的声音""遥远又宁静""我常常摸索你们的声音""静听这岁月的花朵凋零"，这一行行诗似乎就是一根根琴弦拨弄着诗人难以排解的忧伤。我比较在意的是最后一句：静听这岁月的花朵凋零。小海似乎有一种固执，比起眼睛，他似乎更信赖耳朵，花朵凋零本是一个视觉场景，但小海却执意将之转化为听觉的对象。而我们也不得不跟随他的耳朵，倾听那极轻极轻的花枝断开的声音，那花瓣被空气缓慢割伤的声音，那徐徐飘落最终坠堕于尘土的一刹那的声音……由此，小海以其独特的诗歌手法，拯救了"花朵凋零"这一陈词滥调，并最终让我们聆听到青春肉体内部那引而不发的哀伤和嘶鸣。而有意思的是，这首诗题为"即兴"。它似乎意味着这首诗所构建的这一切，并非来自有意的深思熟虑，而是一次本能的无意为之。

20 世纪 80 年代是个众声喧哗的时代，初出茅庐的诗人小海，在最初的创作中对于诗歌音乐性的追求让人感佩。这无疑是激发诗歌语言活力的明智之举。他在诗歌中操持的是一种介于纯粹口语和书面语之间的语言，或者干脆可以界定为日常生活语言。如艾略特所言："诗歌领域中的每一场革命都趋向于——有时是它自己宣称——回到普通语言上去。"[①]正是得益于向日常生活的敞开，新诗才得以从古典主义的带有语言洁癖症的藩篱中突围而出，让"后朦胧诗时代"有了展望的可能。联想到小海于 1980 年的那首《狗在街上跑》，我有理由相信，让日常语言进入诗歌，似乎是再自然不过的事情，对小海来说完全没有扭捏和不适。而他敏锐的诗歌听觉，让他一方面能够毫不犹豫地拥抱这种变革，另一方面又能在传统的链条上进行创造性的转化。对诗歌音乐性的关注，正是表征之一。

好像一切都躲入丛林

---

① 艾略特：《诗歌的音乐性》，收入《准则与尺度——外国著名诗人文论》，北京出版社 2003 年版，第 222 页。

草地上布满星星

你是第一颗星

你在天上飞翔

不时飘舞羽毛

像远古的一位圣贤

在这个城市上空

常常有火焰劈劈啪啪

你应该告诉我

你拒绝什么

那些夜晚

幸福又空灵

有人抱着石头

有人拿着花朵

夜晚的街道灿烂辉煌

我们就在树下

享受这一切

——《日落时分》

如此轻易,小海就打通了诗歌语言关的任督二脉。朗读小海 20 世纪 80 年代的诗歌简直让人口齿生香。明快的短句、愉悦的节奏、轻盈的意象,又分明是一种日常谈话的口吻……这首《日落时分》宛如一首小夜曲,"幸福又空灵"。它再一次告慰了艾略特的劝诫:"诗的音乐性必须是一种隐含在它那个时代的普通用语中的音乐性。"①

通过对诗歌音乐性的经营,小海成功地建构起自己独特的声音诗学。当然,这一点仅仅是早年小海诗歌特质的一个方面。之所以单独提出来,是要说明从一开始,小海就流露出与"他们"群体中其他人不同的诗学追求。而这

---

① 艾略特:《诗歌的音乐性》,收入《准则与尺度——外国著名诗人文论》,北京出版社 2003 年版,第 222 页。

种诗学追求，关乎他的理想和抱负。

二、"静寂中独自离开群体"——一个中国诗人的理想

在《面孔与方式——关于诗歌民族化问题的思考》①一文中，小海就诗歌民族化问题进行了深入的阐发，他指出评判一个诗人成功的标志，不在于他是否具有国际性，而在于他是否具有生他、养他的这块土地的胎记，优秀的诗人的诗作是一个民族精神精粹的核心。小海的这个论断，让人想到陈忠实《白鹿原》开篇扉页上所写的那句话："小说，被认为是一个民族的秘史。"

2009年，在发表于《广西文学》的一组有关诗歌语言的访谈中，小海更是明白道出他作为一个中国诗人的抱负："诗人倾尽一生的努力和心血，要用语言触及所有虚妄和现实的世界，去消除'在语言和诗由以产生的情感之间总会有的紧张和对立'，建立起语言和命名对象天然的亲和力，获得词与物之间言辞意义上的和谐对应关系，这是我作为一个中国诗人的理想。比如我本人创作的《村庄》《田园》《北凌河》等系列组诗，就是在这方面的一些具体尝试。"由此，我们就可以理解前述小海对于个人声音诗学的建构，乃是基于这种民族化立场的体现。

在有关小海和杨黎、韩东的一个访谈中，我注意到，韩东认为小海20世纪90年代的诗歌不如20世纪80年代，但小海却有自己的看法。作为"他们"中的核心成员，20世纪80年代开放的文学生态，让"他们"迅速集结了一批有创造力和革新力的作家，但正像小海说的，"他们"这个团体的集体性只在每个个人中得到体现，团体绝不取消个体，团体精神只体现在艺术的无限可能性中，即是乌托邦意义上的。

所以，我们看到"他们"不同于"非非"，它不偏重理论的建构，而更注重对文学实践可能性趋向的探索。在这样的氛围中，初入文坛的小海如鱼得水，在与同行者亲密无间的交往中碰撞、融合、撕裂，交游天下、四面出击，诗歌创作更多的是在"破除禁忌"，在诗歌场的实验室中进行快意的配方，来制作属

---

① 小海：《面孔与方式——关于诗歌民族化问题的思考》，《人民日报》1999年11月6日，第7版。

于自己的密钥。

而进入 20 世纪 90 年代之后，随着"他们"成员的分化，一些人转去写小说，一些人因为个人原因离开文学创作的道路，小海对于诗歌的坚守就显得难能可贵。20 世纪 80 年代，诗人小海凭借自己早慧的诗才在"他们"中赢得了自己的一席之地，但反过来，也因为这群体的光芒，某种程度上不可避免地遭到遮蔽。现在，他终于得以像"一颗流（将）星衔着神圣使命／静寂中独自离开群体"（《大秦帝国》第五章 秦俑复活）。20 世纪 90 年代的小海，因为这种做一个"中国诗人"的使命在身，有意识地对自己的创作进行去芜存菁式的调整。彼时，这位"田园之子"（《母马》）已经进入城市定居工作，于是他又一次回望，回到他的出生地，去服膺舌头的管辖。"建立起语言和命名对象天然的亲和力，获得词与物之间言辞意义上的和谐对应关系"，小海试图动用最本真的生命体验，在出生地的矿脉中试练语言的黄金。所以，我们有幸见到那么一批饱含情感、深沉激荡、流露本真的作品。

> 五岁的时候
> 父亲带我去集市
> 他指给我看一条大河
> 我第一次认识了北凌河
> 船头上站着和我一样大小的孩子
>
> 十五岁以后
> 我经常坐在北凌河边
> 河水依然没有变样
>
> 现在我三十一岁了
> 那河上鸟仍在飞
> 草仍在岸边出生、枯灭
> 尘埃飘落在河水里
> 像那船上的孩子

只是河水依然没有改变

我将一年比一年衰老
不变的只是河水
鸟仍在飞
草仍在生长
我爱的人
将会和我一样老去

失去的仅仅是一些白昼、黑夜
永远不变的是那条流动的大河

——《北凌河》

谈论 20 世纪 90 年代的小海，这首《北凌河》是无法回避的。我们可以注意到，这首诗依然葆有一种美妙的语调，"我""草""飞鸟""河流"，这些意象在各个段落中不断复现，像一个和弦不断重复重复，又突然消散。俨然有一种"曲终人不见，江上数峰青"的意境。"未老莫还乡，还乡须断肠。"北凌河意味着小海生命历程的源头，正是从这里，小海开始了他最初的奔流。在经历过早年的漫游过后，小海开始了他精神的还乡。北凌河像一条波光粼粼的时光轴，让五岁的小海、十五岁的小海、三十一岁的小海……一一滑过。在变与不变的辩证法中，诗人将一条具象的河流进行了哲理化的抽象。这也似乎应和了他对古典诗歌中那种天人合一境界的追慕。"失去的仅仅是一些白昼、黑夜／永远不变的是那条流动的大河"，我想作为"逝者如斯夫，不舍昼夜"的同构喟叹，在现代汉语中恐怕很难再找到其他一句能够与之相媲美的句子了。

有意思的是，这首小海诗歌代表作中的"白昼、黑夜"两个意象，恰好触及到进入新世纪后小海诗歌的强大母题。

三、"饶舌的影子"——不断求索的刺客之心

> 刚刚开始学写诗的时候
> 光明、黑暗、白昼、夜晚
> 这两组词汇几乎是出现频率最高的
> 阴影、影子是时常要蹦出的主题词
>
> ——《影子之歌·十三》

新世纪以来，小海的创造力进一步迸发，为诗坛贡献了《大秦帝国》和《影子之歌》两部力作。小海自呈："一个对自己有要求的诗人总是想着颠覆自己、寻求突破，尝试各种可能性。八十年代，我的诗歌有一个自然吟唱的基调，九十年代主要创作村庄、田园、北凌河这样的系列组诗，进入新世纪我不想沿袭老路，放弃了标签式的主题与创作路径，因为我有了一些诗与思的积累，比如仅仅就个人阅读兴趣而言，就从早年主要偏重文学艺术而转向了历史与哲学，加上工作的变动，个人生活阅历的增加，生命的体验与经验更加真切，这就带来了创作实践上的变化。这个转变是个渐进的、自然而然的过程，而不是临时的决定或者说一次灵感突袭。"①

通过小海的夫子自道，我感觉到小海的诗歌创作历程有着难能可贵的借鉴意义，颇可以作为当代诗人的一份成长标本。从这个意义上说，"中年写作"这类诗学概念确有其实在意义。从 20 世纪 80 年代的空灵轻逸，到 20 世纪 90 年代的深沉厚重，再到新世纪以来的纵横捭阖，小海的诗愈来愈趋向于思了。

这种脉络的呈现是自然而然的。在所有的文学体裁中，从常态上来说，诗歌是最短小精悍，往往讲究的是寸劲，更多的承载瞬间的顿悟。而相较于短诗而言，长诗因为篇幅的原因，使得诗人在布局谋篇上更加从容，它巨大的容量，可以处理更加纷繁复杂的经验，让诗之思更深层地触摸存在的边界。

---

① 何平、小海：《使自己真正成为这个国家的诗人》，《当代作家评论》2011 年第 5 期。

一部优秀的长诗所爆发出来的能量，一点也不会比一部长篇小说来得小。这一点，艾略特的《荒原》早已为我们做了证明。对一个有抱负的诗人来说，在个人的创作规划中或迟或晚总会给长诗留一位置。

在《"历史想象力"如何可能——几部长诗的阅读札记》[①]一文中，姜涛以柏桦的《水绘仙侣》《史记》系列、西川的《万寿》、萧开愚的《内地研究》、欧阳江河的《凤凰》等作品为个案，探究了"历史想象力"在当下遭遇的顿挫及展示的可能。新世纪以来，众多有影响的诗人通过自身强有力的开掘，已经为我们呈现了众多优秀的文本，像一首异质纷呈的交响乐。小海的加入，更增添了一种奇妙的意味。

作为扩展诗歌开掘深度和自身语言转化能力的一种大胆尝试，《大秦帝国》气势磅礴，不同于民间稗史式的写法，它正面切入历史的场域，采用一种颇为典雅的语言风格，通过戏剧化、多声部的咏唱，将那段遥远的历史复活在我们眼前，那些历史烟尘中的王侯将相、贩夫走卒、痴男怨女……像陶俑一样醒来，诉说着人性的光明和黑暗。而作为创作者，小海则像一个戏剧导演一样，用他的上帝之手挪动着他们在命运棋盘上的位置。

《影子之歌》凝重浩瀚，洋洋洒洒整本集子，居然只是围绕"影子"这一个主意象在阐发。而根据小海的说法，目前的集子还只是万行长诗中已经整理出来的部分，尚有大量的存稿等待整理，这不得不让人赞叹小海惊人的忍耐力和创造力。阅读《影子之歌》的过程类似于一次精神历险。因为章节之间缺乏内在的逻辑关系，它似乎算不上严格意义上的长诗，而更像是一个集合，你不知道下一刻，影子将把你带到哪儿。关于这一点，小海并不讳言。关于《影子之歌》，我们可以从任何一个地方开始循环去读。小海试图营造"全息意义的""一个影子的信息场"，或者说"影子大全、影子库、影子辞典"，"它解析、呈现、撕裂、组装、磨合，这是一个自在的影子世界、影子庄园、地上和地下的影子王国，永远向人间打开而不是屏蔽的"。（《影子之歌·序言》）

---

① 姜涛：《"历史想象力"如何可能——几部长诗的阅读札记》，《新世纪诗歌批评文选》，中国社会科学出版社 2016 年版。

影子是饶舌的

话语是他们唯一能承受的光亮

——《影子之歌·八十七》

作为诗人的无数分身，这个饶舌的影子，神出鬼没，它不仅穿越阴阳两界，在万事万物中喘息，也穿越文体的界限，在字里行间幽幽闪烁。永远犹疑，永远追问。

"你是谁？"

"我是秦王宫中遗失的荆轲之剑"

"没有供桌，没有献祭，没有颂词"

——《影子之歌·一九〇》

在恒久诗艺的修炼中，影子，拥有着一颗刺客之心。

◎庄晓明的诗性世界

——庄生晓梦迷蝴蝶，望帝春心托杜鹃

春水如蓝　扬州市江都区诗词协会

一

　　上周五，终于将一千二百多页的晓明五卷——《形与影》《汶川安魂曲》《天问的回声》《时间的天窗》《诗与思》读完。算来，从收到赠书至今，前后已有一年的时间。如果说刚刚接过赠书的时候，多少还有点怀疑这么厚厚的作品集得花费多少心血、质量如何保证的话，读完掩卷之余，则不得不令我对晓明心生叹服，真诚在其中，专注在其中，热爱和勤勉一直在其中。

　　《形与影》是晓明早期诗歌作品集；《时间的天窗》主要是晓明对古今诗人、诗评家的解读；《汶川安魂曲》荟萃了晓明多年来的组诗、诗剧和诗论；《天问的回声》中除附录诗剧《子君》外，可以看成是晓明对中国历史神话体系和古典诗歌传统的思索，内容上有和前面几卷重叠的部分，如"魏晋风流"；《诗与思》作为最新版的选本，则是晓明自选出的短章精粹。所有作品集中，关于世道人心的箴言警句俯拾皆是，即使从诗歌的边缘功能来看，也是足资多识。一卷在手，如入春山，新叶鲜花，目不暇接。

二

晓明在《汶川安魂曲》一书的自序中，对自己的诗歌创作追求做了这样的描述："从初时的提起诗笔至今，我于不知不觉中形成了这样的一种创作风格或诗学追求，就是以明白如话的语言，进展着严谨严密的诗思，试图将诗性逻辑注入这个混乱无稽的世界，使之澄明起来。"

人在青春年代都会产生出诗情，这是生命需要自由表现的本能。晓明最初的创作是在 1980 年，正在准备高考的他借抄同学作业，发现作业本一角写有同学模拟格律诗的习作，看着那些稚嫩的诗作，本为优等理科生的晓明觉得自己也可以试试，由此而开始了他的文学之路。一直到 1982 年，他去了江苏油田钻井队，其间他都沉湎于中国古典诗歌之中，醉心于对王维、杜甫等人的阅读、赏析，写下了一些古体诗作。

到了钻井队之后，受到身边朋友的影响，晓明对现代诗有了兴趣，渐渐疏远了王维、杜甫，而迷恋上了雪莱、拜伦、普希金、戴望舒、徐志摩等浪漫派诗人，写下了带有青春色调、朦胧情绪的现代诗。在此之后，晓明又离开了浪漫派，而喜欢上了歌德，歌德的哲学思维把晓明带出了浪漫主义的迷宫，继而研习西方象征派诗人波德莱尔、魏尔伦等人，以及 20 世纪的超现实主义诗歌。这一段经历应该是在 1982—1989 年，除了创作了一些作品之外，更重要的是这段时间里的学习和探研，使得晓明初步确立了自己的诗歌美学标准。

20 世纪 80 年代末，有六年时间，晓明除了少量的作品之外，基本停止了诗歌创作，并把时间更多用于对北岛和阿根廷诗人博尔赫斯诗艺的研读上。在经过对世界诗歌史上的大家们的比对辨识之后，他从人格、理性、艺术表现力等方面重新认识了杜甫的价值，这位中国中古时期的诗人成了晓明心中的信仰。

直到 1996 年晓明在博尔赫斯的作品里找到了灵感，并在朋友们的鼓励下，重新开始了诗歌创作。在对鲁迅、博尔赫斯、塞弗里斯、埃利蒂斯的理解、比较和揣摩中，晓明的诗歌境界获得了进一步的提升，对主体的张扬、世界的本源、生命的本质有了更深的认识，诗歌风格和表现技法也日趋成熟，终于进入他所追求的大开大阖、汪洋恣肆的状态。

在多年的创作中，晓明对诗歌形式中的短章、片断、十四行、长诗、组诗，乃至诗剧，做了全面而深入的探索，并对诗歌与散文的边缘、对箴铭与抒情的分界进行了踏勘和测量，最终在抒情、箴言、史诗、诗剧方面都结出了硕果。读完晓明五卷，给我的感觉是，晓明似乎有意以自己的毕生精力构筑起一组功能完善、风格独特、巍峨精美的诗歌建筑群，建立起属于自己的、庞大而又深邃的诗学体系，这五卷作品集仅是这一规划中先期完成交验的单体项目。

三

或许是对传统的寻觅和汲取，对世界诗歌广泛的阅读和记忆的原因，晓明的诗歌中，除经验化的写作之外，更多的时候是思辨。从纯粹文学角度讲，一首作品是不是诗，取决于作品的意蕴和表现形式，既要看它说什么，又要看它如何说。尤其对于那些哲思的作品，于节律和音韵之间，于字句安排和篇法布局之间细微的差别，都会造成表达效果上的强弱差异，使得读者在理解上产生歧误。一位作者通过作品把自身对事物的认识生动、形象地表达出来的能力大小，是我们衡量诗人创作能力的最基本的尺度。举《关于钥匙》为例，这首诗中，被晓明选作喻体的钥匙，可谓有着广博的意蕴，社会现实中的价值与选择、自然世界中的生命与死亡、精神层面上的存在与虚无、哲学意义上的可能性与现实性、永恒与幻灭在诗人笔下都化成了钥匙。钥匙可以是方法、策略，可以是沟通、妥协，可以是探索、发现，可以是过程、状态，可以是阳光、游鱼、飞鸟、十字架和开关，可以是爱，甚至也可以是诗歌本身。

或许，永恒失落了一把钥匙，被我偶然捡着了。我欣喜于它奇妙的光泽，却不敢在尘世的石头上试扣一下。

末尾一节中，钥匙一词的寓意应该有着诗人对于自己作品的自信，生命可以借着诗歌而永恒；也有着诗人对现实的遗憾和惋惜，面对当下环境，诗歌很难得到理解和认可。

在这首诗歌中，钥匙本身成了无限丰富的有机体，其内容意义可展现于各种适合的具体想象中，每一小节中的每一个具体想象都可以独立存在，都是一种对立的矛盾关系，但全篇却是融合且贯通的结构，自然而无雕琢的痕迹，深刻却不琐碎、流畅而又丰盈。

与《关于钥匙》相比，在读《滴水集》的时候，我更为注意观察的是诗歌语言格式的变化。在这组诗中，晓明采用了大量单句式的散文化语言，就所列举的种种情境、动作、人物、现象表达了自己的感受和思考，显示了自己独特的意义丰富的灵魂。如：

一棵虚无的树生长着，某个事物缩短着。

这棵"树"是什么？我的理解是说一个人，是说你我，随着时间的流逝，一些外在的东西会变化，我们的年龄会增长，而我们的生命却不断在缩短，慢慢走向自己人生的终点。"虚无"则是反射生命的意义，我们平凡的生命有没有价值，一己欲望的满足是不是等于获得了人生的幸福，什么才是真正值得我们用生命来追求的东西？稍微思索，我们的头脑里可能就会产生这样的问题。晓明用简短的单句，将人生命的内在理性与外在显现两者结合在"树"这一统一体上，把单纯的感受提升到理性，把玄学思维化为了诗的想象，并使读者认同：诚然，这也是诗。

《滴水集》中，部分复句式结构更近格言，如：

数量也能形成质量，只能成立于这样一种状况，即这巨大的数量，为着一个信念，指引同一个方位，否则，愈大的数量，形成愈大的溃败。

《滴水集》整篇之中，众多明珠美玉般的意象，各自独立，又共同串成了精美的整篇《滴水集》。

关于散文句式入诗，并不鲜见，中国古代即有。晓明极为推崇的唐代诗人杜甫《北征》中的首联"皇帝二载秋，闰八月初吉"便是，另笔者本人喜爱的宋代词人辛弃疾的《念奴娇·赋雨岩 效朱希真体》中的首句"近来何处有吾愁，何处还知吾乐"也是。但以上散文句式都是古代诗词作家们的信笔而为，而晓明作品中的散文化语言大多数却是有意为之，关于这一点，晓明在他的《汶川安魂曲》中也是有所交代的：

> 我试图在创作中找到诗与非诗的界限，探讨过非诗的因素如何存在于一部诗篇中，并由此催生了我的诗学论文《纯诗——一种脉动》。
>
> 如何加入适当的散文元素，以形成篇幅较大的诗篇所需的那种清晰稳定的建筑感，无疑是值得进一步尝试的。
>
> 我索性放开了自己，尝试着将散文形式的诗与分行形式的诗交织进一部诗篇。

《滴水集》无疑正是尝试的一部诗篇。从美学的观点看，诗歌是艺术的转折点，一方面转向宗教表象，走向神性，一方面转向科学真理，走向理性。在这部诗篇中，晓明也许正是站在艺术的崾岘之处，试图离开感性，去掌握绝对。

四

《论纯诗》是晓明的一篇诗学论文。纯诗的概念，最初源于 19 世纪上半叶的美国浪漫主义诗人埃德加·爱伦·坡："天下没有、也不可能有比这样的一首诗——这一首诗本身——更加彻底尊贵的、极端高尚的作品，这一首诗就是一首诗，此外再没有什么别的了——这一首诗完全是为诗而写的。"这种追求极致的诗学观点被后来的马拉美、瓦雷里等人继承和发扬，最终形成了象征派一脉。

晓明文中引用了瓦雷里关于纯诗的阐述："纯诗的概念是一种不能接受

的概念……它是一个难以企及的目标，诗永远是企图向着这一纯理想状态（无限性）接近的努力。"（此说让我想起了朱苏进的一本小说的书名《接近于无限透明》）在瓦雷里"振荡说"的基础上，晓明提出了"脉动说"。晓明认为脉动说的机理不同于"振荡"的投入、扩散、渐弱、消逝，而是起始、延伸、持续、加入（若说成融入，似乎更准确），并借物理学上的"波"对脉动说，做了详尽的解说。

在我看来，无论是瓦雷里还是晓明，无论是文字还是图形，都与中国古代诗学中的"起承转合"相吻合。如果用波形来对中国古代诗学的这一理论进行如下演示：起是原点（水平轴线），承是高点，转是低点，合是终点（水平轴线），一样可以解释诗歌的节律与脉动。

但我相信，能够认同并持有这种"纯诗"理论的诗人，一定不同于一般的诗歌作者，且晓明本身也是一位诗歌评论家，有着集运动员与裁判于一身的双重身份，晓明在自己的诗歌创作中应该有着更为清晰的美学追求和更为自觉的实践意识。

五

在通读晓明作品的过程中，我除了留意晓明对中国诗歌传统的继承和批判，对世界诗歌地域的评价，对身边的同行者、当代中国诗歌群落的观感之外，我也想从字里行间看出晓明的个人情感经历和体验，甚至，想观察他在亲历了那场历史事件之后的生存、立场和信仰，以及那场事件对他创作的影响，即他作品中所呈现出的公共性，他的身份、责任、信仰、观念和思想，他无论作为普通知识分子还是作为将来载入史册的诗人的笔力和勇气。

《汶川安魂曲》之五中，晓明为那位在地震中将死去的妻子的尸体绑在背上、骑上摩托回乡的男子的故事而感动，描述了在突如其来的灾难导致的生命毁灭面前，人性所呈现出的质感和温度：

然而，此刻的死亡多么温馨／它复活了我们的青春爱情／昔日

的时光栩栩如生

原以为死亡是一种虚空/ 不意竟如此沉甸甸的/ 像最后的果实

《汶川安魂曲》之八中，晓明引用了《哥林多后书》的经文作为题记，来为这场地震中的死难者祈祷：

我们在一切患难中，他就安慰我们，叫我们能用神所赐的安慰去安慰那遭各样患难的人。

晓明在诗中用了"光线"这一极具神性和哲思的词汇，死难者的亡灵没有了尘世中的一切悲苦，相互问着早安，问候着早晨的清新，然后在澄明的光线中上升，他们没有了影子，却有着重获新生的幸福的泪水，而这泪水又化为一朵一朵蒸腾的云，在蔚蓝的天际里伴随着他们，在宇宙中上升。我没有问过晓明的宗教信仰，但这首诗似乎让我感觉到晓明最终皈依基督的可能性，因为这首诗中的语言确具有神性。

五幕诗剧《陷落》是晓明对社会众生相的描述、批判和鞭挞。这当中的"诗人"一角有这样一节台词："此刻，我不得不与它相伴/ 一种无法摆脱的宿命/ 然而，谁是逃亡者，谁是复仇者/却始终暧昧不明/ 我们都在猜测，躲闪/ 消耗着自己。"联系到篇名及 20 世纪 80 年代之后不久的时间背景，我们可以认为这是晓明对自己、也是对于同道的拷问，晓明心中曾经有过的，对于一个时代光明变革的热切的企盼，已经变得遥遥无期；20 世纪末以来一个民族的集体堕落和沉沦让晓明感到深深的失望。在诗中，晓明借"神"之口抒发了心中的感慨和叹息，这是一个需要雷电之鞭轰击的种族，这是一个仅有物欲、没有信仰的种族，并且最终连神也对他们表示了厌倦，跟他们说了再见。

与围绕同一主题的诗剧《陷落》的抨击相比，《世相素描》则是各种角色的内心独白和场景演示，有着很强的讽刺性。除了官场人物身上揭示出体制之弊外，《世相素描》中另有一些题材是很鲜见的，比如"讨债鬼""泼妇"，这些角色身上折射出的独特的社会现象，却又紧密联系着诸如法治、人权、公平正义这样的公共问题。

《陷落》和《世相素描》这两部作品可以说是晓明目前所有诗作中寄托政治情怀、进行社会批判的代表作，虽然 20 世纪 80 年代之后晓明的生活处境和事业方向都有所更替和变换，但即使在二元经济时代，他仍然保持着异端身份，也并未中年唯好静，万事不关心地一味耽于诗事，在晓明身上，社会关切一直都在，公义和勇气一直都在，而这两者所诠释的对人类文明的认知、文学担当和价值观正是真正的诗人与一般墨客的分野所在。

六

《诗与思》是短章的记录，是对有限的个人生命与无限的宇宙万物的思考，是对永恒和存在的追问与感念，是诗人作为此在者的哲学面对，正如晓明《断章集》中所云："我喜爱与万物自由地碰撞，充满了无数的可能。"

在多年思考、创作和探索中，晓明完成了自身诗歌体系总体性的概念生成和初步建构，并由此获得了自信（如前面《关于钥匙》所言），但在自信之外，他也始终保持着清醒的自省，如"刹那的禅悟，可以达到一种境界，但伟大的诗，应在不息的脉动中，获得自我的超越"。

因为有了自信和自省，晓明的诗中也会有自嘲，如"当我感到虚无的怅然，便是写诗的最好时间。精卫填海般，不断地向虚无里投掷诗句"这种自嘲，不一定非得解读成内心分裂与痛苦，也可以说成孤傲和倔强，达观和风趣。在一个经济狂飙而精神下滑的时代，在一个伦理冲突和价值矛盾的社会，坚持站在沉默的大多数的立场，捍卫着诗歌的纯洁性。

七

批评应该知人论事，诗歌批评尤其需要两者的结合，因为"诗无达诂"，不知其人则难解其诗，评价诗作更需要首先从诗人处境与其生命关切的角度来解读。和许多朋友一样，与晓明初识，多少会觉得他有些"冷"，但与晓明接触相处，阅读过他的作品，尤其是《时间的天窗》中的那些评论文章之后，你就会感觉到他的"温"，温厚、温润、温文尔雅，为人为文皆是如此，我的感觉里，如果拿古代诗人类比，晓明的精神气质应该更像他所喜爱的杜甫，低调、内敛、稳健、踏实。

诗歌是理性和情感的统一，诗人是生命与诗歌的统一。放诸当下，晓明无疑是一位杰出的、作品丰硕的诗人，这不仅仅是以文本论人，也是以其一直保持的独立的身份、创作经历，从生命本体学的角度来谈论晓明的，当然，晓明诗歌中对世界的诠释、对历史的诠释，对自我的诠释，也是其生命本体和自身人格的见证。

八

晓明正当盛年，以他天赋的才华和自有的勤勉，相信他会有更多的大作不断问世。在此，用他的《禅意》中的一句诗来结束这篇文字，并祝福晓明：

当一个诗人用脚印写诗时，他的诗陡然增加了重量。

◎以净美诗意朝拜大地圣殿

——姜桦自然主义作品评述

黄恩鹏　解放军艺术学院

　　"在海边森林遇见一只棕皮松鼠/好比繁华的街市遇见一头大象"；"在森林里，一只松鼠跳跃，快闪/它的右手边就是高出云岫的风筝"。这是姜桦《在森林里与一只松鼠相遇》的句子。一只赤褐色的松鼠与我对视，我上前一步，它跳开，把一座森林搬到了我和它中间来了……我想起梭罗《瓦尔登湖》里描述的意境。两位不同国度不同地域不同时代的自然主义散文家、诗人，理念上有着某种契合。梭罗，奉行着生态中心论或者自然中心主义，因此我喜爱梭罗的自然文本，也热爱净美的天地。我喜欢阅读姜桦写的这些自然诗篇："一只鸟，如此，匆匆忙忙/怎样才能躲过自己的痕迹？"（《暮霭》）"跟着一头牛，它青草的嘴唇/它翻卷的舌头、忧郁的眼神/它黄昏时分不紧不慢的咀嚼/它嘴角流淌下的绿色汁液。"（《跟着一头牛找到故乡》）"一个女人坐在对面的大石头上/春风吹来，一下子灌满她的胸脯。"（《春风辞》）松鼠、飞鸟、露珠、月亮、豌豆花、野斑鸠、鹧鸪、麦地、油菜花、老牛、草原、贝壳、大海、桃花、鸟窝、野葵花、金钱盏、紫地丁等等，都成为诗性的仙灵之物。对自然物象的观察，即是对故乡风物的赞美。姜桦像一位风景画家，以风霜雨雪润染、调色，然后着墨，画出大地风物。让我品咂到了"自然主义之大地诗经"般的深邃与生命精神的纯净的思考。

　　姜桦生长在黄海之滨。他的故乡有一片叫"条子泥"的滩涂地。那是一个异常美丽之地：云朵低垂，如莲漂浮。一堆儿一堆儿的大米草，漂在水上。

还有红红的碱蓬，向天边绵延铺开。而在此前，我读过他不少写海边滩涂的诗文。条子泥，海边的草原。大地生长的深红。还有自然乡村的纯朴之美："骑着春天的人，找到了雨中的麦地""桃花开得人心里慌张，枝头的花瓣已被摇落了一半""春天是被我吆喝着走的""必须找到最合适的朗诵者，每一只蝈蝈，都有一副好嗓子"……听听天籁、看看天地，美不胜收。诗人澄怀味象，涤除玄鉴，纳天地万境于心。而我，在摘抄他的诗句时，总会不自觉地忘记了这到底是鹁鸪唱出来的，还是鹍雀在天地间画出的妙想？山野呈大美，河流献绝唱。作为诗人和散文家，姜桦耳聪目明，对自然声响和草木气息有着惊人的辨识力。他逡巡海边、漫步田野，阅读春天和秋天的意境。他既写诗歌也写散文，既写虚构也写非虚构。他"怀抱着露水"跋涉大地，自然透彻的质地，在他的内心，闪烁着迷人的光亮。

我曾对姜桦说，你的"滩涂"就是你的"瓦尔登湖"，而你，就是孤独的梭罗。海边滩涂，好像唯姜桦独有。夜晚，他站在滩涂之上，望夜空星月，他想着要用一支苇笛唤醒泛着轻漪的海水。"一条鱼，慢慢沉向透明的河底/提着一盏灯笼站在路边/野葵花从来就不会孤独。"（《姓氏》）一株老树，站在岸边，姜桦猜测它的年龄到底有多大？那是生命意蕴的思考，天地之畔的揣度。姜桦唯美的文字里，一些带着乡土标签式的自然符号，我常读常新。回乡和离开，"离开故乡，那些方言和俚俗/离开近亲远眷、百感交集的家族史/那些石头埋的深些、再深些"（《离开》）的思忆；"一粒细小的泥土，谦恭，沉默，一辈子不说话……"（《掩埋》）等剜心的思恋，姜桦自然主义作品之多让我惊叹。他崇尚的自然中心主义也叫生态中心论，利奥波德、约翰·缪尔、约翰·巴勒斯、亨利·贝斯顿、爱默生、蕾切尔·卡逊等等，都是与人类中心主义对立的自然中心主义之引导者、国家与时代命运的担负者。这些年，我一直关注着"乡愁意绪"的作品，关注生态命运与人类伦理。姜桦用开阔的襟怀，拥抱大地旷野。他的作品，呈现的是自然主义之理想，凸显的是"自然净美"与"人的道德"的思辨。

姜桦是一位思考型的诗人和散文家。从他的作品中即可读到那蕴藏的自然思理。我想，无论是千种主义、千种意义，生态之净，才是人类共有的理想。因为人类的生命庚延，离不开自然的充盈。姜桦早年寄赠的诗集《灰椋鸟之歌》《黑夜教我守口如瓶》和散文集《靠近》,是他自然的圣经。时间一晃过去了五年,我已读完,但读得很慢,每一次都会被语言的纯美、文字的俊逸所感动。每一篇、每一首,都是那般的诗意充沛、笔意纵横。盐城的滩涂是美丽的,因为海水的洗濯。"一只贝壳带走海风",那只"贝壳"其实是他的内心。没有自然对他内心的净化,哪有净美的诗句? 慢读细品,不禁喟叹:只有心灵澡雪之人,才能如此守持文学之冰清玉洁。

姜桦的文字纯净、精雕细镂、纤羽毕现。而文学的要义,是慰藉心灵、施洗他人。或许当了二十余年编辑之故,我对文本要求一向严苛,字句标点,皆要经心灵之筛过滤提纯。平时阅读,也是有选择性阅读。在我看来,文本者,棋局也。我以为,一位自然中心主义的写作者,不仅是造境高人,更应是异想天开的幻想家。比如《牵着一头狮子回家》《露珠是可以抱在怀里的》《带到别处的光亮》等,是文字所寓含的神明的发现。对诗文本身而言,是隐秘中心。可是,在荒芜的天地间,寻找救赎灵魂的出口,总是不易的事。姜桦的文字,追求的是淡远心境和瞬间永恒。他能从一株树壮硕的根脉,窥得见枝柯的粗壮、果实的鲜美。从忘却中恢复梦境般的际遇,让时间和空间在流传中,完成奇妙的灵魂沐浴,并将语言的炼金术进行炉火纯青的铸炼,让文字有牵动心魂的魔力。当然,文学是漫远的长途跋涉,力道懦弱者,或许中途退场,只有力道刚挺者,会浴火走向深远。早年的《灰椋鸟之歌》求证的正是这个魔力的存在:"滩涂,故乡。之于我,一条小路的意义或许就是一首诗歌的意义。而对于一段感情,我郁积于心灵深处的焦虑尚未被文字说出,就已经是一个灵魂昨天和未来的去向。"这段话无疑是一种文学价值观取向的宣言。现在,我眼前漂移的,不仅仅是"滩涂"所替代的故乡的文化符号,还有山岭、大海、田野、树木、花草、漫天的鸟叫和握满了掌心的虫鸣等,这些在姜桦笔下出现的自然物象,都暗示我进入他文句的缝隙,剥取隐藏的黄金。

"我一直说不清自己的籍贯/就像滩涂上那一片结实的芦苇/将自己稠密的根须深扎进泥土/谁能确切地说出它们的由来?"(《籍贯》)可以看出,姜桦有意让自己的精神流浪天涯。这种浪迹本身,即是对心灵的放纵。或许他深谙独到的语言,会取得陌生化效果,作品一概呈现对于自然大地"改变了"的忧伤,或者说孤独中的深重惆怅。文字也闪烁着浪漫主义的理性,既观察自身也观察社会。这个"自身"其实就是故土情结,这个"社会"其实就是自然大地的一切物象。每一个物象,都会在时间的流逝中有所改变。而在我看来,一位注重灵魂重生的人,是不在意肉体之累的。他不停地将物质要素归还给大地,所留下的,则是一个人真实的思考。这便足够。那么,对自身存在的怀疑,更是让这种效果凸显,"我的病是由一条小河引起的","我的病是由一片炊烟引起的","我的病是由那座村庄引起的""我的病是由那阵乡音引起的"。而再也"回不去"的故乡,其实就近在他的身边。这种有意的疏离,是对人世的叹惋。"遵四时以叹逝,瞻万物而思纷",诗人面对万物变迁之象兴发感叹。牵挂着的是无情的时光之逝,那些积攒的"病症",每一个人内心都有。我曾有"思念是内心的一种顽疾,我爱上了这病"的句子,与他不谋而合,道出了生命中最为镂心铭骨之所在,其实就是从我们自己内心萌生的对故里的思念。"家园意识"是作家诗人创作的主题。这个主题,是"超世累"所致。尽管有时候如艾略特所说的精神荒原,但是,在孤寂的痛楚里,诗人仍在不懈地寻找自赎的办法。只要我们的心灵在,这个世界就是我们的。我们目之所见足之所履,就会跟其他植物一样,被新月和星光照亮。我们自己就是自然。我们就是:一滴不知道方向的水、一枚飘到了他乡的树叶、一小截瞬间产生的细小的雷电……

姜桦这样写"那最后的记忆一口吹灭"的叹息之冷……"春到深处,世间万物情不由己/痉挛,颤抖,俨然一个爱极了的人/而你乌黑的头发、挺拔的鼻梁和杏红的嘴唇/我在这个春天经历着一场巨大的错觉"(《春风劫》),这种有如轻雷的忧伤,是诗人倾听自然所得。它是经历,是内心的扫除,是坚持的思念。我有时想,人的记忆提供的面孔和手势,为的是给内心深处的幽魂,安上一个可以出入的躯壳。但是,一旦记忆被实证或者被解构,那么就会消殒仅有的幽魂。那么幽魂就会把我们从记忆中驱逐。如果不是这样,花费力气去寻找故土的残片,又有何意义呢?诗人忆想故土,总是精骛八极,心游万仞。把自己当作故土的一棵经年老树抑或一座山岗、一条小河,让其在记忆里永存。

某年夏季,我曾与姜桦在青海湖相见,尔后和他一起到格尔木游历。从胡杨林、察尔汗盐湖,再到昆仑山口和可可西里荒芜的草原。远处的玉珠峰和玉虚峰,近处的纳赤台和红柳,昭示朝圣者的脚步。我们走走停停,梦想被自然之净吸摄。每到一地,见到不远处的雪山、湖泊、草原、溪流、藏羚羊,姜桦都像孩子般惊喑、赞叹、手舞足蹈。这位来自南方海边的汉子,恍如重归故乡,被秘境的壮美俘获。短短几日,便有力作。《车过德令哈》《在可可西里遥望远处的雪山》《八月过草原》等,显然就是那次采风所得。世界很大,有些地方隐藏着无法言说的神性大美,有些地方甚至是在幻想里才可见的风光。或者说有些地方,除了想象,还包含了宫殿或蓬蒿都无法企及的另一种生命与精神境界。这当然在于每个人内心不同的感悟和发现。他是一位敏捷的思考者,也是一位勤奋的诗人。有一个细节:离开格尔木的深夜,为了不影响我休息,他竟然抱着笔记本到卫生间写作。这种宗教般的虔诚创作,慵懒的我,无法做到。

这与他所感受的"滩涂"故土一样。姜桦是个外在粗犷、内心缜细的诗人,故土风物,乡里情怀,"滩涂"大意象在笔下呈现。在我看来,姜桦的"滩涂"意象群,明亮、开阔,什么都会呈现,什么都一览无余。这样一个心灵磁场,作家内心所想,皆是澄怀味象之作,照鉴的是神思。海德格尔所言"遮蔽"与"敞开"之辨,将在作品里闪现。一朵花的存在是美好的,一根草的存在同样美好。一只鸟呢,亦是如此:"树上只剩下最后一片叶子了。""后来我发现,那其实不是什么叶子,它是一只鸟,一只我所熟悉的在这根枝头上歌唱一春一夏的鸟。""秋凉水薄,树枝上的鸟,它始终没有飞走。"(《树上的鸟》)"天堂的歌声回响,蛰伏的蜥子走出来。两只蜥子在一块石头上剑拔弩张!"(《天堂的歌声》)对物象的体察、暗示及喻象运用,都那么到位。但若是没有真正意义上的自由敞开,也无法知晓那些被遮蔽了的有关生命思辨性的存在。我读他的全部创作,包括此前的《大地在远方》《灰椋鸟之歌》和这一本《调色师》都是如此,有如梭罗的瓦尔登湖或贝斯顿的科德角。"滩涂"这个大意象,是故土和生命的全部,贯穿他的全部创作。除了诗歌,姜桦还写了不少优秀的散文和散文诗。他在《向乡村靠近》中这样写:"向乡村靠近,靠近它的村舍、小路和炊烟,靠近那片土地和庄稼,靠近天空的雨水、云和小鸟,靠近扶犁耕耘的乡亲们粗糙的手脚和火热的胸膛。"

这或许就是他文学理想精神向度或者说是他对文学秉持的立场。当下我们的文学家，立场有时候是模糊的。一会儿慷慨激昂，一会儿胸积块垒。立场出现了灰尘，失去了光泽，就不是立场，只能是讨要利益的工具。故此，我在阅读方面，尽量远离那些人格分裂型的作家。我倾心唯美，喜欢神启之作，倡扬生态中心论的文学作品。而在当代中国文学中，这类作品却很少。这不能不说是一种悲凉。现在，我在姜桦的作品里，却意外发现了，这不能不让我感动。"麦子已经收割了，我在下午或者更早些时候就已看到。其实，不管置身何地，头顶的月色和星光总能测出我的心与天空、与麦地的距离。"（《月光》）"我站在灌满阳光的田垄上，泥土下生长着的土豆缄口无言，这有点像我沉默寡言的父亲、他的一段来自久远年代的叹息。"（《土豆》）"世间万物，是否只有远离了才算是永恒？""我只知道，那靠在一起的波浪，如此密不可分。"（《不可分》）"灯盏。水中的灯盏。几十年，我看过的所有灯盏，没有一盏是这样从水底下突然举起来的。也没有一盏灯，能够像这些荷花一样，散发出这样一种淡淡清苦的香味。"（《荷叶灯盏》）"夜半醒来，月亮高高地挂在天空。推开窗子——那月亮并不远，吸一口气，那六月夜晚的月亮似乎就会跟着我呼出去的气息，悄悄回来！"（《荷叶灯盏》）诗人呼吸自然的赐予，打开旺盛的生命，愉悦中体验每一缕清风每一滴细雨，分辨它们对于人本的细微改变。个人亲历性与历史积淀性相融，于文字里倾注生命体验，让内心观照客体事物，有很强的个人化色彩。这种"镜像式"的、感性和理性结合的诗歌特质，是一种通向先验的、对于叙述主体的感知。某种程度来说，诗人咏吟自然，流荡的是一种意味深长的大天地之惆怅感。文字灌注回忆，一种情形是将往昔的情景与现实生存状态分别以完整的意象化方式并置，从而形成情感与心态的明显反差。世界以"图像式"的情景再现，心灵以"记忆式"回馈梦想。这期间，就已然包含了自然文本的审美理想。

从 20 世纪 80 年代末至今，姜桦的诗歌写作已经持续了三十多年。很明显，他试图打造一个属于自己的"乌托邦"文学理想之地（他的文字有一定的理想主义成分）。"桃李春风一杯酒，江湖夜雨十年灯"，忆想印证镜像的生命本态，使之成为恒定的"图式化外观"，诉诸读者以审美感受，使幽闭于写作者内心世界的回忆，得以"敞开"，成为永恒的人生态度。诗性文字是重返精神家园的道途，那么，这个为自己也同时为别人的道途的指证者，其实就是写作者、诗人自己。

姜桦的作品，一方面让我想起超验主义所探讨的哲学、神学和文学，通过直觉来认知真理，并用直觉来进行精神体验；另一方面强调的是自然对灵魂的温熨。他认为自然是人类灵魂的影像或外部表现，是神性的力量在我们内心深处所进行的一种投射。因此，他关注卑微事物，观察细致，发掘独特。他将这种独特看作某种象征符号，从而得到观察事物的审美视角。

"故乡的土地，那一片阳光和月光/弯腰，低头，两个拾穗者，将田野/逼得越来越小，直到黄金的麦茬/将她们低矮的影子一寸一寸割断。"（《拾穗者》）"鸟的目光一直都是向前的/就像我，一个人走路/从来不去看自己的影子。"（《前方》）"从你的身上，取走这平原、河流、断崖、深壑/从你的梦里，取走那石头、雷暴、闪电、峡谷/取走蒺藜、树枝、一把火山灰的热、几根碎骨头的冷/取走清晨、黄昏、黑夜、被撕开的青草蟒蛇的皮肉/取走蜂蜜、歌谣，玉兰花瓣点燃的火焰/那一处伤口，蹲着早年的明月。"（《取走》）。生活意象在时间里跳跃。纳瓦罗认为：你写下生活，生活似乎是一种体验过的生命。为了写好事物，为了用你自己的语言把事物诠释得更好、理解得更好，你越是接近事物，距离事物就越远，事物就越发逃避你。于是你抓住距离你最近的东西：既然你距离自己最近，你就言说自己。成为作家就是变成陌生人，就是变成外人，你就必须开始理解你自己——这与恩斯特·卡西尔《人论》有着某种相似之处：认识你自己。认识自己是文学的最高境界，一如姜桦在《调色师》里有许多对生命本体的追索。还有，他受古代山水文本的浸润，也实证了创作的丰赡。

意义离去，世界被心灵捕获。自然是大宇宙，人类是小宇宙。或者说自然为主体，人类是客体。生命的心灵是属于天地的。诗人与物象之间的角色相互"置换"，才会发现诗性的存在。王夫之认为诗性的体验缘于对自身的关注，它是以有限传递无限的审美势能："可兴，可观，是以有取于诗。以追光蹑影之笔，写通天尽人之怀，是诗家正法眼藏。"宗炳认为，内心澄怀味象，方能迎纳万物。我认为，不管钥匙多么小，它的意义在于能够打开家门。姜桦踞守有限地域，放笔千里驰思，意义非同小可。在姜桦的作品里，我读到的，是人之本体归入自然生命的存在感。有如约翰·缪尔《夏日走过山间》、亨利·

贝斯顿《在科德角海滩》、梭罗《瓦尔登湖》和《野果》。秉持自然主义写作理念的他，在一部诗集后记中这样说——"大地开满鲜花。灵魂自由去来。遥望远方，辽阔的大地，沉默的大地，我的心渴望着最后的抵达"。

◎沙克的诗学路径及其辨认

吴投文　湖南科技大学人文学院

　　沙克已经走过四十年的诗路历程，以坚韧的耐力与时间对抗，尽管这样的诗人在中国当代诗坛并不少见，但他的创作所显示出来的先锋意向和独特性追求却愈益表现出属于其个人诗学实践的持续进展，这是他作为一位纯熟的诗人始终保持创作的深度潜力，而不是宣示存在感的平面滑行的体现。一位诗人与时间拔河，不进则退，退则创造力衰竭，进则获得新的艺术启悟，从而使创作的厚度内生在持续的扩张中。对沙克来说，他的创作正是在持续的扩张中获得愈来愈鲜明的辨识度。创作的辨识度不只是风格性的，也是人格性的，是风格与人格在艺术上的精微融合。沙克于 20 世纪 80 年代初开始文学创作，诗歌是其创作聚焦点，同时辐射到散文、小说、文艺评论等领域，从他陆续出版的诗集《春天的黄昏》《大器》《沙克抒情诗》《有样东西飞得最高》《单个的水》《忆博斯布鲁斯海峡》，散文集《美得像假的一样》《我的事》《男天使，女天使》，小说集《金子》和文艺评论集《心脏结构与文学艺术》《文艺批评话语录》等来看，赤诚的人文关怀和厚实的现实担当始终是其创作的内在驱动力，他的诗路历程与心路历程对称于艺术形式感的内在和谐中。换言之，他的创作并不只是抒情言志的个人怀抱，也是深具人文忧思的现实观照。现实与艺术的矛盾对诗人向来就是一个挑战，而二者的充分化合不仅需要个人才华的熔冶，而且可能需要人格力量的支撑，需要在时间的辨认中获得个人风格逐步形成的历史感。实际上，这一切才华熔冶和人格支撑都是在长期的积淀中获得深刻的艺术辨识度的。正如有研究者所指出的："沙克的诗与思并行，先锋纯粹，深邃开阔，具有直接现实、生活实验及超自然的多重色彩，是与当代诗坛有着显著差异性的诗人。"①读沙克的诗，尤其是讨论他的诗，大概不能脱离其诗路历程与心路历程互为促动与融合这一辨认视角。

对沙克诗歌的辨认自然需要一个对照性的视野，一是其前后创作的自我对照，二是在不断变动的文化语境中与其他诗人的对照。沙克的创作始终怀着清醒的自我意识，他的禀赋属于一位有创造力的诗人所特有的持续的艺术自觉，因此，他对世界与存在的咏怀在长期的探索中渐进式地抵达诗性自我与哲学意识的充分融汇。从他的诗路历程来看，他的早期创作（20世纪70年代末至20世纪80年代末）偏向与时代语境形成共振的抒情模式，在情感与情绪的真挚抒发中尚未完全摆脱以主情作为"基础配置"的抒情窠臼，诗中呈现出来的自我形象尚未获得诗人创作个性的真正确认，但其中部分溢出传统抒情模式的语调则显示出生动的气息。《冬夜的行走》是沙克早期较有代表性的作品，诗中游动着隐微的宗教气息，诗人的心在宁静中渴求神意的温暖。《女神》在温煦的语调中趋向对美的迷恋，同时又把美的依存敞开在更丰富的层次中，对美的重新发现寄托着诗人对日常生活更广阔的愿景。他的早期作品往往写得凝练而耐人寻味，诗中的抒情气息大体还是停留在传统境界诗学的层面上。

进入20世纪90年代之后，沙克的创作特征一方面是创作个性的返璞归真，个人的声音开始显示出对自我真实的自觉确认，他拒绝对生活的掩饰而趋向灵魂本真声音的抒发；另一方面是偏离"宏大命运"的整体性规约，更多地从个体生存的隐秘处凸显出精神世界的悲剧性实质，逐步走向自悟自觉的艺术冒险，由此带来词语系统对称于自我灵魂的某种深刻嬗变。一位诗人所确认的词语，并不仅仅是词语的基础性语源，而且也是自身处境的创造性语源，词语的背后是诗人的命运，带有趋向于晦暗的混沌性。一个词的袒露与遮蔽，恰恰是一位诗人对自身处境的呈现。沙克此一时期颇具代表性的一些作品，《摩特芳丹的回忆》《受伤的鸟》《是风在燃烧》《回故乡之路》《大地清唱》《黄金时代》《本身的光》《一粒沙》等，词语明显向能指和象征发生偏移，形成

① 陈义海：《沙克论》，《南京理工大学学报（社会科学版）》2011年第6期。

语言在所指和能指间离下的多解；诗中的世界作为对现实的映照，往往带有相当强烈的心理色彩。显然，沙克在此一时期已经意识到词语对称于诗人命运的属性。

沙克创作的第三个阶段是他的"现在进行时"，进入新世纪以来，他更倾心于"诗的语言性"，与语言的对抗同时是一种真实的情感唤醒与诗性拥抱，他的创作显得内敛而富有智性内涵。所谓"诗的语言性"，按照他自己的说法，就是"词为我在，语言即我"，词语在诗中的确立不再是工具性的，而是本体性的，"处于生为我思的自在状态"，世界与存在的神秘性由此得到新的阐释。此一时期，沙克的诗歌对于生存经验的处理是远距离的凝视，却更靠近存在的悲剧性实质。他的诗中常有一种近乎恍惚的惊异感，恰如他在短诗《向里面飞》中写道："从不同的自己到唯一的自己/向里面飞/我在向自己飞。"从"不同的自己"中找到"唯一的自己"，既是对命运的辨认，也是对词语的辨认。"向里面飞""向自己飞"并不意味着放弃对生活本身的热忱和持久的眷顾，而是意味着掘进生命的幽暗之处，承受内在于生命中的更深刻的启示，靠近唯一真实的"词语"，真正道出生存的实质。

诗人往往有一种特殊的本能，对于词语的掌控不是停留于实用性的嗜好，而是趋向于生存性的迷恋，与生命的丰富性体验形成恰当的对称。沙克有一首《在母语中生活》，他这样写道："我活着，活得真，仅仅承认/我的故乡是生活本身/我的国是我口音里的汉语/我本人，是破解边界的终级追问。"在沙克看来，诗人用自己的母语写作，才能最真实地体现出"诗的语言性"，才能最真切地靠近命运中不可言说的幽暗部分。在此，"词语"是"真实"的来源，诗人需要在"词语"的照临中呈现内在的精神处境。实际上，诗人的困扰也在这里，只能无限靠近而无可抵达"终级追问"。诗人对真实与命运的探究，说到底还是对"词语"的探究，一位诗人不仅仅是"活着"，而且必须"活得真"，才能在对命运的"终级追问"中获得存在的价值皈依，才能获得存在的本源性启悟。沙克又在《白话》中写道："在世间，人们操着/不同的方言，弄着手势和表情/交流怎样过着好的生活。"在此，"方言"意味着人们思想上的隔膜，是一种与审美隔绝的实用性语言，无法确证存在的价值皈依，活着的目的不过是"过着好的生活"。这是沙克所否定的。他接下来写道："操着通用语言的少数嘴

167

巴/闭着,不说/身体各个部位也在沉默","活在语言中的人/数荷马和孔子最大/他们不说"。在沙克看来,"通用语言"才是对称于存在的诗性审美语言,只为少数人拥有,比如荷马和孔子。为什么"他们不说"？因为即使荷马和孔子是人类文明的师祖,对于世间的"白话"也不容易说,不随便说,必须保持足够的谨慎和警醒。这就是诗人对语言作为一种诗性价值观的确立。这也正是沙克在长期的写作中所自觉自悟到的语言态度。尤其在沙克的近期创作中,他更倾向于语法修辞功能与个性特征的结合,注重诗的语言在脱出惯性表达的同时,使个性的光彩归位到更深层的生存体验中。

很多长期写诗的人,其语言仍然停留在直觉的蒙昧状态,而对直觉中所包含的审美的开悟却排拒在外,无法呈现出由生存的丰富向度所形成的晦暗色彩,更不用说自我个性在语言皱褶中的投射。显然,沙克的写作倾向于在内敛中把握语言的精微质地,有属于他自己对语言的独到理解,他把语言的诗性作为内生于灵魂中的情感形式,力求在语言的适度变异中超越世俗秩序的蔽障,使语言和想象融汇在诗人的创造性视野中,真正把语法修辞功能与个性特征的结合转化为蕴含微妙语感的"诗的语言性"。这在他近期出版的诗集《向里面飞》中表现得尤为明显。

沙克的创作尽管呈现出阶段性的分野,每一个阶段都有一个自我形象的基本聚焦点,但他在持续的探索中,一直在寻求一种更深刻的内生内变,最后归结到"词"与"物"的对称、"真实"与"幻觉"的对称、诗人的"自我形象"与诗的"文本形式"的对称。对这些对称的处理在很多诗人那里,更多的是作为一种技巧维系脆弱的创造力,而在沙克这里,更多的却是一种出自生命的真诚,这些对称被处理为生命的内在需要。有些诗人在其持续一生的创作中,始终迷失在技巧的暗区而无法获得真正的艺术自觉,"词"与"物"的对称处于虚浮的状态,在"词"的语言中,"物"实际上是失重的;在"真实"的表层下,"幻觉"是凝滞的;在"自我形象"的压抑下,"文本形式"是无生命的。因此,他们的创作与自我的生命体验是相互陌生的,"词"无法对称"物"的归宿,"真实"无法对称"幻觉"的丰富性,"自我形象"无法对称"文本形式"的生命感。终其一生,这些诗人只是徒劳无功地在纸上画饼,而画饼无法充饥,无法在创作中获得真实的存在感,更无法在创作中体验到生命升华的创造性价值。沙克的创作则呈现出另一种路向,正如批评家何言宏所说,"诗人的才情、敏感与天性,使他对一切美好的事物都会产生神秘的感应。他能领略本质的美。所以他在很多艺术作品中,实际上所看到的,都是像诗一般美好的色彩、线条、曲调与旋律"①。来源于对语言诗性的深层感知,沙克的诗歌世界既是真实的,也是隐喻的,语言与真实、想象处于恰当的融通状态。

在沙克的创作中,既有一种举重若轻的飞扬感,也有一种内敛于智性中的沉淀感,很奇妙的是,他把这种飞扬感和沉淀感处置在恰到好处的诗性张力中。这就是一首诗的饱满,也是一首诗的均衡,轻与重犹如高跷板的两头,保持恰当的倾斜和起伏。他在近作《望不尽》中这样写道:"使针眼开阔/水滴浩荡/使跌打的奔突的和爬行的飞越的/修成君子内能。"何以望不尽? 此诗的起首这几句就是一个极好的提示。在诗人的笔下,望不尽的并不是茫茫宇宙、浩浩江河、莽莽群山,而是针眼、水滴、曲线、手腕、脖颈、脉动、暗物质、高光体等等。这些事物或者微小到容易让人忽略,或者在人的心灵中易于引起细微的感受。显然,望不尽的并不是这些事物的表层格局之大,而是其内部气象之大。于是,诗人才有这样的感叹,"大者自大/小者自小/大小互生才是真大真小/望不尽曲折之最",大者有其曲折,小者亦有其曲折,大与小并非一个非此即彼的物理现象,也是一个互生互动的精神现象。尤其对诗人来说,对于大与小的辨认并非一个简洁的辩证法问题,更是一个复杂的精神现象学问题。此诗写得曲尽其妙,曲在小中见大,妙在以小博大,亦有哲思的风致。

沙克另有一首相当别致的诗《一首诗》,与《望不尽》有异曲同工之妙。他在诗中写道:"一首诗连着一首诗/是多么快乐/一首诗脱离一首诗/是多么痛苦/一首诗消解一首诗/是多么艰难/一首诗成就一首诗/是多么高尚。"一首诗到底是什么? 实际上用理论语言是道不尽的,而用一首诗来道出此中的奥妙,可能倒有切中肯綮的效果。沙克在一首诗的瞩望里,引入另一首诗作为一个对照性的视野,如同两个人相互靠近,各自在对方的眼睛里发现真实的自己。当一首诗与另一首诗发生各种隐秘联系的时候,不管是"连着""脱

---

① 何言宏:《生命、自由、艺术与爱——〈心脏结构与文学艺术〉序》,沙克:《心脏结构与文字艺术》,中国文联出版社 2008 版,第 3 页。

离"，还是"消解""成就"，都会唤起一种共通的情感，使诗人在一首诗中的处境变得更为清晰。不过，诗学意义上的清晰有时是一种精神向度、心理背景、审美内涵上的含混。清晰指向结构的层次感，含混则指向主题意蕴的多义性，二者的统一则是一首诗的整体性效果，而这恰恰是一首诗的秘密。沙克的很多诗富有丰富的意蕴，原因也正在于此。处理一首诗中的清晰与含混，对每一位诗人都是一个极大的考验，这种考验不仅是属于技艺层面的，也是属于人生观与价值观层面的。沙克在此诗中进而如此写道："一首诗独领风骚/一首诗比死亡比朝代伟大/一首诗活在白骨之上花簇之中/呼吸着所有人的呼吸。"一首诗的价值在于唤醒人作为一个人的完整性的体验，同时联结着所有人的呼吸，在彼此的处境中依存着一种共通的仰望和祈祷，由此获得心灵上的共振。这可以看作是沙克诗学观的一个重要方面。

新世纪以来，沙克诗歌创作有了相对稳进的诗学指向，大体而言，主要表现在以下三个方面：一、诗性和思的结合；二、低温抒情或智性抒情；三、汉语意识和传统元素。这一概括出自他的创作自述，可以涵盖他四十年诗路历程的基本追求。作为一位始终保持先锋意向的诗人，他的诗学指向有一个渐进形成的过程，同时也是一个逐步走向综合的过程。在此一过程中，沙克的创作与诗学思考一直处于相伴相行、共同趋向娴熟的境地。说到底，他的创作在嬗变中既有善变的一面——每一阶段都在寻求艺术创新的突破性可能，不满足于自我风格的凝定，也有持守的一面——不拘泥于时代风气的倏然变易，而是把自我风格的拓展延伸在自己愈益清晰的诗学路径上。沙克在一个访谈中说，"生命、自由、艺术（美）和爱"是他四十年不变的主题指向，里面包含着他的哲学认知和诗学信仰。实际上，这与他的先锋探索意向同源一体，也是其内在精神处境的深度转化，不断趋向综合的境地。这是沙克创作非常可贵的一个方面，其中包含着其创作进一步展开的可能性。

◎此身游子　此心赤子

——庞余亮诗歌阅读札记

陈永光　靖江市委宣传部

庞余亮是一位全能型的作家。

诗歌、童话、散文、小说。不是心血来潮，偶尔客串，而是并驾齐驱，均匀用力，最终姚黄魏紫，云蒸霞蔚。在分行与分段之间，在想象与非虚构之间，在短篇、中篇与长篇之间，他快速切换，进退裕如。

当然，他首先是一位诗人。他的第一部作品集，是诗集。非常有意思的是，名字叫作《开始》。这固然可以说是一个作家的雄心，但我更愿意相信的是，这是一个作家的初心。开始——像是前进的誓言，但也像是坚守的诺言。后来，他果然又写出了诗集《比目鱼》《报母亲大人书》。众所周知，三四十年间，多少诗人打了退堂鼓，有的改写散文、小说；有的甚至不再写作，基本与诗歌绝缘了。但是庞余亮没有，他与诗歌，诚可谓执子之手，不离不弃，一往情深。

如果你看过他的大部分作品，那么，甚至可以这样说：在根本上，庞余亮永远是一位诗人。童话自不必说，她不是诗歌的堂妹，就是诗歌的表妹，或者就是诗歌的孪生姐妹；在庞余亮的散文，尤其是他的乡村教师笔记系列中，你会发现，在散漫、琐碎的叙写之后，最终击中你的，总是一种狡黠的诗意。对匮乏生活的忍耐，对人物个性的宽容，对赤子之心的共鸣，使得他刻板的职业生活轻灵起来、圆融起来、升腾起来。在这里，你会相信，诗歌是唯一的救赎，对于自我，对于乡村，对于青春；在庞余亮早期小说中，你可以看到非常明显的诗化倾向：意象大于情节，情绪大于人物。如果说，庞余亮的散文在表层靠近诗歌,那么,他的小说则在内在靠近诗歌,镌刻了一个游荡的、不安的、无枝可栖的灵魂。尽管后期他的笔触转向了城市生活、现代生活,他还曾写过一些历史题材的作品,但这种内质并未改变,只是人称转换,背景不同,更加隐蔽罢了。但是在他最新的长篇小说《有的人》中,他到底没有按捺住自己,把主人公直接设定为诗人,直接描写诗人在这个世界上的遭遇。不用说,这至少是某一角度、某种程度上的"夫子自道"。

所以我经常想,要了解和理解庞余亮,只要阅读他的诗歌,就足够了。对于一个诗人来说,散文不过是形式上的放松。而小说,则是从灵魂出发,寻找更多的人物、更多的语言、更多的故事而已。阅读庞余亮,你完全可以避开他的《变形记》,径直走进他的《城堡》。

正如庞余亮笔下敲钟的少年、骑自行车的少年、跳大绳的少年、挤暖和的少年一样,他的诗歌同样饱含炽热童真。这样的说法也许大而无当,泛泛而言。但是你把它和诗歌狂热的年代,把它和故弄玄虚、走火入魔的朦胧诗,把它和煞有介事的哲理诗,把它和哀感顽艳的爱情诗,把它和洋洋得意的口号诗,把它和肆无忌惮的口水诗,把它和以诗为耻的时代联系起来,你便知道它的弥足珍贵了。多少人以诗歌为捷径、以诗歌为垫脚石、以诗歌为遮羞布,还有谁勇敢地踏入荒原,承认自己的卑微,不懈地锻打诗歌的技艺?

庞余亮曾经不无伤感地吟咏道:齐鲁大地上或者还有些麦子(《子曰》),诗歌的道路是一条多么艰难的道路! 现代诗歌打破的,不仅仅是传统的定式,更是我们的内心。太多新的东西涌入,太多的摩擦,太多的碰撞,太多的你死我活。新的东西始终未能深入人心,旧的东西依然摆脱不掉。在我们的心中,下了一场有意义或者无意义的大雪。我们的内心便是这样一块雪地,要么纷纷扬扬,分不清南北西东;要么斑斑驳驳,泥泞不堪。理想的种子不见踪影,即使寻找赖以果腹的食物,也总是困难的。我们就像一只在漫天雪花之中感到头晕目眩的麻雀,终于在这广阔世界中发现了自我,但这自我是何等的弱小,何等的无力,何等的迷惘!

我相信,庞余亮一定曾经像偷偷打钟的少年那样,面对神圣的诗歌,坐了一次从羞涩到狂喜的过山车;我相信,庞余亮一定也像骑自行车的少年那样,在诗行的平平仄仄中跌倒了,又重新爬起;庞余亮一定也像跳大绳、挤暖和的少年那样,在那些令人尊敬的诗歌同行中获得了抱团取暖的力量。他早期的诗歌是朴素的、歌咏的,那正是赤子之歌、天真之歌、向上之歌,尽管后来的风格逐渐改变,但这种基础的、内质的、初心的立足点,却从未改变,这使得他的诗歌既没有受到诗歌内部(主义、流派、山头)的污染,也没有受到外部世界(功利、时髦、商业)的侵蚀,始终元气充溢,生机勃发。

庞余亮诗歌的重要部分,是关于亲情的。他广为人知的散文名篇叫作《半个父亲在疼》,他最新的诗集叫作《报母亲大人书》。父亲的形象、母亲的形象,执拗地、经常地出现在他不同的文本中。他很多的诗歌,都像是一封封虽然披肝沥胆,却再也无法送达给父亲、母亲的书信。这一类诗歌是抒情的、哀伤的,那是儿女之歌、游子之歌、恩情之歌。你也可以把它看成是少年之歌的升级版,是诗歌对于自我成长的真实记录。"从清晨的车窗上/看见了母亲那张憔悴的脸","在出租车的反光镜上/看见了父亲愤怒的表情"(《在人间》)。父母亲为我们做了什么? 我们,又能为父母亲做些什么?

对于一个儿子来说,母亲让人亲近,父亲则令人疏远。奇怪的是,一个人出生以后,就要立即剪掉和母亲相连的脐带。一岁左右,就要断乳。母亲更多的是生理的、日常的、物质的。父亲呢,他与我们的联系,更多的是心理的、内在的、精神的。我们与父亲,同样连有脐带,同样存在哺乳关系。然而,要剪掉内在的、心理上与父亲相连的脐带,实现精神上、灵魂上的断乳,则要迟缓、隐秘得多。所以,即便是在父亲、母亲身边,诗人们都似乎有一种浓重的"游子气质":就像睿智的哲学家那样,他们深知"离别"的必然,因此心中忐忑,怅然若失,把每一个平常的日子,都过成了生离死别。

终于有一天,父亲真的走了。终于有一天,母亲也真的走了。那更是一种更为彻底的"剪"和"断",它在形式上一刀切掉了儿子与父母的联系,在儿子幽暗的内心世界里,从此有一扇窗户再不打开。谁言寸草心,报得三春晖。孟郊以后,哪一位诗人不是游子呢? 不同的是,孟郊的诗篇被温暖的光辉笼罩;而庞余亮,则将父子情、母子情置于严酷的生存背景之下。不仅仅是艰苦的物质生活,还有传统的观念、个人的隐私。如果说这样的诗篇也有光芒,那么,它是更加真实的,严肃冷峻的,游移不定的。在他的笔下,父母与儿女,尤其是父子之间,如同矗立着一座仰之弥高、爬之不尽、又必须牢牢抓住的峭壁,面对自我的孤立无援,他发出疑问:"为什么我总想找个地方大哭一场?"
(《捍守》)他又自我劝慰道:"这是必然的,理想的小马驹/长成了丑陋粗壮的
牝马。"(《白杨和马驹》)他恳求着:"握一握吧,请左手原谅右手。"(《移栽》)

　　始终坚持自我、不卑不亢。在亲情中洞悉生存,悲悯生命。以此为圆心,
以此为内核,庞余亮将目光投向了更远的地方,更多的人群,更为复杂的社会
生活。在现实生活中,他真的是一位游子:在故乡与他乡之间游走,在不同的
职业之间游走,在不同的文体之间游走。在熟悉的人身上,他看到了陌生。
在陌生人身上,他却看到了熟悉。生活总是一样的。富者的生活便是贫者的
生活。男人的生活便是女人的生活。卑贱者的生活,也便是高贵者的生活。
人们互相对立,却又互相纠缠。彼此怨恨,又彼此赞扬。事情正如庞余亮在
《淮河》中所写:那条黑暗中发着幽光的淮河/看见痛苦的幸福的我/它就会鸣
笛致意。我喜欢他的《在人间》《无论多辛苦⋯⋯》《底层生活日记》。我喜欢
他独有的简洁与留白,听听吧:一场生活结束了/必须用死来纪念/——之后
是寂静,未亡人的寂静(《活着并倾听》)。

　　阅读这样的诗歌,总是让人从现实的云端,直落精神的谷底。落差在自
然界产生了惊心动魄的瀑布,而在诗歌之中,它更深刻、更尖锐地撼动我们的
内心世界,让人产生了沉痛、哀伤的人生体验。为了生活,我们奔波;为了现
实,我们让步;为了理想,我们迁徙。无根是我们的宿命,漂泊是我们的使命。
含混的生活啊,像某种令人难以下咽的食物,总是不能顺利到达我们空空的
胃部。

　　从父母膝下,到街巷邻里;从莘莘学子,到三教九流;从眼前当下,到风云
变幻,庞余亮不断游走,在诗歌中慢慢改变着自己:修辞变成了叙事,自嘲变
成了反讽,悲愤变成了沉痛。

　　他不再急于表达,而是慢慢梳理自己的思绪,让人物出来,让情节出来,
让转折出来。庞余亮主要是叙事的。如果说他的早期作品中还能够偶尔发
现修辞,那么,在中后期作品中,则是叙事,叙事,还是叙事。叙事使得诗歌在
感情上更为亲切,在方式上更为无痕,在效果上更为顺畅。庞余亮写过一首
诗歌:《微生物的低语》。叙事可能是烦琐的、平庸的、音量极轻的,因此"微",
因此"低"。但你要知道,在中国画中,任何一点细小的墨迹,都不是作者的随

意而为,也绝不容观者忽视——宏大的史诗,也不过是叙事。

叙事的语气,也由自嘲变成了反讽。诗歌的一端是赤子之心,是童谣、是牧歌、是情诗,诗歌的另一端则是饱经沧桑,是机锋、是谜语、是经卷。"这些少年一定渴望着鲜艳的红领巾"(庞余亮《去养鹿场的中午》),早期的庞余亮是少年,是赤子。但他很快发现,"土豆弟弟全身冰凉"(《土豆喊疼》),很快变成了"你给他一个嘴巴,他仍嘿嘿地傻笑"(《就像你不认识的王二……》)的"王二"。到了诗歌《理想生活》,已经充满了自嘲:屠夫之子,去个体诊所的、我昔日认识的一个女子,月光下,像蚯蚓一样沉睡的"我们"。再到《半墙记》组诗,嘲讽的语气依然如故。不过,嘲讽的对象不是自己了,而是嘲讽本身。嘲讽又有什么用呢——"这只寄居在隔壁菜场的雄鸡/不知道为什么还没有人买走"(《雄心》)。嘲讽有什么用呢——"再有脾气,也得隐忍着腰间盘突出/伏腰抄写《金刚经》"(《脾气》)。嘲讽有什么用呢——"浪费纸张是可耻的,不浪费纸张更是可耻的"(《善行》)。为了反讽,庞余亮甚至学会了用典——"无一字无来处"。他在《雄心》中引用古诗,在《半墙记》中引用老光棍的话语,在《脾气》中引用谚语,在《湍流》中引用科学术语,在《卖掉旧书的下午》引用星座占卜资料,在《雨夜读〈诗·小雅·蓼莪〉》中,简直是在做批注了。这些一般难以搬上"诗"的台面,异质、生硬的引用,一方面经由对比,带来了更大的空间感,另一方面建立了策略,构成了对于嘲讽的嘲讽——自我在消弭与凸显之间来回游移:虽然前进,但并不进攻;虽然后退,但更尖锐有力。

由于叙事,由于反讽,诗人的感情,也从悲愤,变成了沉痛。诗歌不仅帮助读者打开了眼界,发现了一个开阔、深邃、辽远的所在,同时也让我们发现了诗人在世间的藏身之处。很多年以前,庞余亮写下了《底层生活日记》。底层,似乎始终是他的立足之处。时间,生活,职业,都没有改变这一点。就像那谦逊的水,总是流向最低洼的地方。当然,这种底层,并非矫情的"人民""土地",也非政治意义上的基层、阶层,我把它理解为一种底线(也许这会削弱诗歌的空间感,但我找不到更恰当的说法)——那么多的人无法完成引体向上,只有诗人在单杠上面,露出了他那倔强的头颅——有的诗人自我孤立,世人用人格孤立诗人。殊不知,诗人只是在众人之外自我完成。

悲愤可以理解，沉痛则意味深长。悲愤是忍无可忍，沉痛是痛定思痛。沉痛是自我疗伤的开始，是寻找出路的惆怅。诗歌的开始就像老牛反刍，诗歌的继续则像蚌病成珠。生活和内心，就像两片蚌壳，有时分开，有时闭合。不管如何，总得珠胎暗结，熬过阵痛。

在诗歌《星期之车》里，庞余亮描写了我们的分裂状态：日子与内心、善始与恶终、公共与隐私。你把它看作诗歌与世界、诗人与其他人关系的某种隐喻，也未尝不可。诗歌就是遗世独立，诗人就是和其他人格格不入。诗人在理想中呼吸，诗歌在生活的反面。读读这首《九十年代在缓慢地转身》吧：

> 多少年代过去了/九十年代在缓慢地转身/那个年轻人还在举他的头颅/他的专注，他的瘦削/我不知道怎样说自己/九十年代在缓慢地转身/数不清有多少人在我心中消失/我命令我安静，心可是很痛/九十年代在缓慢地转身。

这样的诗，已经把人、把事远远地放到了一边，游走到了更远的地方。人生如梦。诗人们恰巧醒来。有的诗人说："有约不来过夜半，闲敲棋子落灯花。"有的诗人说："前不见古人，后不见来者。念天地之悠悠，独怆然而涕下。"再听听法国诗人徐佩维埃尔的说法吧："死人背上只有黄土三指/活人却要把整个地球背负。"

有的诗人游走室内，有的诗人攀登高峰，而有的诗人，则桂花树下，并肩吴刚，与玉兔一样置身月球。卫星围绕行星，行星围绕恒星。所以，有的诗歌是家常式的，有的诗歌是登临式的，而有的诗歌，则坐地日行八万里，巡天遥看一千河。所以，有的人写到了小的寂寥，写到了个人的痛，但有的人写到了大的孤独，写到了人类的苦。

"你要知道，愈高的枝头/总是摇晃不已"（《愈高的枝头愈是摇晃不已》）。在诗歌中，庞余亮游走得越来越远。此身游子，此心赤子。不管走到哪里，青春依旧，热血依然。

◎心灵的秘史——孟国平诗歌阅读札记

周卫彬　泰州市文联

一

不得不说，最初与孟国平的诗歌对话，让我产生了某种意外之感，这不仅仅是因其诗艺的艰深，而是其诗歌创作大部分由长诗和组诗构成，那些繁复的声部、赋格、暴风雨般的重奏，天马行空的想象以及哲思之余的谜之角落，特别是个体生活的深度嵌入，对自身存在的质疑和拷问，都构成了孟国平诗歌文本的独立性和唯一性，形成了自成一体的语言旋涡。套用本雅明的观点，这种旋涡的特殊状态在于，它本质上虽由水流构成，又与水流分开，形成了自我封闭的自治区域，遵循其自身的法则。然而，在写作的过程中，诗人是在对谁讲话？如果不是听任自己如耳语般言说的话。在孟国平的诗中，出现最多的词是人称代词"我"，然而我们如果仅从"我"出发，所感知的可能是一缕伤感的"噪音"、身体的焦虑及其网罗的疼痛和时间崩塌的瓦砾。这也意味着，我们因此而忽略了其秩序严谨、形式和谐的诗歌建筑，并在诗人极度个体化的思绪迷雾中感到迷惘。尽管这种秘密的交流，也许包含着无尽的吁请、叹息、致敬、寄托，甚至是沉默。"我们生存于巨大的沉默中心/宛若最深的旋涡/语言听不见它自己的声音。"（《流水》）从诗学的角度看，诗人是索绪尔语言结构的破坏者，他们宁可沉默，也不会成为语言的奴隶，而是试图依赖诗的

177

形式而超越语言的大厦，换句话说，在诗人那里，秩序井然的叙述成为可能，不是仅仅因为客观的存在，因为那些我们熟知的事物乃至学问知识，而是依赖诗歌的精神，因此，不管意象如何涌动，象征如何繁复，"我"依然站在那里。

需要指出的是，"个人化"并非任性的情绪宣泄，导致的词语过剩与泛滥，而是对语言的唤醒、拆解与突破，以此实现对诗歌精神的建构。特别需要指出的是，孟国平诗歌的语言节奏把握十分到位，叙述的宽度和格局极为宏阔丰厚，因为他始终在思考时代与个人的关系，所以语言迸发出独有的张力，正如他在《存在的诗性表达》中所言，"当诗歌的灵感之翼触及灵魂的辉光，当骚动的情绪沉入体悟的渊薮时，诗人的个性只能从生存的悟道中去力图呈现永恒和无限，是这一个而非这一类"。譬如《遥望：远方的母亲》一诗，结构严谨，十一个章节具有数列般紧致而丰富的隐喻和句法，显示出繁复而精密的诗艺。"我能看见我远方的母亲/快来接我回家吧/我的日子/已跌在你手上，淋着水/你把它晾到麦秸上去/快来吧，接我回家"，从呼唤"回家"到在城市"鸟笼"里流浪，最后只能"回到纸上的故乡"，几乎所有的语词都在指向一种极度个体化的经验。同时，我们看到这首诗的语言，一种被赋予了时间流动感的语言，让情感变得像水晶一样透明。"纸上的故乡"这一短语，鲜明而洪亮，具有对生活反抗的质地，譬如生活对自由意志的抑制，然而恰是对澄明的有力拥抱。我们看到，语言与经验的关系一方面需要精确的对应，同时也是在塑造一种新的形式，由此使得诗中之"我"可以找到安放的理由，因为，在这样的诗歌之中，我们才能找到彼此存在的影子——某种由恰到好处的"审美距离"而产生的美感，否则，无论是诗人还是读者，都有虚伪的嫌疑，因为语言不能等同于梦呓。

孟国平在诗歌中创造了某种新的自我，或者说某种反抗的"我"、诗之"我"，以此穿透诗与人之间的经验壁垒。那些由真实的人生经历而构成的主观经验，不会随着"我"的降临或离开而瓦解为粗糙的平面。也就是说，在孟国平的诗中，他没有简单地将个人的经验抛向虚构的历史（哪怕是虚构的真实），也很少对古典的文本进行重构，进行一种玄虚的、缺乏真实经验支撑的想象，而是借助语言之翼，一种精细而丰沛的结体、克制而动人的表述、凝练而结实的节奏，一方面将经验分解为隐喻意义上的最小空间单位，另一方面也使得语言本身成为及物的词汇,"我"存在于历史之中,也存在于社会的角落,"我"是对"我"的发明。

同时,"我"与诗之间,本身也构成了某种微妙的互喻、互文关系,具有某种"元诗"的特质,一如孟国平在《绝唱:守望玫瑰》中所言,"诗歌实际上是诗人心灵的自我调整,是一种自己对自己的呼喊和应答",孟国平以这首长诗的题目作为其代表作诗集的题目,可见其对这首诗的看重,某种程度上也是对其诗学思想的一次实验,仅就其语言形态而言,也具有非常重要的典型意义。在这首长诗的第一节,没有出现"我",却又让人分明感受到全是"我","注定要有这样的一种颜色/占据长长的夏天。一种预言/中间是雷雨和绿叶/闪电将长长的诗篇/削断。我们的一生充满等待/俨然天堂的最后一支歌,火焰背负的光明/时针总指向最后一刻/钟敲响,短暂的欢乐不能留住"。从诗的第一行"注定"一词开始,"我"就与诗歌一起,处于一种行进状态,就整首诗而言,它仿佛不是一个已完成的作品,而是始终处于还在进行之中的咏叹本身,也是你我共同织就的经验主体。到第二节,我们看到了"我"的直接出现,与第一节所描述的对象物——"颜色""预言""玫瑰的芬芳",特别是"天堂的最后一支歌",构成了诗的运动轨迹。"我"与诗形成某种对位,也形成了理解主题所需要的某种连贯性。从第二节"用花粉去吸引蝴蝶",到第三节"玫瑰暗示着美好的反面"等等,由于这些核心经验开始在笔端出现,爱情的氛围开始出现了。此时,诗中的经验主体,从"我"开始走向"你"。我们体验到了失落、孤独、悔恨等情感因素,这些是真实存在于诗人主观经验当中的情感,而不是为了自我言说,以博取眼球的情感;从第四节直到最后,诗人一直在"守望",所谓"爱人",那朵被生活、被岁月、被自己刺伤的玫瑰,包裹于那行将消失的爱情之中,回忆、期待、挣扎交织在一起。

长诗《遗忘或铭记》结构恢宏,具有史诗气质,从上篇"民族记忆:沉沦中觉醒",到下篇"苦难记忆:死亡叙事诗",从历史的伤痕到普通人的情感,"我"仿佛在书写历史的长卷,在对历史的拷问中,不断寻找定位、找寻自身,引发回应,以此在历史的情境当中抓住我们、驱动我们,"我"的经验迅速转向"你",去分享那些共同的、历史性的记忆,一种隐秘而公开的记忆。"旧的伤口被雪覆盖了,脆弱的雪/新的伤口很干净,只留下血痕、白骨/和关于污浊、暴虐之下的无助/历史是苍茫远眺的眼睛，布满了刀刃和弹片"，在"血痕""救赎"等关键词之后，诗人写道，"如果人们将一切毁灭，一切都已失去/但太阳还在升起，空气依旧清新……这叫作曙光"。面对死亡的降临，诗人在叹息也在祈祷，仿佛每个语词都被巨大的悲悯之情所笼罩，都深藏着超越个人、民族利害得失的人类普遍性的情感，某种应许的朴素而共通的情感。

二

由"我"开始，孟国平的许多诗歌皆是在捕捉"日常性"的微光，这固然是其创作的某种取向，也是诗人个人经验的重要方面，但是在诗的层面，如此做依然具有某种危险性。一方面"日常性"本身是流动的、变动不居的，捕捉其差异性何其之难；另一方面在数字时代这么做又存在机械复制的风险，同时，读者更倾向于接受日常经验范围之内的作品，面对诗人的呓语，他们无法确认自己，也无法进入诗歌，只能产生难以理解的迷惑。如此而言，对"日常性"的介入有些费力又不讨好，因为在诗人的层面，诗是某种超越自我的产物。也许，我们可以用希尼一句话来解释，一首好诗应该给读者小小的意外和小小的惊喜。显然，作为一个诗人，孟国平没有被某种平庸的假想所误导，也没有对他人的情感进行不自觉地复制，而是真实地打开自我与日常（现场）。

《叙述：骚动或安之若素》一诗，是诗人自觉地回到生活的深度尝试，也是谢默斯·希尼所谓"诗人的使命在于从我们的本性和我们居住的现实之间，打开出乎意料的不加处理的交流关系"。在这首诗中，我们看到大量日常的经验化的语言，以反经验的姿态集中呈现，仿佛人的生活直接压缩于纸面，却滋生出了某种独特的反讽与象征意味，"重温乡土的诗人被撞断一根肋骨/斑马线上的血迹有纸浆的气息/丛林、香蒲、苦艾和银镯/外商惠特曼先生像草叶一样挣扎一下，也躺了下去"，一种海德格尔所谓现代生活的"无聊"，在生存的负担之下，被诗人"真切地转达一个时代内心的境况"，以此寻找人的时间性暨历史性存在的本质关联。

我们看到孟国平诗中的"日常性"建立在一个普通人的日常之上，许多诗歌即情即景,由此引发共情与思考。"雪从午后开始,比冬天更真实的寒冷/这尖啸的林上,风中疾驰的是雨的伤痕/我伸出手触到秋的隐痛,荻花次第凋落……"(《我只有将隔夜的箫声深藏炉底》)从这首诗来看,诗人所表现的真实感由雪的降落开始,进入那微妙的感知世界,由此我们进入了一个真实的"午后",诗人敏锐地嗅察到"秋的隐痛",这种对于节令的嗅察,立刻穿透生活的表面,唤醒每一根触须,去贴近词语的肌理。借助雪的降落,诗歌的去蔽功能得以开启,面对下雪的午后,诗人其实面对的是寻找——"寻一束柴禾",以此抵挡"九月的伤情",作者告诉我们的疼痛感不是空穴来风,因为在对雪的描写和对柴火的寻找中,在"烛具于风中扶幡侧立"这一"高贵而寒微"的举止中,我们捕捉到了"满纸黑色的雪花/痛楚而夺目",所以"美丽的流年成为事实"。在这首诗中,"雪"作为媒介,营造出忧郁或感伤的氛围,调动人的听觉、视觉、嗅觉和敏感的神经,同时,我们体会到诗人某种纯粹的疼痛和"已是黄昏独自愁"的郁结。这一时刻属于日常的同时,又摆脱了日常,之所以如此,就在于疼痛唤起人更重要的自我感受。我们即便不能抵达现场,也已然明了语词背面的那层意思。

应该说《1991 年冬:外乡回忆》系列组诗大部分是由直接经验而来,带有明显的"经验主义诗学"的特征,个体经验极为具体生动,但这也要回避张枣所谓"鸡零狗碎",因为一个成熟的诗人还在于从日常性中发现某种"新感觉",这是诗人发现生活的特殊时刻,它从日常中产生,又绝非生活常态,它赋于诗之感染力,并在激情退却后,发现日常之中极为真实(诚实)的一面,正是如此,文本与诗之精神同时打开,形成诗人独有的表达方式。《蚊子》虽在写"一些和我一样简陋的生命",却清晰而具体,蚊子犹如潜入生活中每个人内心的"浪子","黄昏将继续点燃它们的翅膀/我客栈般的家乡。一些和我一样虚荣的生命/它们和我一样在被怀旧留过痕迹的白纸上写作/搜刮最虚浮的功名利禄/又被更虚浮的尘埃割开翅翼"。这首诗看似在写"这些讨厌的小东西",实则写个人的生活片段,但那种潜藏在生活之下的种种压抑与躁动,作为一种常态,令人心惊,然而唯有在这种状态之下,才能回复到日常之中的真实自己,期待那种挣脱束缚自由时刻的及早到来,"我不动。藏起烛光和火种。等那个最单纯的/家伙笨拙地重新拿起笔来/飞到我的脸上/我将举起手。轻轻拍落"。

既然如此清晰透彻，那么"新感觉"在哪里呢？我以为它存在于对"经验主义诗学"的反叛之中，一方面悠游于日常的河流之中，一方面又试图摆脱纯粹的经验主义的依赖，这看似某种悖论，却让诗歌进入相对繁复与混沌的幽冥状态，即便这样的状态很少为人感知，但唯独这样的时刻，才是对日常性的吸纳和有效去弊。此时，最真实的自我处于去弊的中心，也诞生出令我们感到意外和惊讶的会心一刻。"前年的秋天已经走远／今年的秋天——还未来临／在风中／坚守一生需要多么巨大的勇气呵／我甚至不敢将头抬向天空／一轮湖上的明月，让倾听过月光的人／注定一生只能在黑暗中／徒劳地奔走，或徒劳地怀念。"（《最暗的窗正被月光点亮》）月光降临并不重要，因为徒劳的一生。在这种悲壮之下，是关于爱情与时间的双重隐喻。如果说在第一节中，诗人还是作为一次离别的主角与文本发生关系，那么到这首诗的结尾，"我"已经成为离别的旁观者，如果说"徒劳"模糊了梦呓与现实，那么爱情则为这种模糊提供了戏剧化的日常。"徒劳"是爱情消失的象征，而其中蕴藏类似于西绪弗斯神话般的人的生存状态，将成为爱情与人生的遥远的背景。

这是一场与自我搏斗的精神之旅，从理性的怀疑到情感的洞彻，从深刻到灵动，是一种自我的升华，是一种"桃花流水杳然去，别有天地非人间"的精神历练。在这个过程中，诗人以全力以赴的勇气，直面内在的真实，摆脱浅薄与自私，从而得以提升语言的饱和度，"我自卑之中最深的黑洞，就要被勇气填满／一切回归那把劈开混沌的斧子：我抡起的空气／我就要砸下了，它的沉重只叩醒一行诗句"（《充实的虚空》）。诗歌的语言应当站在过去与未来之间，就像站在现实与梦境的交汇口，以此将即兴之思永恒化。模糊的梦境与日常的瞬息并行不悖，并在诗人的"整体修辞"之下，为流逝的日常找到了结晶的可能，就像以色列诗人阿米亥说过："诗应该像科学一样精确。""日常性"即兴而来，倏然而去，唯有诗人，才能找到那些稍纵即逝的片段之间的神秘联系，并对未来发出诱人的召唤。

三

对"新感觉"的捕捉，一方面与"日常性"息息相关，另一方面也与某种独特的诗歌精神相联结，尽管孟国平在某些诗论中一再坦陈诗人的处境，但从另一个侧面也折射出诗之高贵。孟国平的诗歌总体上予人冷静、克制之感，有时甚至是"冷漠"的，一种看透世事沧桑的"冷"，而那些潜藏在情绪最深处的"热"，犹如慢慢冷却的烛烬，依然留有余温。就像是一种预兆，一种刺穿黑暗的光芒，让那些别具一格的词句安排，融入了思想的光谱。西蒙娜·薇依在《哲学讲稿》中说："语言给我们提供一切：过去的与未来的、遥远的与眼前的、缺席的与在场的……"虽然孟国平并未把"诗人"作为志业，但是经过多年的诗歌写作，已然建立起一个神完气足的诗歌世界，在这个世界里，他拥有更为真切的感受和更多的焦虑，从中也可以看出其从现实回到诗歌的渴望，以此实现某种薇依所言的"极限、尺度和均衡的理念"。

对于孟国平而言，诗歌写作是对日常虚无感的克服和对沉闷现实的超越。"空间扭曲，我的诗句是我献祭的前生的骨殖／为生存。扭曲。被握成北风的刀子／万物的变化在松动的牙齿下，在瓦檐下／长出舌头。雨水在冰凌里悸动／它尝到了热，又拒绝着尘埃的灰色"（《存在》），短短几行，即写出了扭曲—反抗—接受—拒绝的全过程，这是一个普通人在对命运深思梳理之后选择的方向，然而方向在哪里？"我很落寞。大醉后感伤穿过手指的森林／无限度的思想，如风，无限度的错误和理性／复制真情的面具。当破碎时／总被我非难的雨季，插翅去了异乡／惊雷已迁居世界的边缘，内心的守望谁来唤醒"，这里面包含了一种看待世界的方式：时间与空间的虚无与强大，漫无止境的静候、寻觅或抉择背后，依然还有更深的虚空，诗人犹如一种孤绝的存在，充满了悲情，被生存、抵抗与牺牲纠缠的宿命包裹，而最好的归宿唯有回到诗本身，某种程度上，诗与人形成了互文状态。

虽然孟国平的某些诗歌保留了属于 20 世纪 80 年代的激越特质，但摈弃了那个年代诗歌所特有的口号句式，更多的是趋于内省的沉思与倾诉，一如他在《诗性的心灵经验》中所言，"诗歌就是一个人在和自己对话"。这种沉思气质成为孟国平诗歌的重要特质。这就不难理解，为何在20世纪90年代的相当长时间里，孟国平将诗歌看作克服生存、情感、境遇等诸多矛盾的一种手段，或一种自我疗救的行为。"诗歌承载着我们无法感知的一个人对生命本身所负有的责任"，这种近乎反抗绝望的写作渐渐衍生出孟国平诗歌的一个母题，那就是从自身的疼痛出发，书写一种广义的人类的"孤独"。这种孤独不是一己之情的无所适从，而是对时间、对社会、对人生的重构与凝视，这种自省也不是退回内心，而是真正进入这个世界，并从尘世中走出来，从而构成一个与时空对话、与自我相逢的象限。"我是时间的灰尘，也是时间本身"，人相对于宇宙和时间是如此渺小，而在永恒的时空之中，那些生存的压力依然存在，只是孤独成为由日常的琐碎和心灵的遭遇而带来的震颤。

这种"震颤"使得孟国平的诗歌漫溢着一种浓郁的遗世独立般的孤独感，这种孤独感摆脱了某种自恋的可能，转化为一种"自省"：向存在溯源、向内心深处挖掘的策动力，他试图展现的是"人"与"世界"，"人"与"物"背后关系中蕴藏着的秘密。不仅如此，孟国平还触及了这种孤独更为深远的含义：不仅是作为大地上的异乡者的诗人，而是每个人都必须面对存在与虚无的考验，面对无法避免的困境和无法挽留的消逝。孤独也成为写作意义上的某种不可回避的存在方式，在"我在"与"我思"之间徘徊，试图借助诗歌的想象而干预生存的矛盾，力图澄清世界的本来面目。在那些沉思与冥想之下，诗歌的触角探向四面八方，每一种被触及的事物都变成了诗人借以抒情的载体，构成了承载精神世界的不同面相。"只有当使人们在更广阔的范围内深刻的自省成为可能，并进一步渗透进传统，诗歌才会以它自己的方式影响人类的世界观。"（《诗性的心灵经验》）

我个人比较偏爱长诗《呼唤或耳语》，它就像一个容器，承接了诗人内心难以言说的明暗交织的孤独与痛楚，与生活的不和解，使它对意义的追问更加迫切，诗不仅在于言志，还是观察生活和倾诉情感的独特方式，就像诗人宋琳在一篇访谈中所言的，"写作自身成了穿越无数'未知之地'的内心的旅行，它是内敛的、自我指涉的且无归宿的"。这绝非是诗人视野的狭隘，而是赋予诗歌所能承受的重量，"生活是只有一扇／窗户的屋子／从一开始我就要／安居乐业其中/从一开始/我只能不停地变换语气/自己对自己/讲述完自己/每一块地砖每一处/墙壁上洇开的水渍/都丰富了一种痛苦"，即便面对疼痛，诗人的视线依然清晰，指向远方的时空，"人群汇成河流汇成海/汇成不绝的历史/它不过验证了另一种传说/无论时光如注，生命如流/总有一些人静止在岸上/像一些或渺小或庞大的石块/与另外一些/叫着精神的东西/……持久地对峙"，我们发现"孤独"从一个精神的空间问题转换为时间性问题，被记忆定格，并且被放大拉长为时空中的漂浮物。

经由这种具有穿透力的"孤独"，孟国平为诗歌写作注入某种新的抒情品质，这种品质也是我阅读其诗歌最直观的感受：对生活本身的深度抵达、挽歌般的回忆、进退两难的忧思、始终纠缠的隐痛以及外冷内热的倾诉，这一切都呈现出美感与智性的深度融合。当我们沿着诗人的心灵经验及其重构路径，探寻其蕴含的奥秘时，发现这些诗句不仅是日常某种陌生化的经验，也彰显出事物的本质、个体与诗歌存在的意义。从这点来看，孟国平的诗歌也预示了当代诗歌写作的某种可能，在自觉回到生活的同时，重新回归诗歌的尊严与信念，并在无限逼近诗歌本质的过程中，突破文本而抵达更为深阔的境地。

◎在生命的高光里辨认原乡

庞余亮　靖江市政协

每个人的命运中都有几分钟的高光。

但属于诗人崔益稳的高光肯定不在《一线灯光穿透平原》的那个时刻。要知道，他的第一本诗集《一线灯光穿透平原》的写作比成书的时间要早十几年，那富有个性的灯光曾使里下河诗坛鲜亮。狗年，他捧出《我的狗兄弟》，为了显示质变，他没选用往昔一首诗一句话，使里下河风味的狗吠充满独特的时代况味。

当年，几乎每个文学诗刊，都可以见到才子崔益稳的影子，奔涌而下的才情、永不疲倦的抒写，浪遏飞舟，激扬文字，诗人崔益稳用他所向披靡的诗歌翅膀惊艳了那个年代自己炙手可热的文学天空。

后来他似乎受到了命运的阻挡，潇洒的青年才俊在缄默中来到了沉痛中年。河床变宽，河水混浊。很多诗人就在中年前失踪，甚至杳无音信。这种中国诗歌史上惨痛的无人报案也无人销户的人口失踪现象并不少见。但诗歌种子就这样被一场冰雪碾压住了吗？

> 从现在开始——
>
> 所谓诗人
>
> 最好将以前的诗稿统统付之一炬
>
> 烧热一锅烫水洗去浑身灰尘
>
> 留下普通人的心跳

能有以诗稿当柴火烧洗澡水的坚韧，就一定能顶开冰雪的封顶。所以，落地的种子不死。一个人要成为优秀诗人必须要历经两次蜕变。第一次是诗人的自由生长阶段，即诗歌的激情在荷尔蒙的浇灌下茁壮成长的阶段。而能否成为优秀诗人，那就要看在荷尔蒙退潮步入生命盐碱地之后，种子还能不能成长。因为这粒种子来到了沉痛中年后，要回答出为人子为人夫为人父的责任考题，还要为稻粱谋的艰辛奔波和艰难付出。如果能够继续而坚韧地成长，那他就会是那颗落地的不死的种子，就是一个优秀诗人。

崔益稳就像这颗种子。

崔益稳就是这个蜕变成功的诗人。而宝贵的蜕变代价又是如此巨大，直至他挚爱的母亲去世。那个快乐的幽默的大大咧咧的崔益稳不见了，默默的隐痛如麻绳一般缠绕住他的每一个夜晚。他的诗情爆发，他的组诗《城市与狗》《隐性疼痛》《天气播报》《青菜灿烂》像闪电占领暴雨之夜一样占领了各大诗刊，成了里下河区域汉语诗坛的新收获。

在步行街的十字路口
我与老家的狗不期而遇
我和它都大吃一惊
彼此轻吼一声
皆忘了乡音

诗人与狗，是两条异化了的城市化的"狗"。但狗的疼痛，还是准确而有力地传递到崔益稳的身上，让他联想到他永远无法遗忘的母亲和过往。

"乡亲们默不作声在田间劳作，或在乡路上闷头赶路，就像牛一样老实巴交而又卖力，像狗一样忠诚而又善良，以特有的朴素方式感叹一成不变的结局，在时光中老去。那是时间当真毫无商量地埋葬了他们。"

这是崔益稳的散文名作《先埋母亲，后埋时间》中的文字，像悲猿的高叫，像潜水的乱奔，像沉痛的草书。丧失之疼令崔益稳打开了第三只眼睛。他看到了更多的"恶之花"。那痛苦委身于城乡接合部婚姻的狗,穿过祖辈尸骨的冰凉铁轨,无法与腐败相勾结的青菜,城郊被踩躏的荒芜生态,父亲的麻将和母亲的苹果。

> 面对春天这一庞大的手术台
>
> 我欣然完成
>
> 从儿子到外科医生
>
> 从骗子到刽子手的角色转换
>
> 感觉自己内心的齿轮有点疼
>
> 开始卡壳
>
> 并且生锈

卡壳、生锈,直至异化。在这个高度物质化的时代里,每个人都得异化,但在异化的面前得清醒,那清醒,那痛苦,就是他的凤凰涅槃。母亲离开后,诗人崔益稳最期待的是母亲钟爱的天气预报时间。在最寂寞的乡村里,父亲是最寂寞的老人,崔益稳含泪感谢陪伴父亲的麻将:"麻将麻将麻将,你是替我尽孝的好兄弟。"亲情是崔益稳的法宝,也是唤醒这个麻木时代的清醒剂。崔益稳的诗歌有着所谓知识分子诗歌所不具备的滚烫体温,写作这样的诗歌是艰难的,必须要保持有力的心跳。而出现这样的诗歌,时代又是有福的,因为崔益稳将我们带回到"小于一"的原点,就像哑孩子替蟋蟀王找到了最晶莹的那滴露珠。

> 夜行列车拖着我
>
> 在老家的高沙土地上爬行
>
> 喘着气一格一格爬过祖先的尸骨
>
> 拉链般拉开了老家的夜幕
>
> 也拉开了我尘封已久的伤口
>
> 拉开又合上
>
> 合上又拉开
>
> 将未亡的疼痛

拉到骨缝深处

诗人是人群中的先知,他所叨念的归途也是我们所有人的归途。别人的夜行列车,切割过诗人的祖坟。永不愈合的伤口,如那"哐哐哐哐"作响的打桩机,完全属于暴力性侵入。被动的诗人,只能做着无用功的加减法。喝酒加抽烟,加品茗,再加小赌,血压血脂血糖在体内疯狂做加法,加加加,加来加去,结果都等于零……结果等于零,就像海子所说的,你不能说我一无所有,你不能说我两手空空。诗人对自己也不宽恕,你视他乡为故土,他视衰老为成长,每个人誓言无数,但到了现实中,上刀山下油锅的勇气都丧失了。

> 回家过年时,我一心找它,甚至欲抱住它在内心一遍遍致敬:我的狗兄弟!可惜未能如愿,它或许成了一条流浪野狗,或许已成别人盘中餐,我为它祈祷,它肯定没有客死他乡……如今有几个人能保证活得比一条乡狗忠贞不贰呢?

所有的泪水含在眼中,面对着不会干枯的河流,面对再无风景的乡愁,诗人歌颂狗兄弟、谴责自己,其实也是在谴责每个忘恩负义的人。从另一面看我又坚信不疑,诗人眼里的狗兄弟充其量只是一个代名词,在血脉深处保留对人性亲情的回望与呼唤。

> 今夜在这月光浅薄的城中村
> 以一个粗野的俗名字命名一只狗
> 只那么穿透血脉的一声吆喝
> 汪汪,汪汪汪——
> 回肠荡气的日子起死回生

在丧失中奔跑,在奔跑中疼痛,在疼痛中窑变。
窑变使得诗人崔益稳得到了缪斯给予的高光,而他也终于在命运的高光里辨认出前世和原乡。

◎除了爱，我别无长物

——简论苏若兮的诗

张作梗　扬州市诗歌学会

　　苏若兮从不在写作中避讳自己是女性。不，在多年的创作实践活动中，她甚至有意无意地以一个务实的"女性作者"自居。这比那些在作品中过于突出自己"女性意识"的写作者更有一份真诚和从容。她观照世界的视角从来都是出自一种女性特殊的"爱"，举凡对父亲、对爱人、对孩子，甚至对大地、山川、湖泊，还有随季节嬗变而更改的农田和风物，都能以一种温柔的情怀发掘出令人惊奇的艺术之美。她在《缓解》一诗中写道："风要树交出叶子，树就得交出/秋天需要一些衰弱的事物/时间到了——我必须告诉你/没有人能停顿，父母成了老人/我们成了父母。"从素常的物事里回望和前眺，赋予诗歌以开阔、动荡、沧桑的境域，这是苏若兮诗歌最大的特色。我们研读她的作品，必须以此作为打开她作品的"钥匙"，否则难以真正领略其诗歌的真正风貌。

　　写作千人千面，但回归到对写作的诉求上，基本上大同小异：那就是对心灵的安抚和净化。也许一个边远小镇不足以装下她五花八门、稀奇古怪的想法和"自言自语"，所以在很早的年代，她就开始寻求用诗歌来卸载"生活中的不可承受之轻"。我们翻读她新世纪之初的作品，除了对生命的眷爱，对爱情的向往更加热烈、疯狂，其他方面与现今的作品没什么不同。也就是说，在追求艺术的"真善美"方面，近二十年来，她都心无旁骛地走在一条艰难的、充满了挑战意味的漫漫之路上。

　　然而，如果我们细致对比并研读她的这些跨越经年的作品，很快就会发现，她的写作并不是对早期作品的重复——尽管题材上有许多重合之处——而是对它们的细化和深化。无论是写作深度，还是表现技巧，还是对于"意象"的遴选和打磨，她现在的作品都更趋成熟和老练。对于"失而不得"的爱，在我的"跟踪阅读"的印象中，苏若兮不止一次倾诉过她的惋惜和苦恼；但在读到她近期的一首阐述此类"心境"的作品后，我仍然为她的敏感和异类的"感觉"所侧目：

> 一个人的漆黑是真的
>
> 他沉溺于亮光太久
>
> 像一块等待多时的生铁
>
> 要我将他投进巨热的熔炉
>
> 熔炉的火光蹿得老高
>
> 他即被冶炼成形
>
> 我选择最适宜的时间，将他取出
>
> 我有耐心，等待这个渐渐冷却的人
>
> 我会用火摩擦、用泪摩擦
>
> 用月光的伤来摩擦他
>
> 我会磨出他的锋利，磨出他的温柔一百次
>
> 我是这样守候的——一块生铁
>
> 使我过上了，有温度的铁匠生活
>
> ——《臆想》

在这首"以虚拟实"的作品里，我们读到一个"凝神、专注"的女子瞬间的"心灵飞扬"，以及对于"虚景"的顽强挖掘——直到在某种满足的"停顿"中，作品达至一种"艺术真实"的高妙境界。这使我体悟到"个人感觉"对于作品的"二度创造"是如何的不可或缺和重要。说到底，艺术不是对"感觉"的清洗，而是保存并挤压这"感觉"，使其获取某种形而上的超越时空的（个人精神）形态；也不是被动地"感时花溅泪"，而是能动地"恨别鸟惊心"。苏若兮在她狭小的心灵领域（环境决定着一个诗人的语言生活方式），开辟出足够广阔

的叙述空间——这空间如此变化多端、神态纷呈，不仅使她成为万千种"感觉"的记录员和阐释者，更是主动挑剔着生活对她施加的种种不端，不断地对其使用着否决的权利。

就像艾米莉·狄金森一生都守着她的心灵写作一样，苏若兮很少将目光从她的边远小镇投到外面，去写她不熟悉的人和物事。她有她的年份和四季，更有她进入世界的通道和方式——

> ……我是这个世界上暴饮海水的人
>
> 因为渴，而更渴
>
> 事实上，我不能成为大海
>
> 是因为自身的泛滥，携带了大量的盐分
>
> 知道么，事实上
>
> 是我让海水找到自己的形体
>
> 找到了
>
> 与生活一起兴风作浪的方式。
>
> ——《我想我孤独得还不够》

从以上这些引诗里可以看出，苏若兮的诗歌，很少勾连或者说纠缠现实生活中纷乱的枝枝叶叶。她和她的诗歌，都活在一种"另类"的语境中。这么说吧，倘若现实是扭曲摇摆的枝叶，苏若兮就只接受和描摹那枝叶投落的影子——不论这"影子"是实有的，还是通过"感觉"再造的。风中走过的一切（动静）都成为她冥想的来源；大地上的风物更是吸引着她不断前去拜谒。她是那种少有的凭直觉捕获事物内在诗意的诗人，她随口说出，诗歌便水到渠成。

"做一个诗人，就意味着他在写作时，每一次遴选的词语必须与他所感知的真实相契合。这种真实也许在他的生活中并未发生过，但必须令读者信服。我把这种令人信服的因素称为'或然真实'。"（庞十九贝语）苏若兮是一个编织这种"或然真实"的高手。有许多的事物或"事件"，穿插、交织在她的诗歌中，不仅影响了某一首特定作品的生成和走向，而且一再校正、丰富着诗人留给读者的写作面相。这些或隐秘或歧义丛生的事物或"事件"，有很多并非实有，但我们在读到它们时，却宁可乐意相信它们是"真实"的，正在发生的……这种超越"逻辑现实"的力量，一方面，固然与她敏锐的"心灵感受力和表现力"有关；另一方面，更昭示她是一个深得"虚构"之法，能随时丰富、自然地摹写出"个我心境"的诗人。一次生活中的"误会"，对于我们来说，不过是随时可以遇到的"小事"，但对于苏若兮来说，她不仅倾心关注了这样的"小事"，而且用别致的想象和新颖的方式，以诉说将之固定在一首诗中：

> 我去了唐朝
>
> 和你约好，在前山坡牧牛
>
> 久不见你
>
> 你跑到南宋
>
> 填我看不懂的词。
>
> 有一瞬，我泣不成声
>
> 到处是烽烟战火

——《误会》

从这首《误会》里，我们大致可以窥探到苏若兮现在的写作风貌，也就是她的另外一个惹人关注的写作特点：从"无物"的纯粹幻想里，制造或创造出与这幻想匹配的"物象"，尔后，"物我两忘"地与一首诗歌劈面相遇。

实际上，在一开始写作的时候，苏若兮就在此方面表现出过人的素质和潜力。下面是她的一首更早年代的作品——

> 有人写到万亩的菜花
>
> 我羡慕
>
> 我也可以
>
> 将我的心铺为万亩的清水湖
>
> 一个人徜徉
>
> 万亩不够，再来万亩

一生不够，再来一生

——《真词实句》

细心的读者会发现，从诗歌的遣词、运句，到中心意象的选择和生成，很多年来，苏若兮都表现出一脉相承的感知方式，只不过现在的写作更加自如、灵活，"感受力"的表达更加稳重、多变，更加如鱼得水。

曾经有一段时间，苏若兮一度极力淡化自我的感受力，想去生活中讨要一个稳定的位置，以便诗意的远方不请自来，但很快，她发现错了。生活是创造，而不是等待和享受。大约是 2008 年，她重新回到像她居住的小镇一样偏远、安寂、安静的内心。也正是在这时候，她又恢复到那种对自我"感觉"的追逐和认定的状态之中，一批带着强烈个性色彩的作品应运而生——它们是如此单纯而又多彩多姿，以极致的单纯带来了极致的丰富——

有一天，月亮散尽了光

像他散尽了体温

我也是个被叹息忘却的死者

爱还没有完全释放

痛苦只是刀子

从来没有杀死过我

现在，用不着背着月亮

到处黑黑的

灵魂找到了镜子，而后打碎了镜子

——《除了爱，我别无长物》

这是她最近写作的一首叫《除了爱，我别无长物》的诗。诗里繁复而又"单纯"的况味令人心痛。说它是一首"阅尽人世后的突然顿悟"之作毫不为过。这种沧桑的感受，再加上她天生摇曳、巫性十足的表述方式，使她的诗歌有了十分突出的"自我标识"。

积蓄个人的"情感"资源是为了深化诗歌的丰富性和普遍性，使之在有如

"神助"的写作中与人类共有的"感知系统"达成某种"同频共振"的状态。有很长一段时间,苏若兮惜墨如金,很少露面,似乎处于一种消隐的痛苦"更新"中——对于一个严肃的写作者来说,这是需要的,也是一种积极的表现。因为一个人如果跑得超过了自己,很有可能就会丢失自己。

然而,回归是缓慢的。在2008、2009这两年间,我发现她的写作一直处于摇摆、不定型的态势之中。这种写作内部的"蜕变"当然十分重要,但"涅槃"的痛苦也令人难受。重新厘清艺术与生活的关系,对于一个一开始就显露出诗歌天分的人来说,就成为"当下"一个常态而又紧迫的问题。可喜的是,很快,苏若兮就度过了她写作上的"困难期"——"瓶颈"随之也被突破。在随后相当长的一段时间,除了在冥想中打捞散佚的情感、情绪碎片,苏若兮开始在人类命运的共同体中寻找那些轻易不能被时间风化的"感受"——不独爱情、亲情、友情,同时包括对故乡的感情,对流逝岁月的追怀(之情),也越来越多地出现在她的诗歌中。这些合并归拢而形成的写作风貌,总体构架出了她的诗歌的丰富性——尽管她的笔法依然是简洁、单纯的。这种"简洁,但不简单"的写作,正是苏若兮诗歌的标高所在。

也就是在这一段时间,苏若兮写出了她迄今为止最为开阔、深厚的作品——

......

　　日子好快呵
　　想想,若秋风不凉,我们
　　怎么向过去的日子取暖
　　仿佛晃于秋风的芦苇
　　在湖滩,舞动秋色,让夕阳
　　深重而绝伦。
　　如果接下来的画面是荒芜的
　　我们的手,孩子的手
　　会抓得更紧。

——《秋日》

　　这种从素朴的事物入手,却能在温婉、平淡的叙说中触探到有关"生死"大奥秘的写作,足以说明苏若兮已从"清风明月"的自然书写阶段跨越到一个"思想者写作"的境界。对于苏若兮来说,这种艰难的"跨越"将保证她在以后的写作中走得更远。

　　"瓶花落砚香归字,风竹敲窗韵入书。"(曾国荃)在乡村记忆和神秘的个我情感之间,苏若兮开辟出一方属于自己的诗歌版图。与许多泛青春期写作的女诗人相比,她拥有着更宽阔、更经久不衰的写作资源。一方面,她持续探索人在逐渐失去家园后的诗意生存,以及父母那一代人对土地的坚守和眷恋——这一部分构成了她的乡村诗歌系列;另一方面,她潜心倾听并研究任何一次来自灵魂领域的风吹草动,举凡对孩子的爱、对善的珍视、对爱的渴望与不舍,以及因爱的失望、失散带来的哀痛和怀念,都是她孜孜矻矻钻研、摹写的题材。她的月亮系列、狐系列、影子爱人系列,都可以归并到这一类。而正是在这一方面,苏若兮在漫长的写作中,厘清了她写作中的模糊面孔,并使她从众多的诗歌写作者中脱离出来,获得了自己的身份确认。一如她在一首题为《我想我孤独得还不够》一诗中说的——

　　　看到杯子里没有残余

　　　你笑了么,我是这个世界上暴饮海水的人

　　　因为渴,而更渴。

　　是的,写作也是这样——"因为渴,而更渴",换一句话说,因为体味到了写作内部的"艰难",而更为执着地专注于对写作机制的探索和建设。

　　诗人,较多情况下都是偏执的。偏执带来了他(她)作品的纵向的深入和横向的深刻。在对所有题材的处理中,苏若兮偏好以物观心,就物摹心,拟物写心。她很少对事物"直呼其名",而是用一层情绪,为其抹上心(个人感悟)的颜色,这就使她的诗绝不是对事物简单的描摹,而是因揉入了自我的呼吸而变得质地氤氲、摇曳多姿。她的诗是短小的,但容量绝不狭小;相反,由于这些短诗近似握着收回的拳头,因此常常出击的爆发力更为巨大——

那一年,我满身星光

咽着尘事

是你扮成上帝来没收我

离散的身子

粗暴而轻盈

屏住呼吸,就不痛了

可靠的手掌与胸襟代替了不可靠的文字

记得牵我,拥我,紧靠我的脸。

记得,与我十指相扣。

这是我随手选读的她的一首叫《卒年》的诗歌。深沉、浑厚、内敛,底蕴十足。那种纠结了成长之艰辛而换来的生命"体悟",通过诗作,传染给了我们,令我们感同身受、唏嘘不已。

中国新诗不长不短已走过了百年的历程。各种风格、流派、写作手法……不独在形式上丰富了中国现代诗的面貌,而且在文本的内容上较之于"古诗"也有更为激动人心的拓展。然而,我们必须清醒,相比于我们"拿来"的西方诗歌,无论是"史诗"的建制,还是"经典"的"培育"和"孵化",又或是"诗学"体例的研究,都远远没有完成。这既给中国新诗的发展预留了更多的"建设"时空,也提醒我们,汉语诗歌的写作,任重而道远。唯有通过一代代写作者的共同努力,薪火相传、探索并进,才能刺激和更新我们新诗的"传统"。

从此一方面来观察,苏若兮的诗歌便有了格外令人醒目的"存在"标识,因为她的写作从不在"跟风"中摇晃,也不在"快餐式"的"口水分行"中沉浮,她的诗歌几乎自成一派,既不艰涩,又避开了流行的"女性"诉说似的自怨自艾;也就是说,从一个非常"私人化"的空间,她找到并发现了自我言说的"私密语境",并将之转化为琳琅满目的诗行,边发现,边建设,在多样化的中国诗坛,创造出了她"一个人的传统"。

她是那样一个女子,常年居住在城市的一个边远小镇,毗邻一座小湖而生活,诗歌成为她去往外界的唯一通道。多少年了,她安于并享受这种近似封闭的生存方式。她在其中写作、冥想,安静像一只泵,找到了湖水深处的根。

　　我们说苏若兮是神秘的，她同时也是单纯的；我们说苏若兮是复杂的，同时她也是透明的。她从不回避她是一个"女性"，但她也从不过分强调她在写作中的"女性身份"。在她开辟出的自我的诗歌领域里，她高傲得像女王，然而也谦逊得像一个仆人——这种混合的感觉，正是她的诗歌带给我们的感觉。是的，诗，除了最终勾勒并完成一个诗人的精神图谱，别无他用。

编
后
记

编后记

转眼间,《中国作家研究》已经走过了整整五个年头。

从 2015 年创办开始,《中国作家研究》先后经历了三个阶段。第一个阶段是和《雨花》合作办刊阶段,时间是从 2015 年到 2017 年。这个时期的刊期为月刊,共出版了 36 期。第二个阶段是 2018 年到 2019 年和《青春》杂志合作办刊,刊期为季刊,共出版了 8 期。从 2020 年开始,《中国作家研究》进入一个新时期,改为由国内正规出版社以辑刊形式出版,每年拟出版两本。这标志着《中国作家研究》从与有关杂志合作办刊迈向了更加正规化、规范化的图书出版阶段,为下一步发展奠定更加坚实的基础。

唯愿各位朋友继续给予我们大力支持!

编者

2020 年 9 月